W0288635

KLAAS KROON

Akte Wendland

SCHATTEN DER VERGANGENHEIT Ein Leichenfund in einem Waldstück nahe Gartow ruft die Dorfpolizistin Sabine Langkafel und ihre Kollegin Melanie Gierke von der Kripo Lüneburg auf den Plan. Bei der Toten handelt es sich um die Lokaljournalistin Martina Breesen aus Salzwedel. Was sie in Gartow wollte, bleibt unklar. Zunächst geraten Mitglieder des Vereins Naturbelassen e. V. ins Visier der Polizistinnen. Ist die Journalistin den ominösen Umweltschützern mit ihren Recherchen etwa in die Quere gekommen? Je tiefer die beiden graben, umso mysteriöser und verworrener wird die Situation. Bis sie auf einen alten Fall stoßen, der mit dem Mord an der Journalistin zusammenzuhängen scheint: den Unfalltod eines DDR-Bürgers in der Nacht der Grenzöffnung 1989. »Akte Wendland« ist ein packender Kriminalroman, in dem inmitten der Wendland-Idylle düstere Geheimnisse der jüngeren deutschen Geschichte ans Licht kommen …

© Bernd Obermann

Klaas Kroon ist das Pseudonym eines 1960 in Düsseldorf geborenen Journalisten und Marketingmanagers. Seit 2017 schreibt Kroon Krimis, die in Hamburg, Lüneburg und dem Wendland spielen. Kroon hat ein Faible für originelle Figuren und verzwickte Fälle mit Bezug zu historischen Ereignissen und gesellschaftlichen Themen. Er lebt in Hamburg. Das Wendland und die Lüneburger Heide bereist er seit Jahren intensiv mit Rennrad und Motorrad.
Im Gmeiner-Verlag erschien 2021 der erste Fall mit Sabine Langkafel: »Mord im Wendland«.

KLAAS KROON

Akte Wendland

KRIMINALROMAN

GMEINER

Die automatisierte Analyse des Werkes, um daraus Informationen insbesondere über Muster, Trends und Korrelationen gemäß § 44b UrhG (»Text und Data Mining«) zu gewinnen, ist untersagt.

Immer informiert

Spannung pur – mit unserem Newsletter informieren wir Sie regelmäßig über Wissenswertes aus unserer Bücherwelt.

Gefällt mir!

Facebook: @Gmeiner.Verlag
Instagram: @gmeinerverlag

MIX
Papier | Fördert gute Waldnutzung
FSC® C083411

Besuchen Sie uns im Internet:
www.gmeiner-verlag.de

© 2024 – Gmeiner-Verlag GmbH
Im Ehnried 5, 88605 Meßkirch
Telefon 07575/2095-0
info@gmeiner-verlag.de
Alle Rechte vorbehalten
1. Auflage 2024

Herstellung: Mirjam Hecht
Umschlaggestaltung: U.O.R.G. Lutz Eberle, Stuttgart
unter Verwendung eines Fotos von: © Udo Kruse / stock.adobe.com
Druck: CPI books GmbH, Leck
Printed in Germany
ISBN 978-3-8392-0670-6

Personen und Handlung sind frei erfunden.
Ähnlichkeiten mit lebenden oder toten Personen
sind rein zufällig und nicht beabsichtigt.

PROLOG

10. November 1989

»Der ist gut durch«, sagte der Kerl von der Feuerwehr, während er den Schlauch einrollte, den er zuvor auf dem Waldweg akribisch ausgelegt hatte.

»Ja, danke, Kollege, das sehe ich auch«, entgegnete Polizeihauptmeister Johannes Langkafel von der Polizeidienststelle Gartow, der dieser Art von Katastrophenhumor nichts abgewinnen konnte. Es war weiß Gott nicht das erste Brandopfer, mit dem Langkafel in seiner fast 30-jährigen Laufbahn zu tun hatte, aber er fand es immer wieder schockierend. Das Feuer machte aus Menschen bizarre, grauenhafte Skulpturen. Bei diesem Opfer ragten die Arme in die Höhe, als hätte der Mensch im Todeskampf versucht, die Flammen zu verscheuchen. »Fechterstellung« nannten die Fachleute das, hatte Langkafel gelernt. Beim Verbrennen kommt es zur Kontraktion bestimmter Muskeln und das führt zu dieser Haltung. Der Mund des Toten war weit aufgerissen, und Johannes glaubte fast, die Schmerzensschreie des Mannes – oder war es eine Frau? – zu hören.

Fast so bizarr wie der verbrannte Mensch war das Autowrack, in dem er lag und das ihm offenbar zur Todesfalle geworden war. Ein dunkelgraues Gerippe, vom Löschschaum wie mit Zuckerguss bedeckt. Kein verkohltes Blech, kein geschmolzener Lack, nur das eiserne Gerippe.

»Hat bestimmt gebrannt wie Zunder, die Scheißkarre«, sagte Kollege Willy Jörgens, der mit Johannes von der Leitstelle lange vor Sonnenaufgang zu diesem Unfall geschickt worden war. Wer den Notruf von wo abgesetzt hatte, wussten sie nicht. Johannes schlich um das Wrack herum, das mit der Front gegen eine schlanke Kiefer geprallt war.

»Gut, dass es seit Tagen regnet«, sagte der Feuerwehrmann. »Sonst hätten wir auch gleich noch einen Waldbrand.«

»Ist so ein Trabbi wirklich aus Pappe?«, fragte Johannes.

»Nee, Pappe nicht«, sagte der Feuerwehrmann, »Duroplast nennt sich das Zeug. So was Ähnliches wie Kunstharz. Fängt schon bei 800 Grad Feuer, verbrennt fast vollständig und setzt dabei sicher einen Haufen Giftstoffe frei.«

»Und wieso brennt die Karre sofort, wenn sie frontal gegen einen Baum kracht? Sind Motor und Tank nicht hinten?«, fragte Willy.

»Nein, Kollege«, sagte der Feuerwehrmann lachend. »Da vertust du dich gewaltig. Motor und Tank sitzen vorne, schön kuschelig beieinander, und wenn der Zweitakter richtig Temperatur hat, geht das ruckzuck. Dafür musst du gar nicht gegen nen Baum fahren.«

»Genau. Vielleicht hat der Trabbi auch zuerst gebrannt und ist dann gegen den Baum geknallt«, mischte sich ein anderer Feuerwehrmann ein, während er seine Camel-Packung in die Runde hielt. Alle bedienten sich und begannen zu rauchen. »Aber um das genau zu wissen, müssten wir Brandspuren auf der Straße finden, was bei dem Regen unmöglich ist.«

»War das Fahrzeug schon komplett ausgebrannt, als ihr ankamt?«, fragte Johannes die Feuerwehrmänner.

»Ja, es hat nur noch gequalmt. Gelöscht haben wir nur

zur Sicherheit. Es gab eigentlich kein Futter mehr für die Flammen.«

»Und wie lange hat es gebrannt? Habt ihr ne Idee?«, fragte Johannes weiter.

»Gute Frage, wir haben keine Erfahrung. Wir löschen nicht so oft Trabbis. Das ist mein erster«, sagte der Feuerwehrmann mit den Zigaretten.

»Meiner auch«, erwiderte sein Kollege und lachte. »Aber sicher nicht der letzte. Die kommen ja jetzt zu Hunderten rüber.«

»Ja«, sagte Willy, »es wurden auch schon ein paar angehalten. Allerdings mit lebenden Insassen. In Lüchow auf der Wache liegen ein paar DDR-Führerscheine, die Kollegen besoffenen Fahrern abgenommen haben. Und die Party hat gerade erst angefangen.«

»Für den hier ist die Party vorbei, und dort kann man auch sehen, warum«, sagte Johannes und deutete in den Beifahrerfußraum. Darin lagen vier verrußte Flaschen, die sicher mal Schnaps enthalten hatten.

Der Anblick des verbrannten Körpers machte Johannes traurig. Da feierten die Brüder und Schwestern aus dem Osten seit Mitternacht die Befreiung von Mauer und Stacheldraht, und für den Menschen im ausgebrannten Trabbi war der Traum vom neuen Leben 25 Kilometer hinter der frisch geöffneten Grenzübergangsstelle Bergen/Dumme schon ausgeträumt.

»Wir müssen hier warten«, sagte Johannes schließlich zum Einsatzleiter der Feuerwehr. »Ungeklärte Identität. Ungeklärte Todesursache. Vielleicht gab es einen Beifahrer. Es kommt noch die Kripo aus Lüneburg. Das kann dauern. Also, wenn ihr fertig seid, könnt ihr ruhig abhauen. Wir passen auf, dass niemand was klaut.«

»Okay«, sagte der Feuerwehrmann. »Was einen Beifahrer angeht, da haben zwei von uns die ganze Gegend schon abgesucht. Nirgendwo liegt ein Schwerverletzter. Da kann ich euch beruhigen.«

Drei Wochen nach der Nacht mit dem ausgebrannten Trabbi erhielt Johannes Langkafel den Abschlussbericht der Kriminalpolizei in Lüneburg.

Auf drei Seiten legten die Kollegen dar, dass der Fahrer alkoholisiert gegen den Baum gefahren und bewusstlos geworden ist. Darum konnte er sich nicht aus dem brennenden Fahrzeug retten. Beim Unfallopfer handelte es sich um den Halter des Trabant 601 – Baujahr 1979 –, den 30-jährigen Anstreicher Christian Müller aus Salzwedel. Die Überreste seiner Habseligkeiten im Fahrzeug ließen vermuten, dass er alleine unterwegs gewesen war. Dies bestätigte auch seine Lebensgefährtin bei der Befragung durch die DDR-Volkspolizei in Salzwedel. Müller wollte nur mal Westluft schnuppern, hatte die Frau ausgesagt, und bald zurückkommen. Müllers Leiche war von der Kripo freigegeben und nach Salzwedel überführt worden.

Akte geschlossen, ein Leben viel zu früh und völlig sinnlos beendet, dachte Johannes Langkafel.

KAPITEL 1

Attila Yilmaz, Polizeimeister in der Polizeidienststelle Gartow, tat, was er zu oft tat: Er saß, die Füße auf dem Schreibtisch, im Büro, spähte durch das Sprossenfenster der schmucken Fachwerkwache in den verregneten Märzmittag und langweilte sich. Darüber durfte er sich nicht wundern. Sie hatten ihn gewarnt. Jakob Metzger, Polizeichef von Gartow, der sich um diese Zeit immer zum Mittagsschlaf in seine kleine Wohnung über der Wache zurückzog, hatte im Bewerbungsgespräch vor einem Jahr gesagt: »Junge, ich weiß, dass du mal ein guter Polizist wirst, aber nicht bei uns in Schlummerland. Bleib in Lüneburg oder geh nach Hamburg oder Berlin.«

Und Sabine Langkafel, Polizeiobermeisterin in Gartow und die heimliche Chefin in dem Laden, hatte ihn angefleht: »Attila, tu das nicht. Was willst du hier? Du weißt doch, dass in Gartow nichts los ist. Wenn du es nur meinetwegen tust, dann mach dich auf eine Enttäuschung gefasst.«

»Ich tue es deinetwegen, Sabine«, hatte Attila beteuert, »aber nicht, wie du denkst. Ich tue es, weil ich weiß, dass ich von dir viel lernen kann.«

Das hatte er tatsächlich ernst gemeint. Als er fast drei Jahre zuvor während seiner Anwärterzeit ein paar Monate in Gartow hatte aushelfen dürfen, war er an der Aufklärung eines spektakulären Falles mit sechs Toten beteiligt gewesen. Damals hatte er mehr gelernt als während seiner ganzen Ausbildung in Lüneburg.

Aber klar, er hatte sich auch in Sabine verliebt, irgendwie. Sie war schön, klug, nett. Und sie war 33, acht Jahre älter als er. Ihm war das egal. Warum war es Sabine nicht ebenfalls egal? Er musste Geduld haben.

Wenn er, Attila, ein Stück zu groß war für Gartow, war es Sabine erst recht. Sie tat nur deshalb Dienst in der 4.000-Einwohner-Gemeinde im Wendland, um bei ihrem Vater zu sein, dem 83-jährigen Ex-Polizisten Johannes Langkafel. Er war der letzte Rest Familie, den sie noch hatte.

Der alte Mann war auch der Grund, warum sie Attila in seiner Langeweile alleine auf der Wache gelassen hatte. Johannes Langkafel lag in Dannenberg im Krankenhaus, und Sabine besuchte ihn, so oft es ging.

Sabines Vater befand sich nicht etwa wegen irgendwelcher Alte-Leute-Sachen im Krankenhaus. Nein, der Alte turnte normalerweise jeden Tag durch seinen Garten, baute Gemüse an, versorgte ein paar Hühner und hackte Holz. Und dabei hatte er sich eine Blutvergiftung zugezogen, die ihn in Lebensgefahr gebracht hatte. Sabine hatte Attila erzählt, dass sie diesen Zwischenfall zum Anlass nehmen wollte, dem Vater jede riskante Arbeit zu verbieten, doch sie wusste selbst, dass das nicht funktionieren würde.

Das Telefon klingelte. Endlich was los, aber sicher wieder nur irgendein Mist. Nachbarn zu laut, plattgefahrenes Eichhörnchen auf der Straße, Geldautomat bei der Sparkasse kaputt. Attila wunderte sich immer wieder, aus welchen Gründen die Leute die Polizei anriefen.

»Polizeidirektion Gartow, Sie sprechen mit Polizeimeister Yilmaz. Was kann ich für Sie tun?«

»Haha, Attila du Scherzkeks«, sagte Sybille von der Leitstelle in Lüchow ins Telefon, »Polizeidirektion, haha. Und du bist der Polizeipräsident, oder was?« Sie lachte.

»Noch nicht, aber bald, Sybille, wart's ab.«

»Scherz beiseite, Süßer, ich hab was für euch. Da kam ein Notruf rein. Angeblich eine leblose Person im Wald. Ein paar Kids haben angerufen und waren ziemlich durch den Wind. Möglich, dass die sich vertun oder uns verarschen. Bevor ich die Kavallerie hinschicke, würde ich euch bitten, mal zu schauen, was da los ist. Das ist ganz bei euch in der Nähe. Sagst du Jakob oder Sabine Bescheid?«

»Die sind gerade nicht abkömmlich, ich kümmere mich selbst darum«, sagte Attila forsch.

»Echt? Also ich weiß nicht …«

»Hey, Sybille, ich bin kein Anwärter mehr, check das endlich mal.«

»Sorry. Aber mach schnell. Und melde dich dann sofort.«

Mit Blaulicht und Vollgas raste Attila zu der Stelle an der B493 Richtung Trebel, die Sybille ihm durchgegeben hatte. Die Fahrt dauerte keine fünf Minuten. Die neu asphaltierte Straße führte schnurgerade durch den Wald. Von Weitem sah Attila an der Einfahrt zu einem Waldweg zwei Jungs mit ihren Fahrrädern stehen. Sie winkten aufgeregt. Als Attila bremste, liefen die Jungen in den Waldweg und bedeuteten ihm, ihnen zu folgen. Keine 30 Meter weiter blieben sie stehen und zeigten in den Wald. Attila stoppte den Wagen und stieg aus.

»Hallo, Jungs«, sagte er kumpelhaft, »was gibt's denn?« Die Jungen waren vielleicht 14 Jahre alt, trugen Regenjacken, Jeans und Boots. Der Nieselregen hatte sie sichtlich durchnässt, aber das schienen sie in der Aufregung gar nicht zu bemerken.

»Da hinten, da liegt jemand im Gebüsch«, rief der eine.

Und der andere ergänzte: »ne Frau, die ist bestimmt tot.«

An dieser Stelle war der Wald generalstabsmäßig gepflanzt, ein Nutzwald, bei dem alle Kiefern auf Linie standen. Nur an wenigen Stellen hatten die Forstleute Haufen von Altholz, Gebüsch, Wildwuchs zugelassen. Es hatte sich wohl herumgesprochen, dass die Tiere diese Schutzräume brauchten. 20 Meter tief im Wald war ein solches Gebüsch, und aus dem Gebüsch ragten zwei Füße in hellblauen Wanderschuhen heraus.

Attila ging näher. Die Jungen folgten ihm, doch er gab ihnen mit strengem Blick den Befehl, auf dem Weg zu bleiben.

Attila beugte sich über das Gebüsch und sah nun den Körper. Es war eine Frau, nicht besonders groß, sie lag auf dem Bauch. Sie war mit einer beigen Hose bekleidet, einer Trekking-Hose mit vielen Taschen. Auch die Jacke war beige und verschmutzt mit Erde und Moos. Die Frau lag mit dem Gesicht nach unten, Attila sah nur die dunkelgrauen Haare und dort, wo der Kragen der Jacke verrutscht war, fiel sein Blick auf den Nacken der Frau. Er ging noch einen Schritt näher, obwohl es ihn graute und obwohl er wusste, dass er nicht am Tatort herumtrampeln durfte.

Es war nicht Attilas erste Leiche. Bei Verkehrsunfällen hatte er schon Tote gesehen. Einmal war ein Motorradfahrer vor seinen Augen unter den Händen der Sanitäter gestorben. Der Mann war in seinem Alter gewesen. Er hatte noch gestöhnt, dann war plötzlich Stille gewesen. Schrecklich. Die Toten, die vor drei Jahren auf diesem Bauernhof ganz in der Nähe entdeckt worden waren, hatte er nicht gesehen. Die hatte Sabine gefunden. Er kannte nur Fotos davon. Die waren schlimm genug gewesen.

Attila entdeckte am Hals der Frau ein Kabel, das dicke blaurote Striemen hinterlassen hatte. Auch ohne Rechtsmediziner konnte er feststellen, dass die Frau erdrosselt worden war.

Langsam ging er zurück zum Waldweg, wobei er darauf achtete, in seinen eigenen Spuren zu bleiben.

»Sybille?«, sagte er leise ins Handy. Er benutzte bewusst nicht das Funkgerät im Wagen, weil da die gesamte Polizei der Gegend mithörte. Die Kollegin in der Leitstelle spürte sicher, dass er nicht mehr zum Scherzen aufgelegt war. »Sybille? Positiv. Eine Frau, älter, vermutlich erdrosselt. Sie liegt in einem Gebüsch.«

»Definitiv tot?«, fragte Sybille.

»Ja.«

»Bekleidet? Vollständig bekleidet?«

»Ja.«

»Okay«, sagte Sybille ruhig. »Suizid?«

»Hä?«, fragte Attila verwirrt. Er merkte, wie die Jungen ihn fasziniert beobachteten. Hielten sie ihn für einen coolen Bullen oder für einen Anfänger?

»Na ja, hat sie sich erhängt? Ist da ein abgebrochener Ast, oder so?«, fragte Sybille etwas hektisch.

Attila trat wieder ein paar Schritte auf das Gebüsch zu. Sein Gang war unsicher, seine Knie weich. Merkten die Jungs, dass er Angst hatte?

Er betrachtete die Kiefer, unter der die Leiche lag. Die untersten Äste wuchsen in vielleicht sechs, sieben Meter Höhe aus dem Stamm und wirkten schwach und brüchig.

»Nein. Nichts in der Art.«

»Sind die beiden Zeugen noch da?«, fragte Sybille. »Diese Jungs?«

»Ja.«

»Dann nimm ihre Personalien auf und schick sie nach Hause. Ich setze die Kripo in Bewegung.«

»Ja, gut«, stammelte Attila und ärgerte sich darüber, dass die Frau in der Leitstelle 15 Kilometer entfernt so schnell das Kommando übernommen hatte. Er wusste doch, was zu tun war. Er war kein Anfänger. Wie alt musste er noch werden, bis sie ihn für voll nahmen?

KAPITEL 2

Sabine Langkafel traf noch vor der Lüneburger Kripo am Tatort ein. Sie war auf dem Weg vom Krankenhaus zur Wache in Gartow gewesen, als Attila sie anrief. Sabine war mit dem Privatwagen des Chefs unterwegs, einem alten Mercedes-Kombi, der immer wieder als Ersatzfahrzeug herhalten musste. Es gab nur einen Streifenwagen in Gartow, in dem nun Attila wartete und sofort heraussprang, als er Sabine kommen sah. Er stutzte kurz, sicher, weil sie keine Uniform trug, sondern eine blaue Regenjacke und Jeans.

»Hey, Sabine, gut, dass du da bist«, rief er und lief ihr entgegen.

»Mensch, Attila«, sagte Sabine, »kaum lässt man dich allein, gibt es gleich Mord und Totschlag.«

»Da hinten liegt sie«, sagte Attila aufgeregt. Er war blass und zitterte ein wenig. »Komm.«

»Nee, wir bleiben hier. Da ist genug herumgetrampelt worden. Warten wir mal auf die Kollegen.« Attila wirkte enttäuscht.

Sabine hatte gute Laune. Papa ging es besser, und er würde am nächsten Tag nach Hause entlassen werden. Und nun gab es Arbeit. Sabine ertappte sich immer öfter dabei, dass sie sich nach größeren Fällen sehnte. Nach mehr Action. Das durfte doch nicht sein. Wie weit war sie noch vom Klischee des Feuerwehrmanns entfernt, der Brände legt, damit sein Leben endlich einen Sinn bekommt? Den

Großstadt-Kollegen in den Brennpunkten von Gewalt und Wahnsinn ging es sicher genau umgekehrt. Sie waren froh um jeden Notruf, der sich als Fake oder Kleinigkeit entpuppte.

Da lag nun eine Frau im Wald, tot. Vermutlich hatte sie Schlimmes erlebt, bevor sie starb. Das war kein Grund zur Freude.

»Was haben die Jungs gesagt, die sie gefunden haben?«, fragte Sabine Attila, der Nägel kauend am Streifenwagen lehnte. Der Nieselregen ruinierte seine sicher mit viel Mühe gestylte Gel-Frisur.

»Die sind wohl auf dem Weg gefahren und haben zufällig im Gebüsch die Füße von der Frau entdeckt.« Er deutete zum Fundort.

Ja, dachte Sabine, die kann man gar nicht übersehen, die hellblauen Wanderschuhe. »Sind sie näher rangegangen?«, fragte sie.

»Angeblich nicht«, antwortete Attila.

»Aber du.«

Attila schwieg und senkte den Blick. Sabine verdrehte die Augen. Das reichte bei Attila als Vorwurf, so gut kannte sie ihn.

»Was machen die Burschen bei diesem Sauwetter hier?«, fragte sie weiter, einfach, um gegen die gespenstische Stille im feuchten, halbdunklen Wald anzureden. Kaum Vogelgezwitscher, kein Verkehr auf der Landstraße, und das am Nachmittag.

»Was Jungs halt so machen, weißt schon«, sagte Attila und vermied es, sie anzusehen.

»Nee, Attila, weiß ich nicht, ich war nie ein Junge«, sagte Sabine.

»Na ja, also …«, stammelte Attila.

»Du hast sie gar nicht gefragt.«

Nach einem Jahr mit Attila an ihrer Seite hatte Sabine eher gemischte Gefühle dem jungen Kollegen gegenüber. Attila war sympathisch, clever und verdammt engagiert. Er dachte mit und übernahm Verantwortung bei den Aufgaben, die in ihrem kleinen, harmlosen Wirkungskreis so anfielen. Aber es war genau das eingetreten, wovor Sabine den jungen Mann damals gewarnt hatte. Er war unterfordert, langweilte sich, wollte mehr Action. Das alles konnte Sabine ihm nicht bieten. Und was sie ihm erst recht nicht bieten konnte, war Zuneigung oder mehr. Seine teeniehafte Verknalltheit äußerte sich immer häufiger in einer hündischen Ergebenheit, die schon peinlich war. Attila wollte nicht nur alles richtig machen, er wollte alles so erledigen, dass Sabine beeindruckt war. Das konnte ja nur schiefgehen.

Attila sah gut aus mit seinen rabenschwarzen Haaren, dem gepflegten, kurz geschnittenen Vollbart und den freundlichen braunen Augen. Seit sie ihn vor drei Jahren kennengelernt hatte, war er vom Jungen zum Mann geworden, hatte auch reichlich Muskeln aufgebaut. Vermutlich ging er irgendwo im Studio pumpen oder stemmte in seinem kleinen Appartement in Gartow jeden Abend Gewichte. Aber das reichte nicht, um Sabine zu erobern. Was glaubte der Junge, was Sabine suchte? Einen netten Kerl? Sabine hatte sich von Männern in den letzten Jahren weitgehend ferngehalten. Im Urlaub im vergangenen Jahr im Club Robinson in Griechenland war dieser gutaussehende Typ, mit dem sie Spaß gehabt hatte. Mehr nicht. Und mit ihrem Ex, dem Lehrer Harald – Sport und Englisch – aus Lüneburg, hatte es einen dreiwöchigen Rückfall gegeben. Es war eine gute Zeit gewesen, bis Harald wieder anfing Forderungen zu stellen, zu klammern. Das waren Männer: eigenständig, einigermaßen reif, leider auch anstrengend. So ein Mann zu sein, davon war Attila weit entfernt. Und wenn Sabine einen Mann suchen würde, dann bestimmt keinen Polizisten.

Bevor das nutzlos und schweigend im Nieselregen Stehen unangenehm werden konnte, rauschten die Kollegen an. Schon von Weitem war der Tross auf der Landstraße zu erkennen.

Zwei Zivil-PKW, ein Sprinter der Spurensicherung und ein Leichenwagen. Dahinter, als würde er dazu gehören, ein PKW mit dem Logo der Lüneburger Stimme mit zwei hungrigen Reportern an Bord. Lungern die eigentlich den ganzen Tag vor der Polizeidirektion rum, um sich im richtigen Moment an eine Einheit dranzuhängen, fragte sich Sabine.

»Die sollen verschwinden«, sagte Sabine zu Attila und deutete auf das Auto der Reporter. Attila sprintete los, und augenblicklich schämte sich Sabine dafür, wie selbstverständlich sie inzwischen die Ergebenheit des Kollegen ausnutzte.

Blitzartig wurde der ruhige Waldweg zu einem Tummelplatz kriminalistischer Experten. Paravents wurden aufgestellt, um den Blick der Reporter und der vorbeifahrenden Autofahrer auf das Geschehen zu versperren. Fotos und Videos wurden gemacht. In weiß gewandete Menschen huschten Waldelfen gleich zwischen den Bäumen umher. Es war lange her, dass Sabine einen solchen Einsatz miterleben durfte. In solchen Momenten kam sie sich als Dorfpolizistin ganz schön klein vor. War es nicht völlig schräg, dass sie den Weitergang ihrer Karriere von der Lebenszeit ihres Vaters abhängig machte? Was, wenn er 100 würde? Dann wäre sie 50, wenn sie Gartow verlassen konnte, zu alt für die Kripo in Lüneburg oder das LKA in Hannover.

»Na, wenn das keine Freude ist«, riss eine Frauenstimme Sabine aus ihren Gedanken. Sie drehte sich um und blickte in ein vertrautes Gesicht.

»Melanie«, sagte Sabine und war nicht sicher, ob sie sich freuen oder ärgern sollte. »Das ist ja schön. Wie geht es dir? Siehst gut aus.«

»Und du erst. Das ruhige Leben hier in der Wildnis bekommt dir offenbar gut. Und sexy Kollegen hast du auch.« Melanie deutete mit dem Kopf auf Attila, der etwas verloren zwischen den dynamischen Beamten herumtippelte. Sabine verdrehte die Augen.

Melanie Gierke – unter Kollegen, und wenn sie es nicht hörte, EmGee genannt – war Hauptkommissarin bei der Kripo in Lüneburg. Drei Jahre zuvor hatte sie mit Sabine zusammen den Fall von mehreren Toten in einem nahegelegenen Gehöft aufgeklärt. Es war eine verzwickte Geschichte, in der ein verstörtes Kind und ein irrer Guru vorkamen. Damals durfte Sabine nicht nur an der Erfahrung und Professionalität der nun 46 jährigen Kollegin teilhaben, sondern nebenbei viel zu tief in deren Abgründe blicken. Melanie war zu der Zeit nicht ganz trockene Alkoholikerin, nahm Antidepressiva und Schmerzmittel und schwankte in ihrer kriminalistischen Performance zwischen rabiatem Supergirl und bedauernswerter Bahnhofspennerin. Sabine hatte Melanies Abstürze gedeckt, die im Gegenzug übersah, dass Sabine in den Ermittlungen eine Menge Regeln verletzte.

Sabine würde nicht behaupten, dass sie Freundinnen geworden wären. Melanie hatte auch dringend von einer solchen Verbindung abgeraten und sich selbst als toxische Freundin bezeichnet, womit sie sicher ganz richtiglag. Sabine hatte ihr empfohlen, sich in Therapie zu begeben. Ob sie das je getan hatte, wusste sie nicht. Seit dem Ende der Ermittlungen hatten die beiden Frauen nichts mehr voneinander gehört. Im Prozess um den Fall war Sabine nicht als Zeugin geladen gewesen. In den ersten Monaten hatte Sabine manchmal noch den Impuls gehabt, Melanie anzurufen, zu fragen, wie es ihr ging. Doch sie hielt es für unangemessen als die Jüngere und Rangniedrigere. Irgendwann hatte sie Melanie dann fast vergessen.

Die Kommissarin sah gut aus. Die Haare ein wenig länger, aber immer noch schwarz und stachelig gestylt, sie hatte abgenommen, das stand ihr. Vor drei Jahren hatte sie allerdings auch immer gut ausgesehen, wenn die Tagesform es zuließ und sie Zeit fürs Styling gehabt hatte. Sabine hatte Melanie jedoch auch völlig derangiert erlebt, wie um zehn Jahre gealtert.

»Und?«, fragte Melanie, offenbar entschlossen keine Wiedersehensfeier abzuhalten und über alte Zeiten zu plaudern, sondern an die Arbeit zu gehen. »Was ist Schreckliches passiert im dunklen wendländischen Forst?«

»Ältere Frau, zwei Teenager haben sie gefunden«, berichtete Sabine.

»Erdrosselt«, warf Attila ein, der sich angeschlichen hatte.

»Ach ja?«, fragte Melanie und blickte Attila durchdringend an. »Haben Sie die Tote bereits eingehend untersucht?«

Attila zuckte zusammen. »Nein, natürlich nicht. Ich habe nichts angefasst. Wir haben auf Sie gewartet.«

Ein Beamter der Spurensicherung sprach Melanie an.

»Es macht den Eindruck, als sei der Körper vom Waldweg zum Gebüsch geschleift worden. Spuren am Boden weisen darauf hin. Es ist hier aber auch ganz schön herumgetrampelt worden, scheint mir.«

Melanie sah Attila und Sabine vorwurfsvoll an. »Der Kollege hat sich kurz vergewissert«, bemühte sich Sabine um eine Erklärung, die weder sie noch Attila als Trottel dastehen ließ, »dass die Person wirklich tot ist. Sonst ist niemand dort herumgelaufen.«

»Wo ist Bozetti?«, fragte Melanie den Spurensicherer.

»Da kommt er«, sagte der Beamte und deutete auf einen silberfarbenen BMW, der gerade von der Landstraße in den Waldweg einbog. Dr. Antonio Bozetti, das wusste sogar Sabine, war der Rechtsmediziner in Lüneburg, der schon mehrfach im Zusammenhang mit spektakulären Fällen in den Medien aufgetaucht war. Auch aus Hamburg und Hannover wurde der angesehene Forensiker angefordert. Der Mann war um die 60 und trug immer Dreiteiler mit Fliege. Auch am Tatort. Sein Wagen wurde an diesem Tag von einem jungen Kollegen gesteuert, vermutlich sein Assistent. Über Bozetti wurde in Polizeikreisen mit anzüglichem Grinsen erzählt, dass seine allesamt männlichen und attraktiven Assistenten ihrem Chef nicht nur bei der Arbeit zur Hand gingen. Sabine kannte über fast jeden einigermaßen namhaften Menschen bei der lokalen Polizei eine Geschichte, in der es um Schrullen, Geheimnisse oder sexuelle Vorlieben ging. Die wenigsten stimmten.

Melanie winkte Bozetti und forderte ihn auf, sich der Gruppe anzuschließen. Der Assistent blieb im Wagen.

Der Beamte von der Spurensicherung ging voraus, und Melanie und Sabine folgten. Auch Attila machte sich auf den Weg, doch Melanie gebot ihm mit einem Handzeichen, zurückzubleiben. Sabine hatte eigentlich erwartet, ebenfalls ausgeschlossen zu werden. Das war ein Fall für die Kripo, nicht für sie. Die Dorfsheriffs durften bestenfalls Kaffee holen, wenn er gewünscht wurde. Wollte Melanie sie nun dabeihaben?

Auf dem Weg zu der Toten gab der Beamte noch ein paar Erkenntnisse preis. »Es spricht vieles dafür, dass die Tote in einem Auto bis hierher transportiert wurde, aber nach Reifenspuren brauchen wir gar nicht zu suchen – zu nass und zu viele andere Fahrzeuge.« Er deutete auf den Streifenwagen, mit dem Attila gekommen war. Sollte das wieder ein stiller Vorwurf an die Dorfdeppenkollegen sein, fragte sich Sabine. Wenn der Streifenwagen dort nicht gestanden hätte, hätte der Spusi-Transporter doch da gehalten. Also alles Deppen. Aber da Melanie die Bemerkung nicht kommentierte, schwieg Sabine ebenfalls.

Sie traten hinter den Paravent und dort lag, zur Hälfte vom Gebüsch verdeckt, die Tote. Unspektakulär, wie Sabine fand. Kein Blut, kein Tierfraß, keine Verwesung. Sie hatte schon Schlimmeres gesehen, viel Schlimmeres.

Dr. Bozetti, der keinen Schutzanzug trug, hockte sich neben den Körper. An den Sohlen seiner blank polierten schwarzen Halbschuhe klebte reichlich Waldboden. Er hatte Latexhandschuhe übergezogen und befühlte Arm, Gesicht und Nacken der Toten.

»Ausgeprägte Leichenstarre«, murmelte er in sein Handy.

»Also?«, fragte Melanie.

»Mindestens acht Stunden tot, höchstens zwei Tage. Genauer gebe ich es Ihnen jetzt nicht.« Bozetti wandte sich an die Männer der Spurensicherung: »Dann drehen wir sie mal um.«

Die Beamten hoben den Körper an Schultern und Beinen ohne große Anstrengung an.

»Oh, was ist das?«, fragte Melanie, als der leblose Körper einen halben Meter über dem Boden schwebte. »Legt sie auf die Seite.«

Unter der Leiche war der Waldboden aufgewühlt, eher aufgegraben. Ein Rechteck, etwas größer als die Tote.

Die Männer ließen die Frau neben diesem Rechteck auf den Boden sinken und drehten sie dabei um. Das blaugraue Gesicht der Toten war verklebt von Erde. Die Augen waren geschlossen, der Mund halb geöffnet, die Zunge trat blau und dick heraus. Um den Hals war eine dünne blaue Schnur gewickelt. Bei genauerem Hinsehen erkannte Sabine, dass es ein Kabel war, ein USB-Kabel, ein Ladekabel für ein Handy oder Ähnliches.

»Da hat wohl jemand angefangen, ein Grab zu schaufeln«, sagte Melanie und hockte sich über die nur wenige Zentimeter tiefe Öffnung.

»Er ist aber nicht weit gekommen«, sagte Bozetti.

»Vielleicht, weil er nur diesen Spaten hatte«, rief einer der Beamten aus zehn Meter Entfernung und reckte eine vermoderte Sperrholzplatte, 50 mal 50 Zentimeter groß, in die Luft. Er kam näher und hielt die Platte Melanie unter die Nase.

»Da«, sagte er und deutete mit dem Finger auf eine Kante der Platte, »da sind Stücke herausgebrochen, denn darunter ist das Holz hell. Das Brett modert vermutlich seit Monaten im Wald, aber diese Abbrüche sind ganz frisch. Und wenn du mal hier schaust«, er zeigte auf Riefen in der Erde, »dann passen diese Spuren bestens zu dem unpraktischen Grabwerkzeug.«

Melanie nickte anerkennend. »Er hat wohl auf die

Schnelle nichts Besseres gefunden und die Lust verloren«, sagte sie.

»Also war er schlecht vorbereitet«, mischte sich Sabine ein, denn sie wollte ja nicht völlig blöd danebenstehen, »sonst hätte er einen Spaten dabeigehabt. Die Tat war nicht geplant.« Sabine war unsicher, wie Melanie ihren Vorstoß beantworten würde. Sie hatte die Kollegin als unberechenbar in Erinnerung.

»Entweder das«, sagte Melanie und sah Sabine an, ganz normal, nicht geringschätzig oder von oben herab, »oder er hatte zwar die Tat geplant, musste aber bei der Beseitigung der Leiche improvisieren.«

Dr. Bozetti hockte neben dem Kopf der Toten und fingerte an dem Kabel um ihren Hals herum. »Die Tatwaffe sieht nicht nach minutiöser Planung aus«, sagte er. »So was ergreift man spontan und wundert sich, dass es nicht reißt. Und dass das Tatwerkzeug noch am Opfer hängt, spricht ebenfalls gegen ein bedachtes Vorgehen. Hier hat jemand ganz schön chaotisch agiert, würde ich sagen.«

»Nun denn«, sagte Melanie und erhob sich erstaunlich mühelos aus der Hocke, »dann ist es wohl mal wieder Zeit für ein paar nette Tage im schönen Gartow. Sind Schulferien?« Sie lächelte Sabine an.

Bei den letzten Mordermittlungen, die Melanie Gierke in Gartow mal mehr, mal weniger geleitet hatte, hatte sie fast zwei Wochen im Hotel am See gewohnt. Die Turnhalle der Grundschule hatte dem Kripo-Team damals als Lagezentrum gedient.

»Nein, Melanie, die Kinder brauchen ihre Turnhalle. Aber wir finden ein Plätzchen für euch«, sagte Sabine.

»Ich kann also wieder auf dich zählen?«, fragte Melanie, als sie zurück zu den Fahrzeugen gingen, und Sabine musste sich zusammenreißen, dass sie ihr nicht begeistert um den Hals fiel.

»Klar, ist ja mein Job«, murmelte sie nur.

Eine Stunde später standen Melanie und Sabine im Festsaal der Wendland-Schänke, einem Gasthof mit wenigen Zimmern im Zentrum von Gartow, und sahen sich um. Der Raum lag im hinteren Teil des Gebäudes und bot, je nach Bestuhlung, Platz für 200 Personen. Es gab einen Tresen und an einer Wand befand sich sogar eine kleine Bühne. Auf dem glänzenden Parkettboden standen wie hingewürfelt gut 20 Stühle. Weitere stapelten sich neben Tischen an einer fensterlosen Wand.

»Und du kannst echt noch nicht genau sagen, wie lange ihr den Raum braucht?«, fragte Daniel Faßbender, der Sohn der Wirtsleute, Sabine. »Wir haben in drei Wochen eine Hochzeit, der älteste Sohn vom Schmölder …«

»Da machen Sie sich mal keine Sorgen, junger Mann«, unterbrach ihn Melanie. »In ein paar Tagen sind wir wieder raus. Wenn Sie uns vielleicht vier, fünf Tische hinstellen, wir brauchen Steckdosen. Was ist mit WLAN …?« Melanie wurde vom Klingeln ihres Handys unterbrochen. Sie nahm ab.

»Verstehe«, sagte sie, »gut, schicken Sie es.« Sie beendete das Gespräch. Das Handy brummte, Melanie sah aufs Display und hielt es Daniel Faßbender unter die Nase. Der schreckte zurück.

»Schon mal gesehen?«, fragte sie den jungen Mann. Sabine sah nun, was Daniel so verschreckt hatte. Ein Foto vom Gesicht der Toten, nur notdürftig gesäubert, rund um den Kopf Waldboden, um den Hals das dunkle Kabel.

»Äh, nein«, stammelte Daniel. Es fiel ihm schwer, das Bild länger zu betrachten.

»Keine Papiere?«, fragte Sabine Melanie. Die schüttelte den Kopf. »Schick mir das Bild. Ich lasse Attila mal durchs Dorf laufen, ob jemand die Lady gesehen hat.«

»Okay«, sagte Melanie und zeigte das Foto erneut Daniel. »Schauen Sie bitte noch mal. Wirklich nicht gesehen?«

»Nein«, sagte Daniel und sah Sabine hilfesuchend an.

»Sag mal, habt ihr vielleicht ein Zimmer frei für die Kollegin?«, fragte Sabine den Wirtssohn und lenkte geschickt vom Mordopfer ab.

»Ja«, sagte Daniel und lächelte, »wir haben sogar sechs Zimmer frei, also alle. Ich gebe Ihnen das schönste und ruhigste«, sagte er zu Melanie.

Die beiden Frauen setzten sich in den Gastraum und bestellten Essen. Daniel empfahl einen Rinderbraten, den er frisch gemacht hatte. Der gutaussehende blonde junge Mann, Typ kalifornischer Surfer, arbeitete erst seit einem knappen halben Jahr wieder im elterlichen Betrieb. Vorher war er ein Jahr als Koch auf einem Kreuzfahrtschiff mitgefahren. Es schien ihm an Land zu gefallen, und seine Mutter war froh, ihn bei sich zu haben.

Attila rief an.

»Ja, mein Junge?«, säuselte Sabine ins Telefon, wobei sie Melanie verschwörerisch angrinste.

»Nenn mich bitte nicht ›mein Junge‹. Was soll ich mit dem hübschen Foto, das du mir geschickt hast?«

»Das sollst du bitte im Ort rumzeigen. Tankstellen, Cafés, Geschäfte, du weißt schon. Vielleicht hat sie jemand in den letzten Tagen gesehen. Und wenn du schon durch den Ort fährst, kannst du auch schauen, ob dir irgendwo ein verdächtiges einsames Auto auffällt.«

»Was für ein Auto?«, fragte Attila, und es klang etwas hilflos.

»Keine Ahnung. Ein Auto halt, ich weiß weder Farbe noch Marke, ich …«, sagte Sabine.

»Hatte sie denn ein Auto? Oder waren da Papiere, ein Schlüssel bei der Toten?«, fragte Attila.

»Kein Schlüssel, keine Papiere. Aber wenn die Frau nicht von hier ist, muss sie ja irgendwie hergekommen sein …«

»Sie kann doch bei jemandem im Auto mitgefahren sein. Vielleicht bei ihrem Mörder.«

»Ja, Attila«, sagte Sabine genervt von diesem Gespräch. »Halt einfach die Augen offen.«

Sabine legte auf und nahm einen tiefen Schluck von dem Bier, das Wirtin Irene ihr in der Zwischenzeit serviert hatte. Melanie trank eine Cola. Die trockene Alkoholikerin war offenbar inzwischen wirklich trocken. Oder Sabine sollte das denken. Zu gerne hätte sie sich nach Melanies Gesundheitszustand erkundigt, traute sich aber nicht.

»Ist was?«, fragte Melanie, als sie ihr Glas abstellte.

»Nö«, sagte Sabine. »Was soll sein?«

KAPITEL 3

Sabine blickte auf ihr Handy. 1 Uhr. Und jemand klingelte Sturm. Vermutlich war Papa, der sein Schlafzimmer im Erdgeschoss hatte, längst wach und auf dem Weg zur Tür, um die Nervensäge zu beschimpfen. Nein, Unsinn, Papa war ja noch im Krankenhaus. Also musste Sabine wohl oder übel selbst nachsehen.

Schon auf der Treppe sah sie durch die Milchglasscheibe, wer ihr mitten in der Nacht die Aufwartung machte. Mittelgroß, breite Schultern. Polizeimütze.

»Attila«, sagte Sabine, während sie die Tür öffnete, »was soll das? Warum rufst du nicht an?«

»Habe ich«, sagte er und grinste selbstbewusst. »Aber du gehst ja nicht dran. Dein Handy steht bestimmt wieder auf ›Bitte nicht stören‹.«

Da hatte er recht. Sabine nutzte diese Einstellung seit längerer Zeit, weil sie nicht von jeder unwichtigen WhatsApp-Nachricht gestört werden wollte.

»Was gibt's?«

»Ich habe das Auto gefunden, also glaube ich jedenfalls.«

»Was? Wieso? Woher weißt du …?« Sabine war noch nicht ganz wach.

»Lass uns hinfahren«, sagte Attila und trippelte aufgeregt von einem Bein aufs andere. »Unterwegs erzähle ich dir alles.«

»Darf ich mir vorher was anziehen?«, fragte Sabine und ging die Treppe hoch. Attila wartete im Hausflur.

»Hast du Melanie schon angerufen?«, rief sie nach unten, während sie in ihre Uniform schlüpfte.

»Geht auch nicht dran. Sie ist wohl gestern Abend noch mal weggefahren«, sagte Attila.

»Woher weißt du das denn, Sherlock?«, fragte sie, als sie die Treppe herunterkam.

»Hat Daniel mir erzählt. Der hat sie zufällig gesehen.«

Sie stiegen in den Streifenwagen und Attila raste in westlicher Richtung aus Gartow heraus.

»Sag mal«, fragte Sabine Attila, »wo fährst du eigentlich hin? Hast du den Wagen in der Nähe der Toten gefunden?«

»Nein, nicht so richtig. Eigentlich weit weg. Ich schätze, fünf Kilometer Luftlinie.«

Sie bogen von der Hauptstraße in eine schmale Nebenstraße ein, die Attila mit unverminderter Geschwindigkeit nahm.

»Saß jemand drin in dem Auto?«, fragte Sabine.

»Nee.« Attila sah sie verwundert an. »Wieso?«

»Weil du so bretterst. Das Auto fährt uns nicht weg.«

Er wurde langsamer, viel langsamer, bog in einen Waldweg ein und blieb stehen.

»Da isser«, sagte er und lächelte stolz.

Im Scheinwerferlicht des Streifenwagens, keine zehn Meter entfernt, stand ein weißer Kleinwagen, ein Škoda.

»Äh«, Sabine konnte ihre Verwunderung nicht verbergen, »wie kamst du darauf, hier zu suchen, am Arsch der Welt, mitten im Wald?«

»Ich habe nicht gesucht. Ich habe gefunden. Ich war auf dem Weg nach Trebel, um dort im Birkenkrug zu fragen, ob jemand die Frau gesehen hat. Da ist um die Zeit oft noch was los. Und wie ich da über die Landstraße fahre, sehe ich zufällig was Rotes im Wald aufblitzen. Da habe ich wohl kurz das Rücklicht dieses Wagens angeleuchtet. Ich bin also zurück und habe mir das näher angeschaut. Bingo.«

Sabine nickte ihm anerkennend zu. Attila ließ den Streifenwagen ein Stück näher an den Škoda rollen.

»Stopp«, sagte Sabine. »Denk an die Spuren. – SAW«, las sie vom Kennzeichen ab. »Salzwedel. Das ist nur eine halbe Stunde entfernt.«

»Martina Breesen«, sagte Attila.

»Was?« Sabine sollte in dieser Nacht aus dem Staunen gar nicht mehr herauskommen.

»Halterabfrage geht ja schnell. Martina Breesen aus Salzwedel.«

»Und? Was weißt du über sie?«, fragte Sabine und war auf alles gefasst.

»Na, nichts«, sagte er und grinste. »So schnell bin ich dann doch nicht. Vielleicht ist sie unser Opfer, vielleicht hat sie den Wagen verliehen. Vielleicht hat der Wagen auch gar nichts mit unserer Toten zu tun. Als gestohlen gemeldet ist er nicht.«

Während sie im kalten, nächtlichen Wald auf das Eintreffen der Spurensicherung warteten, konnte Sabine noch herausfinden, dass diese Martina Breesen nicht als vermisst gemeldet war. Eine Festnetz- oder Handynummer der Frau war allerdings nicht so einfach zu ermitteln.

»Das dauert mindestens eine Stunde, bis die Spusi hier ist«, sagte Sabine, während sie vorsichtig und mit großem Abstand um den Škoda herumging. Vor allem war die Frage zu klären: Wer hatte den Wagen dort abgestellt? Seine Besitzerin, die dann gut fünf Kilometer Luftlinie von diesem Ort entfernt, tot aufgefunden worden war? Oder ihr Mörder, der sich nach der Tat mit dem Fahrzeug vom Tatort entfernt hat? Eine weitere Möglichkeit war, dass der

Fundort nicht der Tatort war und der Täter die Tote mit diesem oder mit einem anderen Fahrzeug an den Fundort gebracht hat. Dort hat er offensichtlich versucht, die Leiche zu vergraben, was er aber, aus welchen Gründen auch immer, abgebrochen hatte.

Viele dieser Fragen würde der alte Škoda beantworten, wenn man ihn nach allen Regeln moderner Forensik befragte.

Mit der Spurensicherung traf auch Melanie Gierke ein, erstaunlich gut gestylt und in quietschgelben Gummistiefeln.

»Du hast dich unseren Bedingungen ja bestens angepasst«, sagte Sabine und deutete auf die Stiefel. Melanie lächelte nur.

Sabine berichtete der Kollegin knapp, was sie über Fahrzeug und Halterin wusste. Währenddessen sicherten die Beamten in ihren weißen Overalls Reifenspuren sowie Verschmutzungen am Fahrzeug und machten sich anschließend daran, das Auto zu öffnen. Es dauerte nur wenige Sekunden.

»Was ist hier in der Nähe?«, fragte Melanie. »Ist da hinten nicht irgendwo dieser Hof, auf dem wir so eine schöne Zeit hatten?« Sabine staunte über das gute Orientierungsvermögen der Kollegin.

»Schöne Zeit, klar«, sagte Sabine. Sie hatte den Fall rund um diesen Hof und die Sekte als ziemlich grauenhaft in Erinnerung.

»Ja«, sagte Attila, während er Google Maps auf seinem Handy studierte. »Etwas über einen Kilometer Luftlinie ist es bis zu dem Hof. Aber mit dem Auto muss man einen Riesenbogen fahren und dann ist das auch gar nicht so leicht zu finden. Zu Fuß durch den Wald geht man vielleicht eine Viertelstunde.«

»Was ist da jetzt auf diesem Hof?«, fragte Melanie.

»Da zieht ein alter Bekannter von uns ein«, sagte Sabine.

»Hä?« Melanie sah sie verwirrt an. »Haben wir gemeinsame alte Bekannte?«

»Naturbelassen e. V.«, sagte Sabine und war gespannt, ob es bei Melanie klingelte.

»Ach«, rief Melanie. »War das nicht dieser ominöse Verein aus Lüneburg? Andreas …«

»Schmidt«, half Sabine, »genau dieser Club. Die werden jetzt unsere Nachbarn. Halleluja.«

Mit dem Verein Naturbelassen e. V. hatten Melanie und Sabine bei ihrem letzten gemeinsamen Fall zu tun gehabt. Einer der Männer, die in den 80er-Jahren in dem alten Wendland Hof in einer obskuren Sekten-Kommune gelebt hatte, hatte später diesen Verein gegründet und ihm zu einiger Bedeutung verholfen. Naturbelassen e. V. hat sich die Reinhaltung der Natur zum Ziel gesetzt. Die Mitglieder nehmen Artenschutz wörtlich und halten es für ökologisch bahnbrechend, wenn nur Pflanzen und Tiere in Mitteleuropa kultiviert und gezüchtet werden, die es auch vor Jahrhunderten schon hier gegeben hat. Die ständige Vermischung der heimischen Arten mit exotischen Varianten ist nach Meinung des Vereins ebenso von Übel wie Gentechnik. Man spricht auf Informationsveranstaltungen und in Broschüren offen von Naturschutz als Heimatschutz und hinter vorgehaltener Hand auch von »völkischer Landwirtschaft«. Und so werden alte Getreidesorten und Schweinerassen rückgezüchtet, Wälder renaturiert, und es wird viel Forschung betrieben. Der Verein kauft große Flächen, um sie im Sinne von Naturbelassen e. V. zu bewirtschaften oder eben verwildern zu lassen – je nachdem. Das Geld dafür stammt maßgeblich von privaten Großspendern. Die Bio-Bauernverbände und

Öko-Label diskutieren bereits Abwehrstrategien gegen die Unterstützung von ganz Rechts.

Melanie und Sabine hatten im Gespräch mit dem sehr smarten und charismatischen Andreas Schmidt damals den Eindruck gewonnen, dass es dem Verein bei Weitem nicht nur um die Reinheit von Pflanzen und Tieren ging, sondern vor allem um die »Reinheit der Bevölkerung«, was auch immer man sich darunter vorstellen möchte. Das Einwandern sogenannter »fremder Gene« empfanden Mitglieder des Vereins auch bei Menschen als schädlich. Naturbelassen e. V. war gut darin, diesen Anspruch so zu verbrämen, dass er nicht offen rassistisch klang.

Nach dem Niedergang der Sekte vom Wendland Hof war der Besitz in Ermangelung von Erben an das Land Niedersachsen gefallen, dem Schmidt umgehend ein Kaufangebot unterbreitet hatte. Er sah in dem Hof, der selbst in einem verwilderten Stück Wald lag, einen idealen Standort für seinen Verein. Das Angebot muss gut gewesen sein, die geplanten Umbau- und Erweiterungsmaßnahmen mit Ökologie und Landschaft vereinbar, und so war der Zuschlag für Schmidt innerhalb eines Jahres erfolgt. Auf Bestreben einiger Bürger, zu denen auch Sabines Vater Johannes gehörte, hatte sich der Verfassungsschutz den Verein genauer angesehen, aber keine Gründe gefunden, die Gemeinnützigkeit infrage zu stellen.

Seit einem halben Jahr war nun also das »Ökologische Zentrum Naturbelassen e. V.« im Entstehen. In Gartow und Umgebung betrachtete man die neuen Nachbarn mit gemischten Gefühlen. Die meisten hofften sicher, dass sie von den Aktivitäten auf diesem verwunschenen Hof genau so viel mitbekommen werden, wie es in den letzten 40 Jahren der Fall gewesen war – nämlich gar nichts.

»Kein Handy, keine Papiere«, sagte ein Beamter der Spurensicherung.

»Na gut«, erwiderte Melanie, »dann nehmt die Kiste mit.«

Schon auf dem Weg zur Wache wurde schnell klar, wo sie mehr über Martina Breesen erfahren würden. Über Google fand sich ein Foto der Frau. Es handelte sich bei der Toten eindeutig um ebendiese Martina Breesen. Sie war offenbar Lokaljournalistin in Salzwedel. Auf der Wache sahen sich Sabine und Melanie mehrere Artikel von ihr im Netz an.

»›Alt und Jung beim Seniorenfasching im Kolpingheim von Martina Breesen‹«, las Melanie mit theatralischem Pathos von ihrem Handy ab. »Oder hier, auch aus dem Salzwedeler Tageblatt: ›Ein Rentner aus Beetzendorf hat ein Vogelhaus mit immergrünem Dach erfunden‹, von Martina Breesen. Noch eine ganz heiße Story: ›Profikampfsportler Sandro Meier aus Arendsee schwört auf tierische Eiweißquellen‹, von Martina Breesen.«

»Verstehe«, sagte Sabine. »Als große Enthüllungsjournalistin ist sie offenbar nicht in Erscheinung getreten. Was wollte sie bei uns? War sie beruflich hier?«

AKTE WENDLAND

C:\Users\name\Documents\AkteWendland\Intro
22.04.21

Ich habe letzte Woche die Diagnose bekommen. Alzheimer. Die Krankheit ist noch in einem frühen Stadium, und man kann den Prozess mit Medikamenten verlangsamen, aber das Urteil steht fest. Ich werde mein Gedächtnis verlieren und damit meine Identität, genauer: meine Identitäten, nun alle und endgültig. Habe ich das verdient? Wer an Gerechtigkeit glaubt, an eine höhere Macht, an Karma, der wird sagen: ja. Das geschieht dir recht.

Ich glaube nicht an Gott und auch nicht an eine irdische Gerechtigkeit. Wenn es die gäbe, dann säßen andere Leute in den Gefängnissen, dann wären andere auf der Flucht. Ich will mich nicht beklagen. Ich habe meinen Kampf gekämpft und ihn verloren. Ich habe eine zweite Chance bekommen und sogar eine dritte. Das ist nicht selbstverständlich.

Ich habe bislang niemandem von der Diagnose erzählt, und sie wird so lange wie möglich mein Geheimnis bleiben. Ein weiteres Geheimnis, das ich hüten muss. Ich habe verdammt viele davon.

Um diese Geheimnisse festzuhalten, die als Erinnerungen in meinem Kopf nun schnell verblassen und irgendwann ganz verschwinden werden, schreibe ich sie auf.

Ich habe noch keine Idee, was mit diesen Aufzeichnungen passieren soll. Ich will kein Buch schreiben, obwohl es sicher ein Bestseller würde. Ich will mich für nichts rechtfertigen. Ganz im Gegenteil. Ich möchte schildern, was ich getan habe und, soweit das möglich ist, erklären, warum. Dabei werde ich auch die Wahrheit schreiben über die, die mich auf meinem Weg begleitet haben, und die, über die ich gestolpert bin. Das kann für einige von ihnen Folgen haben, wenn es öffentlich wird. Deshalb habe ich mich entschieden, wichtige Namen in diesem Text abzukürzen. Nach meinem geistigen oder körperlichen Ableben mögen andere sich Gedanken darüber machen, wer gemeint sein könnte. Und dann kann, wer will, enthüllen, aufdecken, konfrontieren und vollstrecken.

Ich habe keinen Grund, auf irgendjemanden Rücksicht zu nehmen. Ich fühle mich nur noch der Wahrheit verpflichtet. Ich kann nicht alles, was ich hier schildere, beweisen. Es ist so vieles vertuscht und gelöscht worden in all den Jahren, dass meine Erinnerungen kaum große Gerichtsverhandlungen nach sich ziehen werden. Das ist mir egal. Ich schreibe auf, was ich erlebt habe, an was ich mich erinnere. Was damit geschieht, ist nicht mehr meine Sache.

KAPITEL 4

Sabine war noch nie in Salzwedel. Warum eigentlich nicht? Die malerische Kleinstadt am nördlichen Rand von Sachsen-Anhalt war nur eine halbe Autostunde von Gartow entfernt. Das 25.000-Einwohner-Städtchen trug sogar den Ehrentitel Hansestadt wie Lüneburg, Uelzen und Hamburg.

Mittelalterliche Altstadt, romanische und gotische Kirchen. Sabine hatte das alles gegoogelt. Sie müsste mal mit Papa dort hinfahren, er mochte so was.

Doch als sie mit Melanie in deren zivilem Dienstwagen über das Kopfsteinpflaster der Altstadt rollte und vor dem Gebäude des Salzwedeler Tageblatts in der Innenstadt zum Stehen kam, war sie nicht als Touristin gekommen.

Norbert Kallen, der Chefredakteur der Lokalzeitung, wirkte ehrlich erschüttert, als Sabine ihm am Telefon vom tragischen Tod seiner Mitarbeiterin berichtet hatte.

Als Sabine und Melanie nun vom Empfang durch die kleine Redaktion ins von gläsernen Wänden begrenzte Büro des Chefredakteurs geführt wurden, sahen die Mitarbeiter von ihren Schreibtischen auf und verfolgten sie mit neugierigen Blicken. Es wurde getuschelt. Natürlich hatte der Chef sein Team darüber informiert, was geschehen war und wer da reingeschneit kam. In alter Gewohnheit trug Sabine Uniform, da bedurfte es sowieso keiner weiteren Erklärung.

»Die Kollegen haben für den Mittag eine Trauerfeier geplant«, merkte Chefredakteur Kallen noch vor einer

Begrüßung an. »Da muss ich natürlich dabei sein. So lange brauchen wir doch nicht, oder?«

»Nein, sicher nicht«, sagte Melanie.

Kallen war ein kleiner, fast kahlköpfiger Mann Anfang 50. Er trug einen grauen Anzug, darunter ein völlig unpassendes beiges Poloshirt, seine Füße steckten in grauen No-Name-Sneakers. Er machte den Eindruck, als hätte man ihm gesagt, dass jemand, der im digitalen Zeitalter noch eine gedruckte lokale Tageszeitung leitete, unbedingt schrullig aussehen müsse.

Kallens Blick und sein Lächeln ließen jedoch einen wachen, neugierigen Geist und einen erfrischenden Humor vermuten. Für Letzteren gab es aktuell natürlich keinen Anlass.

Sabine und Melanie saßen mit ihm am Besprechungstisch seines funktionalen Büros und bekamen von der Empfangsfrau Kaffee und Wasser serviert. Eine Sekretärin hatte Kallen offenbar nicht.

»Martina Breesen«, sagte Kallen nachdenklich, ohne dass sie ihm eine Frage gestellt hatten. »Eine liebenswerte Frau. Mehr kann ich gar nicht sagen, denn so viel hatte ich nicht mit ihr zu tun. Sie ist schon lange bei uns. Als ich 2012 hier anfing, ich komme aus Magdeburg, war sie schon da.«

»Was heißt da?«, fragte Melanie. »Kam sie täglich in die Redaktion?«

»Nein, nein«, sagte Kallen und lachte verlegen. »Wer kommt heute schon noch täglich ins Büro? Und Martina war ja freie Mitarbeiterin, die arbeitete ja sowieso von zu Hause aus.«

»Wollte sie keine festangestellte Redakteurin sein, oder gab es da keine Möglichkeiten?«, fragte Sabine, und Kallen lächelte.

»Ich weiß nicht, was Sie über die aktuelle Medienlandschaft wissen«, sagte der kleine Mann, und es klang etwas von oben herab, »aber wir sterben auf Raten. Wir freuen uns über jede Verrentung und jede Kündigung, dann müssen wir niemanden entlassen. Viele Zeitungen arbeiten nur noch mit Freien. Wir haben wenigstens noch fünf Redakteure. Aber, wenn einer geht, kommt kein neuer.«

»Hat Frau Breesen auch für andere Zeitungen gearbeitet?«, fragte Sabine.

Kallen wirkte plötzlich unsicher. »Wenn Behörden diese Frage stellen, werden wir nervös, denn das berührt das Thema der Scheinselbstständigkeit …«, stammelte er.

»Das interessiert uns nicht, Herr Kallen«, unterbrach Sabine den Buchhalter-Sermon. »Also, hat sie, oder hat sie nicht?«

»Ich glaube nicht. Ich glaube, sie hat nur für uns geschrieben«, sagte Kallen ein wenig verschreckt. »Wenn ich auch mal etwas fragen darf: Wer bringt eine Frau wie Martina um? Sie war nett, harmlos, ein bisschen bedauernswert vielleicht. Ist sie etwa«, er traute sich kaum, das Wort auszusprechen, »vergewaltigt …?«

»Nein«, unterbrach ihn Sabine, »sie ist nach unseren bisherigen Kenntnissen nicht vergewaltigt worden.«

Er schien erleichtert.

»Was waren Frau Breesens Themen?«, fragte nun Melanie. »Wir haben ein bisschen gegoogelt. Da fanden wir eher, nun ja, bunte Sachen, sagt man, glaube ich.«

»Moment«, sagte Kallen und stand auf. Er öffnete die Tür und rief in den Raum: »Britta, kommst du mal bitte?«

Eine Frau schoss vom Sitz in den Stand. Offensichtlich hatte sie schon auf ihren Einsatz gewartet. Zügig bewegte sie ihren großen und ziemlich schweren Körper durch das Labyrinth der Tische und Stühle. Sie hatte feuerrot gefärbte Haare und trug ein enges blaues Kleid, das ihre ausladende Figur selbstbewusst betonte. Als sie aufstand, wirkte sie wie Mitte 30, im Näherkommen schätzte Sabine sie auf Ende 40.

»Frau Salzmann hat Martina meistens eingesetzt«, sagte er und präsentierte die Frau wie einen Stargast, indem er mit beiden Händen auf sie deutete. Einen Platz konnte er ihr nicht anbieten. Es gab keinen mehr.

»Britta, was hat Martina in der letzten Zeit für uns gemacht?«, fragte er die Rothaarige.

»Vor zwei oder drei Wochen war sie auf einem Basar, den die Grundschulen für Kinder aus der Ukraine veranstaltet haben. Und sie war bei einer Frau in Brietz, die Drillinge bekommen hat. Das war eine schöne Geschichte, weil die Mutter selbst ein Drilling ist und ...«

»Ja«, unterbracht Melanie ruppig, aber notwendig. »Irgendwelche brisanten Themen?«

Britta Salzmann sah Melanie fast mitleidig an. »Brisant? Also«, sie wandte sich nach Zustimmung heischend ihrem Chef zu, »brisant ist bei uns in der Altmark kaum ein Thema. Das ist journalistisch vielleicht lahm, aber fürs normale Leben ...«

»Hatte sie einen Job in unserer Gegend – Gartow, Lüchow, Wendland?«, fragte Sabine.

»Nein«, sagte Frau Salzmann. »Da fällt mir nichts ein. Das ist gar nicht unser Gebiet.«

»Also keine brisanten Themen, ja?«, blaffte Melanie, die in der kurzen Zeit von entspannt interessiert auf maximal genervt gewechselt hatte, ohne dass Sabine einen hinreichenden Grund dafür erkannt hätte.

»Keine Enthüllungen, korrupte Politiker, Umweltskandale der Industrie, Pädophile in den Kirchen?« Melanie hätte sicher immer weiter die Schrecken der Provinz aufgezählt, wenn Kallen nicht eingeschritten wäre.

»Nein. Das war nicht Martinas Kompetenzbereich, um es mal freundlich auszudrücken.«

»Martina war keine gelernte Journalistin«, sagte Britta Salzmann. »Sie hat in der DDR Schriftsetzerin gelernt und ist irgendwie reingerutscht in den Lokaljournalismus. Sie konnte gut schreiben, hatte Talent. Emotional, menschlich. Das passte zu uns. Aber sie hatte ja auch den behinderten Sohn. Martina war immer nur halb bei der Sache.«

»Ein Sohn?«, fragte Sabine.

»Ja, Dirk. Der muss so Mitte 30 sein, ist auf dem geistigen Stand eines Säuglings und kann außer sitzen und liegen nichts alleine. Er hat lange bei ihr gelebt, erst vor ein paar Jahren hat sie ihn in ein Heim gegeben. Es ging nicht mehr. Sie hat mir mal Fotos von dem Jungen, ach Quatsch, von dem Mann gezeigt. Er war doppelt so groß wie sie. Sie konnte ihn gar nicht baden oder so.«

Es herrschte einen Moment Stille. Vermutlich dachten alle das Gleiche. Die arme Frau. Und: Was wird jetzt aus dem Sohn, der keinen Besuch mehr von der Mutter bekommen wird und nicht verstehen wird, warum?

»Was hat sie bei Ihnen verdient?«, fragte Sabine.

Britta Salzmann dachte nach. »Das waren Pauschalen für Rubriken, die sie betreute, und Anstrichhonorare pro Artikel. Sie brachte es vielleicht auf 800 höchstens 1.000 Euro brutto im Monat. Etwas mehr, wenn Werbebeilagen zu betexten waren.«

»Davon kann man nicht leben«, sagte Melanie und es war sicher beabsichtigt, dass es wie ein Vorwurf an Kallen klang.

»Sie erhielt noch eine kleine Rente von ihrem Ehemann, dem Pastor Breesen. Und der Junge bekommt ja auch eine Rente«, erklärte Frau Salzmann.

»Sie war Witwe?«, fragte Sabine.

»Ja«, erklärte Britta Salzmann. »Ihr Mann war ein Pastor aus dem Ort. Ein gutes Stück älter als sie. Der ist vor 10 Jahren oder so gestorben.« Die Redakteurin wandte sich ihrem Chef zu, der zuckte mit den Schultern.

»War dieser Pastor der Vater des Jungen?«, fragte Melanie.

»Nein«, sagte die Salzmann. »Der Vater des Jungen ist schon viel länger tot. Über den weiß ich nichts. Also«, sagte sie, als ob sie eine Erklärung schulden würde, »Martina und ich waren keine Freundinnen oder so. Sie hat mir nicht ihre größten Geheimnisse anvertraut. Sie war auch nicht die Kollegin, mit der man öfter mal nach der Arbeit auf ein Bier gegangen ist …« Britta Salzmann sah schuldbewusst nach unten.

»Wieso?«, fragte Sabine.

»Na ja, sie war irgendwie anstrengend. Wenn sie mal dabei war, hat sie ziemlich viel getrunken und rumgejammert, dass sie keiner möge, dass sie nie Glück habe im Leben. So eben. Das muss man nicht unbedingt haben, wenn man nur ein bisschen ausspannen will.«

Sabine und Melanie nickten.

»Vielleicht ist es aber für das Gesamtbild wichtig«, meldete sich erneut Chefredakteur Kallen zu Wort, »dass Martina immer mal wieder mit großen Geschichten ankam. Oder jedenfalls mit dem, was sie dafür hielt. Journalistischen Ehrgeiz hatte sie schon, nicht wahr, Britta?«

»Was zum Beispiel?«, fragte Sabine.

»Also, vor zwei, drei Jahren«, sagte die Salzmann und die Anwesenden konnten ihr dabei zusehen, wie sie in den untersten Schubladen ihres Gedächtnisses kramte, »kam sie mit einer Story, in der es um einen Staatssekretär aus Magdeburg ging. Der Mann war im Urlaub in Portugal beim Segeln ertrunken. Martina behauptete, Infos zu haben, dass der Mann noch lebt und es sich auf irgendeiner Insel von der Lebensversicherung gutgehen lässt. Sie hatte angeblich hundertprozentig zuverlässige Quellen. Sie brauche nur ein Budget für die Recherche.«

»Verschwörungskram?«, fragte Melanie.

»Ja. Schon traurig«, antwortete Kallen. »Ich erinnere mich, wie sie mich letztes Jahr bekniet hat, eine Geschichte machen zu dürfen über eine rechte Organisation, ich glaube, es war der Dritte Weg, die systematisch seit Jahren Sportvereine, Landjugend, Pfadfinder, Jugendfeuerwehren und was weiß ich alles bei uns in der Gegend unterwandert, um eine Art neue Hitler-Jugend oder so was aufzubauen …«

»Das stimmt«, mischte sich die Salzmann ein, »von Nazis war Martina regelrecht besessen. Die sah sie überall.«

»Das klingt für mich jetzt nicht so abwegig bei euch«, sagte Melanie und grinste irgendwie kämpferisch, wie Sabine fand. »Nazis habt ihr doch reichlich. Ich meine, knapp 21 Prozent AfD im Landtag, das ist ja kein Pappenstiel. Und da wollten Sie Frau Breesen nicht mal den Teppich hochheben lassen, unter den solche Sachen hier sonst gerne gekehrt werden?«

»Also, ich muss sehr bitten«, grunzte Kallen und machte sich im Rahmen seiner Möglichkeiten ziemlich groß. »Was wollen Sie uns unterstellen?«

»Gar nichts«, bemühte sich Sabine um Frieden, »es deutet nur einiges darauf hin, dass Martina Breesen einer

Organisation auf der Spur war, die irgendwie dem rechten Spektrum zugeordnet werden kann. Hat sie mal den Verein Naturbelassen aus Lüneburg erwähnt?«

Kallen und Salzmann schüttelten die Köpfe.

»Hat sie da recherchiert?«, fragte Frau Salzmann.

»Wir wissen es nicht«, sagte Melanie.

»Aber unter uns«, sagte nun Kallen, der sich von Melanies Angriff auf seine journalistische Integrität erholt hatte, »selbst wenn an dieser Geschichte etwas dran ist, hätte Martina das nicht rausarbeiten können. Sie hätte die Recherche versemmelt. Ein Busfahrer kann kein Formel-1-Rennen gewinnen, wenn Sie verstehen, was ich meine. Und ich halte es durchaus für möglich, dass Martina ihre Unerfahrenheit und ihr Überengagement dabei zum Verhängnis geworden sind.«

»Na, Herr Kallen«, sagte Melanie und stand auf. »Dann haben Sie ja schon Ihre Rede für die Trauerfeier.«

Die Wohnung von Martina Breesen lag am nördlichen Ortsrand von Salzwedel in einer Siedlung mit lang gezogenen, zwei- bis dreistöckigen Wohnhäusern. Das Viertel sah recht ordentlich aus, nur das Haus, in dem Martina Breesen gelebt hat, das einzige Gebäude mit sechs Stockwerken, zeigte beim Näherkommen Spuren urbaner Verwahrlosung: alte Möbel auf den Grünflächen, kunstlose Graffiti an den Hauswänden und ein ausgeschlachtetes Auto auf dem Parkplatz.

Die Breesen bewohnte eine Zweizimmerwohnung im dritten Stock. Der Hausmeister wartete schon vor dem Gebäude, bei ihm ein Beamter der örtlichen Polizei, der den Kontakt hergestellt hatte.

»Danke, wir brauchen Sie dann nicht mehr«, war das

Erste, was Melanie zu dem Kollegen sagte. Und nachdem der Hausmeister die Wohnung aufgeschlossen hatte, durfte auch er sich vom Acker machen.

Sabine bewunderte Melanie für diese direkte Art und gleichzeitig fürchtete sie sie deswegen, weil sie nichts darauf gab, was mit den Gefühlen der Menschen um sie herum passierte.

Der enge Flur der Wohnung ließ auf einen ausgeprägten Ordnungssinn der Bewohnerin schließen. An der Garderobe hingen sauber auf Bügeln ein paar Jacken, darunter waren drei Paar Schuhe angeordnet, praktische Schuhe für die Straße, nicht für den großen Auftritt. Gleich links ging es in eine schmale Küche, deren Einbaumöbel das technische und ästhetische Verfallsdatum überschritten hatten, aber sauber und funktional wirkten. In einer Schale vergammelte eine Banane. Auf die obligatorische Pinnwand waren die Sperrmülltermine geheftet, eine Liste mit Telefonnummern des Pflegeheims Sonnenschein und ein Abholschein für eine Reinigung.

Der Kühlschrank enthielt eine Tupperdose mit gekochten Nudeln, Milch, Gemüse, zwei halbleere Flaschen Weißwein und eine halbleere Flasche Wodka.

Schlafzimmer, Wohnzimmer und Bad waren ebenfalls sauber und ordentlich. Es wirkte fast, als hätte die Bewohnerin mit Fremden gerechnet, bei denen sie keinen schlechten Eindruck hinterlassen wollte. Couch, Sessel und Tisch im Wohnzimmer, wulstige Polstermöbel in moosgrünem Velours, waren für den Raum eigentlich zu groß. Vermutlich hatte Martina mit Pastor Breesen im Pfarrhaus gewohnt und war nach seinem Tod mit diesen Möbeln umgezogen.

Es roch verbraucht, eine Mischung aus abgestandenem Lufterfrischer und Nahrung aus der Dose.

Auf einem kleinen Balkon standen mehrere Pappkartons mit leeren Flaschen. Wein, Wodka, Weinbrand, alles No-Name-Produkte aus dem Discounter. Auf einem Balkontisch befand sich ein Tetra Pak Weißwein. Eine Tüte mit Altpapier gab Zeugnis davon, dass Frau Breesen noch viel Gedrucktes gelesen hatte.

Auf dem Schreibtisch im Wohnzimmer stand ein einfacher Flachbildschirm, ein Farblaserdrucker, ein Laptop oder Computer war nicht zu sehen.

»Ihr Laptop hatte sie sicher dabei«, sagte Sabine. »Aber im Auto war es nicht.«

»Das ist eines der vielen Rätsel, die wir nun zu lösen haben«, sagte Melanie und blätterte planlos in einem Stapel mit Dokumenten und Fotos. So einen Stapel gab es auf fast jedem Schreibtisch. Man legte die Sachen, die man bearbeiten musste oder die noch nicht zum Wegwerfen gedacht waren, einfach auf die Seite und da blieben sie dann in Schichten, Sedimenten gleich, liegen. Zeitungsausschnitte eigener Artikel aus dem letzten Jahr hatte Martina Breesen hier ebenfalls gesammelt. Fotos von den Drillingen, über die sie berichtet hatte.

»Warum druckt sie die Fotos aus?«, fragte Melanie.

»Vielleicht zur Inspiration beim Schreiben«, sagte Sabine und grinste. Weitere Fotoausdrucke zeigten eine Gruppe Sportler an einem See.

»Von einem Fotografen sind die nicht«, sagte Melanie. »Die hat sie sicher selbst gemacht. Bei solchen Storys schickt man nicht zusätzlich einen Fotografen mit.«

»Moment mal«, sagte Sabine und nahm Melanie das Foto aus der Hand. »Das ist ja bei uns.«

»Hä?«

»Ja, das ist unser See.«

Vor dem Panorama des Gartower Sees stand eine Gruppe von vielleicht 30 Personen, die meisten in Sportkleidung. Einige hatten Surfbretter hochkant neben sich stehen, nein, erkannte Sabine beim näheren Hinsehen, es waren Boards fürs Stand-up-Paddling. Mehrere der Sportlerinnen und Sportler hielten stolz Pokale in die Höhe.

»Und hier ist unsere Bürgermeisterin Lucille von Grote und neben ihr Thomas und Irene Faßbender von der Wendland-Schänke. Vermutlich, weil Irene gleichzeitig Vorsitzende des Tourismusvereins ist. Und Polizeichef Metzger darf natürlich nicht fehlen. Da …« Sabine zeigte auf eine beleibte Person zwischen all den schlanken. »Das muss ja ein hochoffizielles Ereignis gewesen sein.«

Im Stapel fand sich der Artikel zu dem Ereignis: »Salzwedeler SUP-Damen erfolgreich bei der SUP-Challenge im Wendland, von Martina Breesen«. Der Artikel war vom August 2021 und nahm eine halbe Seite der Zeitung ein.

»Da warst du doch bestimmt dabei«, sagte Melanie und grinste überheblich. »Wenn bei euch schon mal was los ist.«

»Nee, war ich nicht«, sagte Sabine. »Da war ich im Urlaub und habe nichts davon mitbekommen. Das war nicht noch wochenlang Gesprächsthema bei uns.«

»Wie auch immer«, wurde Melanie wieder ernster, »Frau Breesen war also schon mal bei euch und ist lebend heimgekehrt mit einer Bombenstory. Wenn wir wüssten, was sie außer den erfolgreichen Paddlern noch gesehen hat, würde uns das sicher weiterbringen.«

Sie durchsuchten eine Zeit lang die Wohnung, ohne zu wissen, wonach, und traten schließlich auf den Hausflur. Die Wohnungstür gegenüber stand einen Spalt offen, schloss sich aber umgehend. Melanie klingelte. Es passierte nichts. Melanie klingelte erneut. Schließlich klopfte sie.

»Machen Sie bitte auf«, rief sie. »Polizei, wir haben ein paar Fragen«, sie warf einen Blick auf das Klingelschild, »Frau Jablonski.« Nichts. »Sonst müssen wir Sie vorladen, das wäre doch lästig. Es geht auch ganz schnell.«

Nun öffnete sich sehr langsam die Tür und ein altes, faltiges Gesicht kam zum Vorschein. Die Frau war etwa 70. Aus ihrer Wohnung wehte der Hauch von exzessivem Tabak- und Alkoholkonsum und einem freudlosen Ruhestand. Im Hintergrund plärrte ein Fernseher.

»Was wollen Sie denn?«, krächzte sie, wobei sie höchstens zehn Zentimeter Türspalt erlaubte.

»Dürfen wir kurz reinkommen?«, fragte Sabine und hielt der Frau ihren Ausweis unter die von feinen Äderchen marmorierte Nase.

»Nein«, zischte die Alte.

»Wir würden gerne über Ihre Nachbarin Frau Breesen sprechen«, sagte Melanie ungewohnt vorsichtig.

»Ich rede nicht mit Bullen über andere Leute …«, sagte die Frau und wollte die Tür schließen.

»Sie wissen es vielleicht noch nicht«, griff nun Sabine ein. »Frau Breesen ist tot. Sie wurde ermordet.«

Die Feindseligkeit in ihrem Gesichtsausdruck wurde von Entsetzen abgelöst. Wenn Frau Jablonski jetzt anfing, Fragen zu stellen, hatten sie ein Gespräch. Dann konnten auch Melanie und Sabine ihre Fragen stellen, doch Ablehnung und Misstrauen siegten bei der alten Frau über die Neugier.

»Dazu kann ich nichts sagen«, blaffte die Jablonski und knallte die Tür zu.

»Wenn Ihnen doch noch was einfällt«, rief Sabine durch die geschlossene Tür, »dann melden Sie sich bei uns.« Sie warf ihre Visitenkarte durch den Briefschlitz.

Dirk Quaas war mit 34 der jüngste Bewohner im Pflegeheim Sonnenschein. Weniger als halb so alt wie die nächstältere Bewohnerin. Das betonte Heimleiterin Karola Wiedemann, als sie Sabine und Melanie durch die Flure der Einrichtung führte. Es roch nach Kohl, nach Urin, nach Desinfektionsmitteln. Brabbeln, Rufen, Singen, Schimpfen drangen durch die Zimmertüren und mischten sich auf den Gängen zu einer geriatrischen Kakophonie. Sabine hasste diese Heime, und sie würde alles tun, um ihrem Vater diese letzte Meile im Leben zu ersparen.

»Dirk fühlt sich hier wohl. Er bekommt ja nicht mit, dass er unter Greisen lebt«, sagte die kleine Frau, die nicht weit von der Rente entfernt war. »Er freut sich, wenn ihn jemand anlächelt.«

Dirk saß in einem Rollstuhl, mit Gesicht in Richtung des Garten des Pflegeheimes, vor einem großen Fenster im Aufenthaltsraum und nickte mit dem Kopf.

Frau Wiedemann drehte den Rollstuhl um, und nun sahen die Polizistinnen, dass Dirk Kopfhörer trug.

»Was hört er?«, fragte Sabine.

»Heavy Metal«, sagte Frau Wiedemann und kicherte. »Das mag er.« Sie nahm ihm die Kopfhörer ab und sprach ihn an. »Dirk, es ist Besuch für dich da.«

Der Mann lächelte schief und verdrehte die Augen, konnte sein Gegenüber aber nicht fixieren. Speichel floss aus seinem Mundwinkel.

»Versteht er uns? Weiß er, was Sie gesagt haben?«, fragte Melanie.

»Nein«, sagte Frau Wiedemann. »Er hört mich, nimmt den Klang meiner Stimme wahr. Würde ich jetzt schimpfen, würde er das merken und traurig reagieren. Mehr Interaktion ist leider nicht möglich. – Wissen Sie schon, wer seiner Mutter das angetan hat?«

»Nein«, sagte Sabine. »Wir stehen noch am Anfang. – Haben Sie Martina Breesen gut gekannt?«

»Na ja, was heißt gut?«, sagte Frau Wiedemann. »Sie war drei- bis viermal die Woche hier. Da redet man über alles Mögliche.«

»Hat sie Dirk manchmal abgeholt und ist mit ihm irgendwohin gefahren?«, fragte Sabine.

»Nein, nie. Das schaffte sie gar nicht alleine, der Dirk wiegt fast 100 Kilo«, sagte Frau Wiedemann und lächelte. »Sie war immer nur hier bei ihm. Oft lange.«

»Glauben Sie, dass Martina Breesen glücklich war?«, wollte Melanie wissen und überraschte Sabine mit dieser Frage.

»Oh je, was heißt das schon? Sie hatte Sorgen. Das behinderte Kind, der Mann gestorben. Ich kenne sie ja erst, seit Dirk bei uns ist, also seit zehn Jahren ungefähr. Sie hat sich halt irgendwie durchgeschlagen.«

»Hat sie von ihrer Arbeit gesprochen? Sie war ja Journalistin«, sagte Sabine.

»Eigentlich kaum. Sie mochte das, was sie tat, glaube ich. Sie hat uns oft Zeitungen mitgebracht, in denen Artikel von ihr standen.«

»Und von einer größeren Geschichte hat sie nicht gesprochen?«, fragte Melanie.

»Doch, Moment, das muss Ende letzten Jahres gewesen sein. Da sagte sie, dass sie in der nächsten Zeit nicht so häufig kommen könne, weil sie eine größere Recherche zu erledigen habe.«

»Hat sie gesagt, worum es ging?«, fragte Sabine.

»Nein, ich habe auch nicht gefragt. Sie schien sich jedenfalls viel davon zu versprechen«, sagte Frau Wiedemann. »Aber sie ist dann trotzdem fast so häufig gekommen wie sonst.«

KAPITEL 5

Attila wäre gerne mitgefahren nach Salzwedel. Aber diese Melanie hatte gesagt, er solle mal schön das organisierte Verbrechen in Gartow im Auge behalten, das müsse ja auch jemand tun. Sie fand das witzig und Sabine leider ebenfalls. Überhaupt: Kriminalhauptkommissarin Melanie Gierke. Was wollte sie hier, außer gut aussehen und wichtig daherquatschen? Jetzt hatte sie im Festsaal der Wendland-Schänke ein Lagezentrum eingerichtet, und es war niemand dort. Den Fall Martina Breesen würde Attila mit Sabine sicher alleine gelöst bekommen. Wenn man Attila fragen würde, dann stünde als Nächstes eine Durchsuchung dieser Baustelle von Naturbelassen an und am besten auch von deren Zentrale in Lüneburg. Aber ihn fragte ja niemand.

Er wusste sehr viel über diesen ominösen Verein. Attila hatte Sabines Vater, dem alten Langkafel, am Computer geholfen, als der eine Anzeige gegen Naturbelassen beim Verfassungsschutz erstattet hatte. Und Langkafel war Feuer und Flamme gewesen, als Attila ihm erzählt hatte, dass er mit seinem Freund Daniel und ein paar Leuten zur Eröffnung von diesem komischen Zentrum eine Gegendemo plante. Das Wendland gegen rechts, oder so. Sabine war da zurückhaltender. Sie meinte, dass sie sich als Polizistin aus politischen Dingen eher raushalten sollte.

Attila hatte den ganzen Tag mit Polizeichef Jakob Metzger auf der Wache gehockt und sich gelangweilt.

Den einzigen Höhepunkt des Vormittags, eine Stunde Verkehrsunterricht in der Grundschule, hatte sich der Chef gegriffen. Nun saß Metzger wieder dick und breitbeinig auf seinem Platz und las die Bild-Zeitung. Dabei konnte er nicht still sein.

»Ey, Attila, du bist doch aus ner anderen Kultur, will ich mal sagen, also nicht falsch verstehen, also …«, stammelte Metzger.

»Noch mal, Herr Metzger«, unterbrach ihn Attila, »ich bin in Lüneburg geboren, meine Mutter in Winsen und mein Vater kam aus der Türkei, als er zwei Jahre alt war. Viel mehr Türke als Sie bin ich auch nicht.«

»Klar, schon gut«, ignorierte der Chef seinen Einwand, »aber was denkt denn einer wie du« – definiere einer wie du, dachte Attila, sagte jedoch nichts – »über solche Typen hier?« Er hielt die Zeitung hoch und zu sehen war das Bild eines jungen Mannes mit Dreitagebart, der auffällige Ohrringe trug, eine opulente Halskette und geschminkt war wie eine Frau.

»Keine Ahnung, kenn ich nicht«, sagte Attila und blickte so konzentriert auf sein Handy, dass Metzger eigentlich merken müsste, dass er kein Interesse an dem Gespräch hatte.

»Das ist Kim de l'Horizon«, las Metzger vor und hatte bei dem Namen Schwierigkeiten mit der französischen Aussprache, »ein Schweizer Schriftsteller. Er bezeichnet sich selbst als – Achtung, jetzt hör zu – ›genderfluide nichtbinäre Person‹.« Metzger spuckte die ihm fremden Worte aus, wie einen ekligen Schleim. »Krass, oder? Das heißt doch: Er ist ein Mann, macht sich zurecht wie eine Frau, will aber weder das eine noch das andere sein. Will der uns verarschen?«

»Weiß nicht. Wenn das sein Ding ist, kann er es doch machen«, sagte Attila maximal desinteressiert.

»Also die Welt wird immer verrückter«, murmelte Metzger. Er war der Prototyp eines Boomers, einer der nichts mehr schnallen wird in diesem Leben. Attila hatte sicher auch viele Fragen wegen dieses ganzen Gender-Themas, aber von Metzger wollte er sie sicher nicht beantwortet haben.

Das Telefon klingelte und rettete Attila aus der Zwangsbeschallung durch seinen Chef. Im Penny-Markt hatten sie einen Ladendieb gefasst, der wohl gewalttätig geworden war. Attila sprang auf und lief aus der Wache. Metzger sollte bloß nicht auf die Idee kommen, sich ihm anzuschließen.

Später am Nachmittag, als die Personalien des Ladendiebes erfasst und die Nerven des Penny-Filialleiters wieder einigermaßen ins Lot gebracht worden waren, stellte die Wache Gartow ordnungsgemäß ihre Tagesbereitschaft ein. Nun durfte Attila noch, wie so oft, Metzgers Chauffeur spielen. Er sollte den Polizeichef nach Trebel fahren, wo er auf eine Feier eingeladen war, die er sicher nicht fahrtüchtig verlassen würde. Bevor Metzger fragen konnte, lehnte Attila kategorisch ab, ihn dort in der Nacht abzuholen. Metzger murmelte beleidigt, dass er schon jemanden finden werde, der ihn nach Hause fahre.

Attila zog sich seine Zivilkleidung an und bestand darauf, diese Privatfahrt mit Metzgers altem Benz durchzuführen und nicht mit blau-silbernem Staatseigentum.

Es dauerte eine Weile, bis sie endlich loskamen. Metzger musste sich in seiner Wohnung über der Wache noch aufhübschen, wie er es nannte. Sein Bekannter habe eine geschiedene Schwester, die sei ganz passabel und da wolle er mal sehen, ob da was läuft. Attila hätte auf diese Information gerne verzichtet. Der unförmige, immer leicht verschwitzte und mies gelaunte Metzger als Lover? Gruselig.

Aufgehübscht hieß bei Metzger, davon konnte sich Attila kurz darauf überzeugen: kariertes Hemd, braunes Cordjackett und eine zu enge Jeans, bei der der Bauch über den Bund hing. Dazu, das kannte Attila nur aus Filmen, Cowboystiefel. Im Auto verbreitete der Chef die impertinente Wolke eines Rasierwassers und unterhielt Attila mit Weisheiten über das männliche Verlangen, das nie aufhören würde, auch wenn die jungen Leute sich das nicht vorstellen können.

»Ficken wirst du immer wollen«, dozierte Metzger in der ordinären Sprache, die er nur in der Freizeit benutzte, »auch mit 90 noch. Und so ein junger Kerl wie du, der sollte keine Woche ohne ne gute Nummer sein. Such dir ein Mädchen, Mann. Mit der Sabine wird das sowieso nichts. Die wartet auf den Prinzen auf dem weißen Pferd. Und weißt du, wann der kommt?«

Attila vermied es nachzufragen, erhielt die Antwort aber trotzdem: »Nie!«

Auf dem Weg von Trebel zurück nach Gartow kam Attila zuerst an der Stelle vorbei, wo sie die Leiche gefunden hatten. Ein paar Kilometer weiter dann, tiefer im Wald, lag der Fundort des Škoda. Und unmittelbar dahinter lag der Hof, den der Verein Naturbelassen seit Monaten umbaute. Das konnte doch kein Zufall sein. Warum ignorierten Sabine und diese Gierke das einfach?

Attila hielt an und schaute in den stockdunklen Wald. Der Mond war noch nicht aufgegangen, aber hinter der dichten Wolkendecke hätte er sowieso keine Chance. Nun begann es wieder leicht zu regnen.

Attila fuhr in den Waldweg ungefähr bis zu der Stelle, an welcher der Škoda gestanden hatte. Die Spurensicherung hatte in dem Fahrzeug nichts gefunden, was einem Täter zuzuordnen wäre. Jedenfalls keine Fingerabdrücke. Wohl DNA-Material, das nicht vom Opfer stammte, aber das bedeutete gar nichts. Die Spuren konnten Tage alt sein und von einem unverdächtigen Mitfahrer stammen. Sie passten zu keinem erfassten Straftäter.

Attila stellte den Motor aus und blickte in den Wald. Es dauerte eine Zeit, bis sich seine Augen an die Dunkelheit gewöhnt hatten.

Sah er da Licht? Ganz hinten zwischen den Fichten? Ein Lichtstrahl bewegte sich dort hin und her, immer wieder von Bäumen verdeckt. Es waren die Scheinwerfer eines Fahrzeugs, und als Attila das Fenster heruntergelassen hatte, konnte er entfernt Motorengeräusche vernehmen.

Es war halb neun. So spät waren doch keine Bauarbeiter mehr unterwegs. Wohnte dort im Hof schon jemand oder gab es da bereits Büros? Er wusste, dass Naturbelassen Geschäftsräume auf dem Hof plante, aber auch Gewächshäuser für Pflanzenzüchtungen. Und nach den Sommerferien sollte es ein Eröffnungsfest für alle Bürger geben.

Attila suchte im ziemlich zugemüllten Mercedes nach einer Taschenlampe. Metzger hatte sicher nicht mal Warndreieck und Verbandskasten in seiner Karre. Doch, oh Wunder, im Handschuhfach war eine mittelgroße Polizeitaschenlampe. Attila würde bei nächster Gelegenheit schauen, ob die im Streifenwagen nicht vielleicht fehlte.

Er verließ den Wagen und ging langsam in den Wald und auf das Licht zu. Die Taschenlampe ließ er ausgeschaltet. Der Boden knirschte unter seinen Sneakers. Ein Kauz rief, irgendwas raschelte von ihm weg. Attila war ein Stadtmensch, kein Naturbursche. Natur war ihm irgendwie suspekt. Natur war für ihn mit Viechern und Dreck verbunden. Mit Krankheiten aller Art. Was konnte in einem deutschen Nutzwald passieren? Liefen hier Wildschweine herum? Die konnten gefährlich werden, wie man weiß. Und Wölfe waren ja im Wendland auch wieder in recht großer Zahl unterwegs. Was würde er machen, wenn plötzlich ein Wolf vor ihm auftauchte? Seine Dienstwaffe lag natürlich auf der Wache.

Je näher er dem Hof kam, umso deutlicher zeichneten sich die Konturen des Haupthauses gegen den Nachthimmel ab. Die Lichter, die sich gerade noch bewegt hatten, waren zum Stehen gekommen. Der Motor war verstummt.

Attila hockte sich hinter ein Gebüsch. Das Heck eines dunklen Transporters stand neben dem Hintereingang des alten Bauernhauses. Die Scheinwerfer beleuchteten eine Ecke der halb verfallenen Scheune. Attila erkannte den neuen Dachstuhl des Haupthauses, auf dem noch die Dachziegel fehlten. Photovoltaik würden sie sicher ebenfalls montieren, auch wenn im Wald nicht mit vielen Sonnenstunden zu rechnen war. Weiter hinten erkannte er das Gerippe eines großen Gebäudes, höher und länger als das Haupthaus. Die hellen, nagelneuen Holzbalken und der Dachstuhl ließen erahnen, dass ein großes Gebäude mit Wohnungen oder Büros entstand.

Nun beobachtete Attila, wie zwei Gestalten etwas vom Transporter ins Haupthaus trugen. Es sah aus wie eine längliche Kiste. Die beiden Männer sprachen nicht, aber sie stöhnten unter der Last. Als sie mit der Kiste im Haus verschwunden waren, nutzte Attila die Gelegenheit, näher an das Geschehen heranzukommen. Tief gebückt lief er zur alten Scheune hinüber, wo er hinter dem morschen Scheunentor einen geschützten Platz mit guter Sicht auf den Transporter fand. Inzwischen regnete es etwas stärker.

»Scheißwetter«, hörte er einen der Männer fluchen, die gerade eine weitere Kiste aus dem Auto zogen. »Lass uns fertig werden.«

Der andere Mann sagte etwas, was Attila nicht verstand.

Was schleppten diese Leute im Schutz der Dunkelheit in diesen Hof? Das waren doch keine Bauarbeiter, dachte Attila.

Die Männer entluden eine weitere Kiste. Dann schlossen sie die Haustür, stiegen in den Wagen und fuhren davon.

Attila wartete scheinbar unendliche 15 Minuten, starrte abwechselnd auf den Hof und in die Zufahrt. Es rührte sich nichts. Kein Mensch mehr da. Erst am Morgen würde hier wieder Leben einkehren.

Mit schnellen Schritten, tief gebückt, auch wenn es dafür sicher keinen Grund gab, lief Attila zu der Hintertür und drückte die Klinke hinunter. Natürlich war die Tür verschlossen. Vorsichtig schlich er um das Gebäude und versuchte es an der vorderen Tür. Seine hellen Sneakers nahmen in den Matschpfützen eine dunkelbraune Farbe an. Der Haupteingang war ebenfalls verschlossen. Doch das Fenster neben der Tür, ein klappriges Sprossenfenster, schien nicht richtig zu schließen. Ein leichter Druck genügte und die Fensterflügel bewegten sich auseinander. Da würde Attila locker durchpassen.

Aber durfte er das? Überflüssige Frage. Natürlich nicht. Das würde allerdings niemanden mehr interessieren, wenn er so das Geheimnis lüften konnte, dem diese Frau Breesen auf der Spur gewesen war und das sie das Leben gekostet hatte.

Er stemmte sich am Fensterrahmen hoch und glitt in den Hausflur. Kurz schaltete er die Taschenlampe ein, um sich zu orientieren. Länger wollte er sie nicht brennen lassen. Er wusste nicht, wie weit das Licht zu sehen war.

Der Flur war leergeräumt. Keine Möbel, keine Bilder. Der Fußboden war mit dicker, transparenter Plastikfolie abgedeckt, unter der sich gut erhaltene Fliesen befanden. Die Treppe zum Obergeschoss fehlte, stattdessen befand sich dort eine Aluleiter. Attila suchte in jedem Raum im Erdgeschoss nach den Kisten. Es lag jede Menge Werkzeug und Baumaterial herum. In der Küche stand ein Campingtisch mit ein paar Stühlen. Sicher machten die Arbeiter hier ihre Pausen. Küchengeräte und Spüle waren nicht mehr vorhanden. Die Kisten entdeckte er nirgendwo. Er stellte sich vor die Aluleiter und spähte nach oben. Kaum möglich, dachte er, dass die beiden Männer die Kisten, groß wie Särge, diese Leiter hinaufgeschleppt hatten. Gab es da nicht diesen Kellerraum, dieses Verlies, in dem Sabine damals die grausige Entdeckung gemacht hatte?

Im hinteren Teil des Hausflurs, kurz vor der Küche, war eine Bodenklappe, von der damals die Rede gewesen war. Sabine hatte sie aufgeschossen. Das war auch ohne jede staatsanwaltliche oder richterliche Genehmigung geschehen. Und hatte Sabine damals deswegen ein Disziplinarverfahren bekommen? Nein. Der Zweck heiligt eben doch die Mittel.

Aufschießen musste Attila die Klappe nicht – das wäre ohne Pistole sowieso schwierig geworden. Das Brett lag nur auf und ließ sich leicht anheben.

Attila schaltete die Taschenlampe ein und leuchtete in den dunklen Schacht, der sich vor seinen Augen auftat. Kalte, muffige Luft strömte ihm entgegen. Im Staub auf den Treppenstufen zeichneten sich Fußabdrücke ab. Vorsichtig ging er hinunter.

Am Fuß der Treppe bemerkte er eine Kabeltrommel, von der ein Kabel nach oben führte, aus der Luke heraus. Offenbar wurde auch hier unten gearbeitet. Ein leises Klirren. Attila zuckte zusammen. Er war gegen eine leere Wasserflasche getreten, die nun langsam durch den Kellerflur rollte. Er warf einen Blick in den Heizungsraum, einen anderen kleinen Raum, nirgendwo entdeckte er die Kisten.

Und dann war da eine verbeulte Stahltür. Dort musste es sein, das Verlies. Und nur darin konnten sich die Kisten befinden. Es gab keine andere Möglichkeit.

Die Taschenlampe begann zu flackern. Typisch Metzger, fast leere Batterien.

Die Tür war mit einem Riegel und einem dicken Vorhängeschloss mit vierstelliger Zahlenkombination gesichert. Attila wackelte an dem Schloss, natürlich öffnete es sich nicht. Die Taschenlampe flackerte wieder, im nächsten Moment ging sie ganz aus.

Okay. Durchatmen. Cool bleiben. Nachdenken. Entscheidungen treffen. Er war nicht am Ziel, aber einen guten Schritt weiter. Diese Leute hier hatten etwas zu verbergen, er wusste auf jeden Fall wo, er wusste nur nicht was und warum. Wenn umgehend eine Durchsuchung stattfinden würde, hätte man diesen Raum im Handumdrehen geöffnet und die Kisten auch. Er konnte sich jetzt also wegschleichen. Am Morgen würde er Sabine im Vertrauen von seiner Entdeckung berichten und sie konnte alles Weitere veranlassen. Natürlich würde sie ihn erst mal zur Sau machen, das musste ja sein. Aber später würde sie ihn bewundern.

Er suchte in den Jackentaschen nach seinem Handy, um dessen Taschenlampe zu nutzen. Mist. Er hatte es wohl im Auto liegen lassen. Egal, er würde auch so aus dem Haus herausfinden.

Vorsichtig tastete er sich zum Fuß der Treppe vor, als er plötzlich in ein grelles Licht blickte. Die Helligkeit tat körperlich weh und ließ Attila zusammenfahren, jede Faser seines Körpers war aufgeladen mit Angst. Todesangst.

»Wen haben wir denn da?«, sagte eine raue Männerstimme.

KAPITEL 6

Es war schon dunkel, als sie aus Salzwedel zurückkehrten. Melanie hatte Sabine an der Wache abgesetzt, weil dort ihr Fahrrad stand, und war weiter gefahren zum Hotel. Brauchte sie nach einem so langen Tag eine Pille oder einen Schluck? Oder beides? Während der Rückfahrt war Sabine immer wieder kurz davor gewesen, die Kollegin auf ihre früheren Probleme anzusprechen. Doch sie hatte sich nicht getraut. Zu groß war ihre Sorge, dass Melanie dann einfach dichtmachte und sie aus den Ermittlungen ausschloss. Das wäre fatal.

In der Wache brannte kein Licht mehr, Metzger und Attila waren im Feierabend, der Streifenwagen stand an seinem Platz. Sabine wollte im Büro kurz nachschauen, ob es etwas Neues gab, ohne zu wissen, was das sein sollte. Als sie die Tür aufschloss, sah sie einen Mann aus einem schwarzen Audi aussteigen. Der Wagen hatte ein Kölner Kennzeichen. Der Mann kam auf sie zu, winkte.

»Moment, warten Sie mal«, rief er.

Er war mittelgroß, sportlich. Um die 40. Sein eher sanftes Gesicht wirkte durch einen Dreitagebart ein wenig markanter, die dunklen Locken zeigten erste graue Strähnen. Seine Kleidung – Jeans, Kaschmirpullover, dunkelbraune Lederjacke, weiße Sneakers – wies fast so deutlich auf den Beruf »Bulle« hin wie Sabines Uniform.

»Ja, bitte?«, fragte Sabine und lächelte den Mann an. Er lächelte zurück. Gepflegte, strahlend weiße Zähne.

»Sind Sie Frau Gierke?«, fragte er.

»Wenn Sie Frau Gierke auch nur entfernt kennen würden, wüssten Sie, dass man ihr nie, wirklich nie, in einer Uniform begegnen wird.«

»Erwischt.« Er lächelte wieder. »Ich weiß nicht viel über sie, nur dass sie hier sein soll und in einem Mordfall ermittelt.«

»Also, ich bin Polizeiobermeisterin Sabine Langkafel, und wer sind Sie?«, fragte Sabine und versuchte, misstrauisch zu gucken, ohne es zu sein.

»Sorry, ich bin Thorsten Gabel vom …«, er unterbrach sich selbst und grinste verlegen. »Da fängt die Geheimnistuerei eigentlich schon an.«

»Ach, kommen Sie!« Sabine lachte. »Kölner Kennzeichen, Geheimnistuerei, Sie sind vom Verfassungsschutz.« Sie gab Gabel ein Zeichen, dass er ihr in die Wache folgen solle, was er tat, während er ihr kurz einen Ausweis mit Bundesadler unter die Nase hielt.

»Und warum tragen Sie keinen Schlapphut?«, fragte Sabine, und Gabel lachte.

»Den bekommen wir erst nach 25 Dienstjahren, den langen Ledermantel nach 30. – Scherz beiseite, wo finde ich Frau Gierke? Vielleicht kann ich sie ja heute noch sprechen.«

»Ja, vielleicht«, sagte Sabine und rief Melanie an.

»Hey, Melanie«, sagte sie im Beste-Freundinnen-Sound. Dieser Gabel sollte gleich kapieren, dass sie ganz nah dran war an der wichtigen Kommissarin aus Lüneburg. »Hier ist ein Schlapphut auf der Wache, der will dich unbedingt sprechen. Heute noch.«

»Ein Schlapphut?« Melanie hatte offenbar Schwierigkeiten, die saloppe Bezeichnung für einen Geheimagenten zu entschlüsseln.

»Aus Köln, du weißt schon.«

Gabel schüttelte grinsend den Kopf.

»Äh, und was will er?«

»Das sagt er mir nicht, es ist geheim. Was sonst?«, sagte Sabine und schaute Gabel an. Ja, dachte sie, er sieht gut aus.

»Na gut, bring ihn her. Ich bestell ihm ein Bier. Die trinken alle Bier.«

»Bier?«, fragte Sabine an Gabel gerichtet. Er nickte und kam aus dem Grinsen und Kopfschütteln gar nicht mehr heraus.

Als Sabine mit Thorsten Gabel die Wendland-Schänke betrat, saß Melanie, eine Kaffeetasse vor der Nase, mit Wirtin Irene Faßbender am Tisch.

»Setzt euch«, sagte Melanie, »wir unterhalten uns gerade über Stand-up-Paddling in Gartow.«

»Und, Irene«, fragte Sabine die Wirtin, »erinnerst du dich an den Wettkampf?«

Thorsten Gabel setzte sich auf ein Zeichen von Sabine dazu und beobachtete interessiert die Frauen, die sich in ihrem Gespräch offenbar nicht unterbrechen lassen wollten.

»Klar, das war schon ne tolle Sache. Wir haben das Event vom Tourismusverein unterstützt, und Thomas und ich haben Bier und Würstchen für die Siegerfeier spendiert. Jakob Metzger und die Bürgermeisterin waren ja auch da.«

»Erinnern Sie sich an diese Frau Breesen?«, fragte Melanie und hielt der Wirtin ihr Handy unter die Nase. Sie hatte von der Redaktion in Salzwedel inzwischen ein Foto bekommen, das die Journalistin zu Lebzeiten zeigte.

»Nein, ach, da waren so viele Leute«, sagte Irene Faßbender, die oft einen jammernden Unterton hatte. »Und da waren Reporter aus Lüchow, Dannenberg und Lüneburg, glaube ich. Da haben auch noch andere Mannschaften teilgenommen.«

»Hat sie damals vielleicht bei euch gewohnt?«, fragte Sabine.

»Nein. Niemand von denen hat hier gewohnt. Sie hatten es ja alle nicht weit, und die Sportler haben auf einer Wiese am See gezeltet, die wir dafür freigegeben hatten.«

Daniel Faßbender brachte ein Bier für Thorsten Gabel und eine Cola für Sabine. Der Junge wusste, dass Sabine keinen Alkohol trank, wenn sie eine Uniform anhatte.

Irene Faßbender wurde von der Bürde der Zeugenaussage befreit, und Melanie wandte sich endlich dem geduldig wartenden Thorsten Gabel zu. Ihr Blick verriet, dass sie ihn ebenfalls attraktiv fand.

»Was verschafft uns die Ehre Ihres Besuches?«, fragte sie freundlich.

»Ja, also …«, begann Gabel unentschlossen, wobei er Sabine ansah.

»Ach so«, sagte Melanie, »Sie meinen, es ist für die Dorfpolizei zu secret? Keine Sorge, Sabine gehört zu mir.«

Diese Aussage kam unerwartet und fühlte sich für Sabine an wie ein Ritterschlag. Das machte es ihr nun noch schwerer, Melanies Probleme anzusprechen.

»Sie muss schon allein deshalb alles mitkriegen«, fuhr Melanie lachend fort, »weil ich die Hälfte vergesse.«

Der Gastraum hatte sich inzwischen gut gefüllt. Es wurde gegessen, getrunken, gelacht, Karten gespielt.

»Vielleicht nicht hier«, sagte Gabel.

»Gut«, Melanie nahm ihre Tasse und stand auf, »gehen wir in unser Lagezentrum. – Daniel, bringen Sie gleich noch ne Runde?« Sie ging vor in den Festsaal und Gabel und Sabine folgten.

Lagezentrum, dachte Sabine, als sie den Saal betraten, welch großes Wort. In der Mitte standen vier Tische und Stühle. Auf einem Tisch ein Computer, auf den anderen irgendwelche Kisten. Kahl und kalt war es im Lagezentrum. Irgendwie erbärmlich. Sabine spürte, dass Gabel gerne einen Spruch gebracht hätte, sich diesen jedoch verkniff.

»Machen wir es kurz und ohne Umwege«, sagte Gabel, nachdem sie sich gesetzt hatten. »Naturbelassen e. V.« Melanie und Sabine nickten. »Diesen Verein«, fuhr Gabel fort, »haben wir auf dem Schirm. Was wissen Sie über die?«

Melanie gab einen knappen Abriss über die Berührungspunkte, die sie vor drei Jahren und aktuell mit diesem Verein hatten. »Viel ist es nicht«, schloss sie. »Die haben, nach unserer Kenntnis, bislang nichts verbrochen. Und jetzt bauen sie hinten im Wald ihr Zentrum. Etwas spooky, allerdings völlig legal. – Und was wisst ihr über die? Ihr seid doch in der Regel schlauer als wir.«

»Das würde ich nicht behaupten«, sagte Gabel und lachte, »aber wenn es so sein sollte, kann ich auch nichts dazu sagen. Das müssen Sie verstehen.«

»Klar«, sagte Melanie genervt. »Wie immer. Wir sagen euch alles, was wir wissen, damit ihr vorankommt. Und ihr sagt uns gar nichts und wir stecken fest. Voll fair der Deal.«

»Was mich interessiert«, mischte sich Sabine ein, »diesen Verein gibt es seit Jahren. Warum tauchen Sie ausgerechnet jetzt hier auf?«

»Ausgerechnet jetzt, wo Sie hier einen Mordfall haben?«, fragte Gabel und fuhr fast flüsternd fort. »Nur so viel, und das bitte absolut vertraulich: Ich habe einen Mann bei Naturbelassen.«

»Einen V-Mann?«, fragte Sabine und fürchtete, dass sie ein bisschen wie ein kleines Kind klang, das einer spannenden Geschichte lauschte.

»Von ihm habe ich seit mehreren Wochen nichts gehört«, fuhr Gabel fort. »Möglicherweise gibt es da eine Verbindung zu Ihrer Journalistin.«

»Puh«, sagte Melanie, sichtlich irritiert von der Dimension, die der Fall plötzlich bekam. »Wir wissen nicht, was die Breesen recherchiert hat. Es gibt überhaupt keine Daten, Aufzeichnungen oder Ähnliches. Ihr Mörder hat vermutlich Laptop und Handy und was weiß ich nicht alles verschwinden lassen. Da kann uns ihr V-Mann vermutlich weiterhelfen.«

»Von dem ich, wie gesagt, seit Wochen nichts gehört habe«, sagte Gabel. »Ich wäre gerne ein paar Tage in Ihrer Nähe«, erklärte er und es klang tatsächlich so, als wäre ein Nein möglich. »Vielleicht kommen wir gemeinsam weiter.«

»Ja, vielleicht«, sagte Melanie nachdenklich. »Dann müssen wir als Nächstes mal bei Naturbelassen anklopfen?«

»Unbedingt«, sagte Gabel.

Daniel Faßbender kam mit einem Tablett herein und brachte die bestellten Getränke. Melanie fragte nach einem Zimmer für Gabel. Natürlich war noch eins frei. Damit war die Wendland-Schänke zu einem Drittel belegt. Vielleicht gar nicht so schlecht für März, dachte Sabine.

AKTE WENDLAND

C:\Users\name\Documents\AkteWendland\Bank
26.04.21

Am Montag, dem 3. Dezember 1984, überfielen wir eine Sparkasse in Bottrop. BH hat den Coup ganz alleine vorbereitet. Er hatte recherchiert, dass die Adventssamstagseinnahmen der meisten örtlichen Geschäfte in der Nacht zum Sonntag in Geldkassetten, so genannten Geldbomben, in den Nachttresor der Sparkasse geworfen wurden. Erst am Montagvormittag wurde das Bargeld von Geldtransportern abgeholt. Wir hatten keine Ahnung, wie viel Geld an so einem Tag zusammenkam, aber wenn man sich in der Adventszeit in einer deutschen Innenstadt so umsah, gewann man den Eindruck, dass ein regelrechter Wettbewerb im Geldausgeben stattfand. Bargeld, wohlgemerkt. Zu dieser Zeit bezahlte man längst nicht alles mit der Karte.

Vielleicht wäre in einer Sparkasse in Düsseldorf oder Köln sogar noch mehr zu holen gewesen. Aber da hätten wir dann auch mit besseren Sicherheitsvorkehrungen und mehr Polizei rechnen müssen. Eine überschaubare Stadt wie Bottrop erschien uns geeigneter.

Ich hatte vorgeschlagen, in der Samstagnacht in die Bank einzubrechen und das Geld zu holen. Doch BH fand das zu aufwändig und zu riskant. Er meinte, dass man sich mit den Tresoren gut auskennen müsse, sonst laufe man direkt in ein Alarmsystem. Die Bank während ihrer Öffnungszeiten zu überfallen, vor dem Eintreffen der Geldtransporter, schien ihm einfacher und sicherer. Er sollte recht behalten. Es war wirklich einfach.

Kurz nach Öffnung der Sparkasse am Montagmorgen fuhren wir mit einem gestohlenen Audi 100 am Pferdemarkt in der Bottroper Innenstadt vor. Am Steuer saß TT, BH auf dem Beifahrersitz, ich auf der Rückbank. BH hatte uns aus der Zentrale Uzis besorgt. Mit der handlichen israelischen Maschinenpistole hatte ich ein paarmal auf Schießplätzen der Organisation geübt, damit kam ich gut klar. BH und ich waren uns einig, nur in die Luft zu schießen, am besten aber gar nicht.

TT sollte vor der Bank im Auto warten. Allerdings nicht mit laufendem Motor, wie der Trottel vorschlug. Das wäre viel zu auffällig. Der Audi war fast neu, der würde schon schnell anspringen, erklärten wir ihm.

Als Tarnung nahmen wir keine Strumpfmasken oder Sturmhauben. Wir entschieden uns für Bärte und Perücken, die für flüchtige Betrachter echt aussehen sollten. Wir trugen große Hippie-Sonnenbrillen und blaue Arbeitsoveralls. BH würde mit bayerischem Akzent sprechen, ich sollte ein Bein etwas nachziehen. So wollten wir möglichst viele Auffälligkeiten zeigen, die Zeugen später beschreiben würden, die in Wahrheit nichts mit uns zu tun hatten.

Wir stürmten in den Schalterraum, hielten die Maschinenpistolen hoch und riefen: »Überfall! Keine Bewegung!« Es waren keine Kunden in der Bank. Wir zählten vier Angestellte. BH hatte ausgekundschaftet, dass um diese Zeit immer vier Angestellte anwesend waren.

Ich blieb im Eingang stehen. Sollte ein Kunde kommen, würde ich ihn in den Schalterraum stoßen und mit den anderen in Schach halten. Wir durften nicht riskieren, dass Kunden wegliefen und die Polizei riefen.

BH schnappte sich eine junge Angestellte, hielt ihr die Uzi an den Kopf und brüllte den Filialleiter an: »Los, räumen Sie den Tresor leer! Alle Geldkassetten hier rein!« Er warf ihm eine große Sporttasche zu. »Und wenn Sie Alarm auslösen, ist es mit der netten Kollegin hier vorbei.« Die Frau, sie war vielleicht Anfang 20, zitterte, weinte, sah flehend ihren Chef an. Traute sie ihm zu, ihr Leben aufs Spiel zu setzen für schnödes Geld?

Wenn ich den Überfall heute, mit 37 Jahren Abstand, vor meinem geistigen Auge ablaufen lasse, kommt mir das alles schon ziemlich verrückt vor. Ich war 25, BH 26 und TT im Audi etwas jünger. Für uns war das irgendwie ein Spiel. Wir kamen uns total toll vor. Wir waren Desperados.

Die Welt, die westliche Welt, rutschte 1984 in hohem Tempo in den Faschismus, so sahen wir das jedenfalls. In den USA war der reaktionäre Cowboy Ronald Reagan gerade wiedergewählt worden. In Bonn führte Helmut Kohl eine Horde korrupter Revanchisten, die mit Krediten die Genossen in der DDR unter Kontrolle hielt. Der militärisch-industrielle Komplex lief auf beiden Seiten des Atlantiks bestens geölt. Aufrüstung war das Gebot der Stunde.

Wir waren damals davon überzeugt, dass wir dieser Entwicklung mit aller Macht und mit aller Gewalt entgegentreten mussten. Der internationale Kampf hatte begonnen, als die inhaftierten Genossen Brigitte Mohnhaupt und Christian Klar einen Tag nach unserem ersten Banküberfall fast 40 politische Häftlinge zum Hungerstreik aufriefen, um gegen die folterähnlichen Haftbedingungen zu protestieren. In einer Welle der Solidarität folgten über

70 Sprengstoff- und Brandanschläge überall im Land. Das passierte einfach so, ohne dass die Zentrale irgendetwas finanzieren oder organisieren musste. So erzählte es mir damals jedenfalls BH, der immer den Kontakt zur Zentrale hatte, ich nie. Dies alles geschah kurz nachdem die Mächtigen im Land sich dafür gefeiert hatten, unsere Organisation zerschlagen zu haben. Zehn führende Mitglieder der RAF und des 2. Juni waren ein paar Jahre zuvor von der Bildfläche verschwunden. Man wähnte sie im Libanon, in Saudi-Arabien oder tot. Vorher hatten sie noch pathetisch erklärt, dass der bewaffnete Kampf zu Ende sei. Von wegen. Es herrschte keine Ruhe im Land. Ganz im Gegenteil.

Hatte ich Angst an diesem nasskalten Dezembertag in der Sparkasse Bottrop? Ich glaube nicht. Wir waren aufgeregt, wie auf Droge, obwohl wir vor solchen Aktionen nie etwas einwarfen oder rauchten. Wir fühlten uns als Teil einer großen Sache, auch wenn wir, rückblickend, nur die kleinen Geldbeschaffer waren, die bei den großen Projekten nicht mitzureden hatten.

Der Filialleiter in der Bottroper Sparkasse schiss sich fast ein vor Angst und tat, was wir verlangten. Er wieselte in den hinteren Bereich der Bank, wo er blitzschnell eine dicke Tresortür öffnete und jede Menge Geldbomben in unsere Tasche purzeln ließ. Am Ende warf er noch den Generalschlüssel zum Öffnen der Geldbomben hinterher.

Mit einer ziemlich schweren Tasche rannten wir raus. Im Weglaufen ballerte BH noch eine Salve in die Schaufensterscheibe der Bank und brüllte: »Tod dem Kapitalismus!« Vor lauter Lachen vergaß ich, mein Bein nachzuziehen.

Wir fuhren mit dem Audi in ein nahegelegenes Parkhaus. Dort zogen wir unsere Overalls aus und legten Perücken und Brillen ab. Anschließend wischten wir überall im Auto unsere Fingerabdrücke weg. Mit einem bereitgestellten Wagen fuhren wir weiter. Overalls und Perücken nahmen wir mit und verbrannten sie später außerhalb der Stadt in einer Kiesgrube.

Als wir am Abend in BHs WG-Zimmer in Düsseldorf die Geldbomben öffneten und die Beute zählten, waren wir schwer beeindruckt. Knapp 548.000 Mark lagen in Scheinen und Münzen auf dem Tisch. Wir gaben TT 3.000 Mark für seine Dienste, als er maulte, legte BH noch mal 1.000 drauf. Dann schickten wir ihn weg.

Wir zählten 410.000 Mark für die Organisation ab. Das Geld würde BH an einem vereinbarten Ort hinterlegen. Für uns selbst blieben also 134.000 Mark, die wir bei einem Onkel von BH versteckten. Der Onkel hatte ein kleines Weingut an der Mosel und einen sehr großen Keller mit vielen Fässern, so hatte BH es mir beschrieben. Irgendwo in einer Ecke, in einem alten Fass, das seit Jahrzehnten niemanden mehr interessierte, lagerte unser Geld. Ich war nie dort. Ich vertraute BH.

Die Organisation erwartete natürlich, dass wir die Beute komplett ablieferten. Der solidarische Kampf sah für uns kein Honorar vor. Doch BH und ich waren uns von vorneherein einig, dass wir unseren Teil abzweigen mussten. Von Solidarität kann man nicht leben.

Am Tag nach dem Überfall wurde berichtet, dass die Täter nach Angaben der Sparkasse circa eine halbe Million Mark erbeutet hatten. Woher wollten die das wissen? Die hatten die Geldbomben doch noch gar nicht geöffnet. Das hätten wir auch der Organisation geantwortet, wenn sie wegen der Differenz nachgefragt hätte. Hat sie aber nicht.

Die Zeitungen veröffentlichten auch Fotos von der Überwachungskamera in der Sparkasse. Unsere Maskerade funktionierte. Wir waren nicht zu erkennen. Und wie bestellt, suchte die Polizei nach zwei Männern, von denen einer einen bayerischen Dialekt hatte und der andere hinkte. Ja, es war wirklich einfach.

Deshalb gelang es BH auch, mich zu überreden, zwei Wochen später das gleiche Ding erneut durchzuziehen. Die Adventszeit müsse man ausnutzen, meinte er, und er hatte schnell eine gute Sparkasse in der Oldenburger Innenstadt gefunden. Die Organisation hatte angeblich nichts dagegen. Man plante einige Aktionen und konnte jede Mark gebrauchen.

BH hatte den Nachttresor der Oldenburger Sparkasse in der Woche zuvor stundenlang beobachtet und war zu dem Schluss gekommen, dass da noch mehr Geschäftsleute ihre Bomben einwarfen als in Bottrop.

Als Fahrer heuerten wir wieder TT an, auch wenn er diesmal auf 5.000 Mark Honorar bestand.

Wir wählten neue Verkleidungen, um der Polizei die Möglichkeit zu geben, die Überfälle nicht als Serie zu sehen, sondern nach zwei weiteren Tätern zu fahnden. Ich klebte mir eine Glatze aus dem Theaterbedarf an und einen langen Vollbart. Unter dem Pullover sollte ein Kissen als voluminöser Bauch auffallen. BH trug einen dicken blonden Schnauzbart und eine auffällige Hakennase. Unsere Verkleidung sah nicht wirklich echt aus, aber was machte das schon?

TT hatte in Oldenburg den VW-Bus einer Putzkolonne geklaut, mit dem wir um Punkt 9 Uhr bei der Sparkasse vorfuhren. Es war ein kalter und windiger Morgen mit teilweise heftigem Schneeregen. Das kam uns entgegen, weil dadurch weniger Kunden zu erwarten waren. Wieder liefen wir mit den Uzis rein und wieder lief alles wie am Schnürchen. Gefühlt landeten in der Sporttasche weniger Geldbomben und der Filialleiter zierte sich ziemlich, den Schlüssel für die Dinger rauszurücken. BH ballerte in die Decke, dann spurte der Kerl.

Als wir die Bank verließen, stand plötzlich ein Mann vor uns, ein Polizist in Uniform, und schon hatte er eine Pistole in der Hand, die er auf mich richtete. Ich verstand nicht, was er sagte und überlegte noch, was zu tun sei, da hörte ich schon eine Salve und beobachtete, wie der Polizist zusammenzuckte und rücklings aufs Pflaster fiel. Ich war wie erstarrt, bis BH mich packte und in den Bulli zerrte. TT gab Gas und kam auf der glatten Straße ganz schön ins Schleudern. Ich saß hinten im Bus, die Hände vor dem Gesicht und konnte nicht denken. Erst als wir in einem Parkhaus das Fahrzeug wechselten, fand ich wieder ein paar Worte.

»Musste das wirklich sein?«, fragte ich BH erregt.

»Ja. Der hätte dich umgelegt. Eine Sekunde später und du hättest dagelegen. Aber du musst mir nicht danken. Ich habe das gerne getan.«

Ich weiß nicht, ob es wirklich der Wahrheit entsprach, dass er das gerne getan hatte. Wahrscheinlich musste er sich das einreden.

Im Radio war bald zu hören, dass der Polizist die Salve aus der Uzi überlebt hatte. Wir versteckten die Tasche mit den Geldbomben im hintersten Winkel eines Schrottplatzes in Oldenburg und verließen auf getrennten Wegen die Stadt. Zwei Monate warteten wir, bis wir das Geld abholten. Es waren knapp 700.000 Mark, von denen wir 400.000 an die Organisation gaben. Den Rest versteckten wir wieder bei BHs Onkel, der nach BHs Überzeugung der unverdächtigste Mensch der Welt war, bei dem würde niemand je so etwas vermuten.

Der verletzte Polizist geisterte noch lange durch meine Träume, und ich beschloss, keine Aktionen mehr mit BH durchzuführen. Doch ich wollte Teil des Kampfes sein und BH war mein Verbindungsmann für den Kampf. Deshalb war ich trotzdem wieder dabei, als er mich im folgenden Januar aufforderte, mit ihm einen Geldtransporter zu überfallen. Die Organisation stand vor einer internationalen Offensive. Zusammen mit Organisationen aus Frankreich und Italien plante man eine revolutionäre Strategie in den imperialistischen Zentren, wie BH das nannte. Der offene, bewaffnete Kampf war in Vorbereitung.

An einem Januarmorgen, es war noch stockdunkel, stoppten wir irgendwo in der oberbayerischen Einöde einen Geldtransporter und sein Begleitfahrzeug. TT war wieder als Fahrer dabei, außerdem eine Frau, die sich Peggy nannte und von der BH meinte, dass man ihr vertrauen könne. Wir zwangen die Fahrer und die beiden Wachleute im Begleitfahrzeug auszusteigen und die Waffen auf den Boden zu legen. Als einer der Männer nicht sofort gehorchte, eröffnete BH das Feuer. Er hatte diesmal keine Uzi wie ich, sondern eine Kalaschnikow. Wir dachten damals noch, dass diese russische Maschinenpistole im Emblem der Organisation zu sehen war. Alle dachten das. Heute weiß ich, dass es sich bei der Abbildung im RAF-Logo um eine deutsche MP5 handelte, das Standardgerät der deutschen Polizei zu dieser Zeit. BH schoss dem Wachmann zielsicher in den Kopf, sodass er stumm zusammenbrach.

Ich zerstörte das Funkgerät im Begleitfahrzeug und zerschoss die Reifen. Danach sammelte ich die Waffen ein. Mit dem Schlüssel, den einer der Wachleute bei sich hatte, öffneten wir den Geldtransporter und räumten ihn aus. Dann fuhren wir mit unserem PKW über die grüne Grenze nach Österreich. Vorher versteckten wir die Waffen in einem verfallenen Haus in der Nähe. Wir wollten nicht riskieren, damit an der Grenze erwischt zu werden.

In Österreich, in Kufstein, fuhren wir in ein Parkhaus, wo wir die Geldkassetten in Ruhe öffnen konnten. Peggy sah uns dabei die ganze Zeit über die Schulter und sie passte auch auf, als wir die Beute zählten. Es waren etwas über 1,2 Millionen Mark. Wir konnten also keinen Anteil für uns abzweigen. BH steckte jedem von uns 2.000 Mark zu mit der Bemerkung »für eure Auslagen«. Das war natürlich nichts.

Zwei Wochen danach, am Morgen des 1. Februar 1985, wurde der Rüstungsmanager Ernst Zimmermann in seinem Haus in Gauting bei München erschossen. Eine junge Frau, als Briefbotin getarnt, verschaffte sich Einlass, ein junger Mann mit Maschinenpistole kam plötzlich dazu. Das Ehepaar Zimmermann wurde gefesselt, der Manager mit Kopfschüssen hingerichtet. Kurz darauf rief ein Mann bei der lokalen Tageszeitung an und erklärte: »Hier ist die RAF. Das Kommando Patrick O'Hara übernimmt die Verantwortung für den Anschlag auf den BDLI-Präsidenten und Chef von MTU, Ernst Zimmermann. Die westeuropäische Guerilla erschüttert das imperialistische System.«

Diesen Text konnte man damals überall lesen. Ich fragte BH, ob die Frau vielleicht Peggy war, aber er wusste es nicht. Die Täter dieses Anschlags sind bis heute nicht ermittelt.

Manchmal ärgerte es mich in diesen Tagen, dass ich nicht näher dran war an der Organisation. Ich bekam alle

Informationen aus zweiter Hand. Warum erklärte mir niemand, was genau diesen Zimmermann zum passenden Opfer machte, wo es doch Hunderte wie ihn im Land gab? Alles nur Symbol? Und wer Patrick O'Hara war, nach dem sich dieses Kommando benannte, konnte BH mir auch nicht sagen. Ich musste es nachschlagen. Patrick O'Hara, genannt Patsy, war ein Kämpfer der Irish National Liberation Army, der 1981, während eines Hungerstreiks, im Gefängnis starb.

Ich wohnte zu dieser Zeit schon nicht mehr in der Düsseldorfer WG, obwohl ich dort noch gemeldet war. Nach mehreren Razzien war es mir zu heiß geworden, und ich verbrachte auf BHs Anraten die meiste Zeit in Hamburg in der Hafenstraße.

KAPITEL 7

»Wer bist du? Was willst du?«, fragte die Stimme. Das Licht, das Attila gerade noch geblendet hatte, war aus. Es war stockfinster, so dunkel, wie es nur im Keller eines Hauses in einer mondlosen Nacht im Wald sein kann. Attila spürte, dass da mehr als ein Mensch auf der Treppe stand. Er hörte Schritte. Der Dreck auf dem Fußboden knirschte unter den Schuhsohlen des Mannes, der offenbar näher kam.

Plötzlich wieder Licht. Die Lampe des Mannes hatte deutlich mehr Power als Metzgers energieschwache Funzel. Es fühlte sich für Attila an, als würde er nie wieder sehen können, als würde es nie wieder dunkel werden.

»Kennst du den Typen?«, fragte ein Mann höchstens einen halben Meter von Attila entfernt.

»Nee, nie gesehen«, antwortete eine Stimme hinter dem Mann. Dann war es wieder dunkel.

»Wie heißt du?«, fragte der Mann.

»Attila.«

»Attila? Wie der Hunnenkönig, haha. – Und weiter?«

»Yilmaz«, sagte Attila. Er wusste nicht genau, wieso er den Kerlen seinen Namen sagte. Er würde ihnen jedoch auf keinen Fall verraten, dass er Polizist ist.

»Türke, oder was?«, rief der Typ, der direkt vor ihm stand. Er roch nach Deo und Schweiß, sein Atem nach Tabak.

»Was willst du hier? Was schnüffelst du hinter uns her?«,

rief der andere Mann. »Bist du von irgend so nem Clan, oder was?«

»Halt mal«, sagte der vordere Mann zu dem hinteren. Das grelle Licht ging wieder an. Attila sah nur Helligkeit und die Umrisse eines Mannes. Breite Schultern, kurze Haare, vielleicht auch gar keine Haare, er sah nur schwarzweiß, helldunkel. Dann traf ihn der erste Schlag. Mit der Faust ins Gesicht. An einer Stelle am Kiefer tat es besonders weh, das musste ein Ring gewesen sein. Ein weiterer Schlag, mit der anderen Faust. Im grellen Licht erkannte Attila kurz einen Arm, darauf ein Tattoo. Ein Adler mit merkwürdigen Flügeln. Der nächste Schlag folgte. Attila ging zu Boden. Er rollte sich zusammen wie ein Igel oder ein Embryo. So konnten die Tritte ihn nur noch am Rücken treffen, nicht mehr im Gesicht.

»Du wirst hier nicht mehr rumschnüffeln. Keiner von euch.«

Attila spürte, wie er am Kragen seiner Jacke gepackt wurde. Der Kerl zerrte ihn über den staubigen Boden in einen Raum. Die Lampe war nun die ganze Zeit an und er begriff, dass sie ihn in den kleinen Heizungsraum zogen, den er am Anfang des Kellers gesehen hatte. Die Tür knallte zu, und er hörte, wie ein Riegel vorgeschoben wurde.

Einen Moment war es dunkel und still. Dann flog die Tür wieder auf und einer der Männer kam rein. Er leuchtete Attila mit einem Handy ins Gesicht und machte ein Foto. Anschließend verließ er den Raum und schloss ab.

Erst jetzt spürte Attila die schrecklichen Schmerzen. Am Unterkiefer brannte es, am Hinterkopf ein pochender Schmerz, der Rücken war eine steinige Wüste aus Schmerzen. Er weinte. Erst vor Schmerzen, danach vor

Wut. Warum hatte er sich auf diesen Alleingang begeben? Warum nur? Und was würde nun passieren? Würden sie ihn töten? Das war durchaus möglich. Sie hatten schließlich auch diese Journalistin getötet. Daran hatte Attila nicht den geringsten Zweifel. Wer würde ihn retten? Sabine? Metzger? Die würden ihn doch erst am Morgen vermissen. Bis dahin konnte er längst tot sein.

Vor der Tür des Heizungsraumes rumorte es. Leise Stimmen, Schieben, Schleifen, Kratzen. Klar, was auch immer sie dort versteckt hatten, nun schafften sie es weg.

Irgendwann wurde es ruhig. Attila war kurz eingenickt, vermutlich eher bewusstlos geworden. Wie lange, wusste er nicht. Er trug keine Armbanduhr. Waren sie weg?

Attila tastete im Dunkeln nach der Tür, zerrte und wackelte daran. Keine Chance. Außen war ein Sperrriegel. Mit Körperkraft ging da gar nichts.

Würden sie ihn in diesem Raum einfach verrecken lassen? Nein, auf diesem Hof wollte dieser Verein tun, was auch immer er tat, da konnte man keine Leiche im Keller gebrauchen. Seine Gefühle wechselten im Sekundentakt zwischen Panik, Zuversicht und Kapitulation. Attila setzte sich auf den Boden.

Plötzlich rumorte es wieder, der Riegel wurde aufgeschoben, ein Mann trat ein, der ihm mit der Lampe mitten ins Gesicht leuchtete.

»Du bist ein Bulle«, brüllte er ihn an. »Ein Scheißbulle. Was suchst du hier?«

»Was war in den Kisten, die Sie hier reingetragen haben?«, fragte Attila, bemüht, nicht zu sehr zu zittern. Er war enttarnt, sie wussten, wer er war. Solange sie mit ihm sprachen, konnten sie ihn nicht töten.

»Was für Kisten?«, sagte der Kerl. »Es gibt keine Kisten.«

»Ich habe genau gesehen«, sagte Attila, wobei er versuchte, aufzustehen, um sich etwas weniger ohnmächtig zu fühlen, »dass Sie aus einem Transporter große Kisten ins Haus getragen haben.«

»Du darfst doch gar nicht, einfach so in fremden Häusern herumschnüffeln«, sagte der Kerl und kam dicht an ihn heran. Das Licht war aus. »Dafür brauchst du einen Durchsuchungsbeschluss oder wie das heißt. Hast du den?«

»Nein«, sagte Attila und hätte fast ein »Tut mir leid« angefügt.

»In dem Fall würde ich sagen«, er lachte dreckig, »dass es unser Geheimnis bleibt, dass du hier warst, einverstanden? Wir verpfeifen dich nicht. Stehst doch sicher noch am Anfang deiner Bullenkarriere.«

Attila hörte, wie der Mann den Raum verließ, die Tür fiel zu und der Riegel wurde bewegt. Kurz hörte er noch Geräusche, dann war es still.

Sie würden bald wiederkommen, dachte Attila. Sie wussten, wer er war, sie würden keinen Polizisten töten. Er musste das einfach aushalten. Das würde ihn stärker machen. Ganz sicher.

Irgendwann – hin und her geworfen zwischen Schmerz, Angst, Müdigkeit und Zuversicht – ging Attila zur Tür. Sie ließ sich einfach aufziehen. Sie war nicht verriegelt.

Vorsichtig trat Attila auf den Kellerflur. Die Stahltür zum Verlies war nach wie vor verschlossen und er würde jetzt bestimmt nicht versuchen, sie zu öffnen. Er wollte nur noch weg.

Langsam tastete er sich die Kellertreppe hoch und gelangte über das Fenster im Hausflur ins Freie. Es regnete nicht mehr, die Wolken hatten sich aufgeschoben und ließen etwas Mondlicht durch. Nach kurzer Suche fand Attila den Benz seines Chefs. Sein Handy zeigte keine Anrufe in Abwesenheit. Niemand hatte ihn vermisst.

Er fuhr in sein kleines Appartement, duschte und versorgte seine Wunden, so gut es ging, mit Wundsalbe. Dann schlief er ein. Drei Stunden bis Dienstbeginn.

KAPITEL 8

9:30 Uhr und Sabine saß allein auf der Wache. Nicht ganz allein, dieser Gabel vom Verfassungsschutz war auch da. Frisch geduscht, der Bart gepflegt. Der war sicher vor dem Frühstück schon eine Stunde joggen, dachte Sabine.

»Habt ihr hier schon lange Gleitzeit?«, fragte Gabel und grinste süffisant.

»Sehr witzig«, sagte Sabine, »ich weiß auch nicht, wo alle sind.« Sie konnte es sich jedoch denken. Metzger lag nach einer Feier am Vorabend noch im Koma, und Melanie war noch nicht im Betriebsmodus, welche Substanzen auch immer dafür verantwortlich waren. Nur bei Attila war es ungewöhnlich. Er war eigentlich der Prototyp des pünktlichen und gewissenhaften Beamten. Sollte er etwa ebenfalls über die Stränge geschlagen haben? Er fuhr in letzter Zeit gelegentlich mit Daniel Faßbender zu Partys oder Scheunenfesten, die beiden waren richtige Buddys geworden. Aber an einem Dienstag gab es keine Scheunenfeste, und Attila trank keinen Alkohol, nie. Darum, mutmaßte Sabine, nahmen ihn Daniel und seine Freunde so gerne mit, denn dann hatten sie einen Fahrer.

Plötzlich stand Metzger in der Tür. Er zog sich die Hose hoch und nickte Sabine und Gabel zu.

»Guten Morgen«, sagte er und erwartete offensichtlich eine Erklärung von Sabine, wer der Fremde war. Doch die musste einen Anruf auf ihrem Handy annehmen.

»Attila hier«, sagte eine Stimme, die klang, als würde sie zu einer 60 Jahre älteren Version des Kollegen gehören. »Ich kann heute nicht kommen, ich bin krank.«

»Okay. Kann ich was für dich tun?«, fragte sie, ehrlich besorgt. Sie konnte sich nicht erinnern, dass sich Attila schon mal krankgemeldet hatte.

»Nein, danke, lass mal. Ich komm klar. Morgen bin ich bestimmt wieder fit.«

Bevor Sabine weitere Fragen stellen konnte, hatte er aufgelegt.

»Attila ist krank«, sagte sie zu Metzger.

»Ach echt?«, brummte der. »Halten nichts mehr aus, die jungen Leute heute.«

»Wieso?«, fragte Sabine den Chef verwundert, »was gab es denn auszuhalten? War er etwa mit dir trinken?«

»Der? Haha. Eher friert die Hölle zu, als dass der was trinkt. Nein, als er mich gestern Abend in Trebel abgesetzt hat, war er noch ganz munter.« Metzger ging auf Gabel zu, der auf einem Stuhl saß und unbeeindruckt vom Gerede um sich herum auf sein Handy glotzte. »Und wer sind Sie, junger Freund?«

»Das ist Thorsten Gabel, ein LKA-Kollege«, log Melanie. Sie war plötzlich aufgetaucht und sah aus, als wäre sie der Germany's Next Topmodel Senior Edition entsprungen. Vielleicht sind diese zwei Stunden mehr Schlaf ihr Anti-Aging-Geheimnis, dachte Sabine.

»Okay«, sagte Melanie an Gabel und Sabine gerichtet. »Kann's losgehen?«

»Was?«, fragte Sabine.

»Naturbelassen. Wir wollen die uns ansehen, oder?«, sagte Melanie und bedachte Sabine mit einem merkwürdigen Blick.

»Ja, klar«, sagte Sabine, deren innere To-do-Liste für den Tag noch etwas unscharf erschien. »Ich will vorher kurz nach Attila sehen. Er ist krank.«

»Echt? Bist du seine Mutter?«, fragte Melanie und fügte fast geflüstert hinzu, »so wird er nie kapieren, dass mit dir nichts laufen wird.«

»Red keinen Quatsch«, sagte Sabine nur. »Fahrt ihr los, ich komme nach.«

Melanie nickte Thorsten Gabel auffordernd zu. Er schüttelte den Kopf.

»Das ist vielleicht nicht so klug«, sagte er fast konspirativ zu Melanie und Sabine. »Ich weiß nicht, ob ich dort Bekannten begegne.« Er vergewisserte sich, dass Metzger nicht zuhörte. Der Polizeichef hatte sein Gehör auf Durchzug geschaltet und klickte sich durch Bild.de.

Attila trug eine Jogginghose und ein T-Shirt, als er Sabine die Tür öffnete. Ihr war es peinlich, einfach so bei dem Kollegen aufzutauchen, doch noch mehr machte sie sich Sorgen wegen Attilas Aussehen, und dazu hatte sie auch allen Grund.

»Was ist denn mit dir passiert?«, fragte sie entsetzt. Er führte sie in den Wohnraum, in dem Geschirr vom Abendessen auf dem Tisch stand, der Controller einer Spielekonsole lag auf dem Sofa, über einem Stuhl hing unordentlich die Uniform.

»Ach, nichts Schlimmes«, sagte er. »Ich bin beim Joggen hingefallen.«

»Hä?«, wunderte sich Sabine. »Wann bist du denn gejoggt? Ich denke, du hast Jakob gestern Abend nach Trebel gefahren.«

»Habe ich auch. Und danach bin ich gejoggt. Da hinten im Wald.«

»Im Wald. Im Dunkeln. Mit Stirnlampe, oder was? Das hast du doch noch nie gemacht.«

Der junge Mann hatte Prellungen im Gesicht, eine verdammt dicke Lippe und so, wie er sich bewegte, waren unter seiner Kleidung weitere Blessuren zu vermuten.

»Ohne Lampe«, sagte er und versuchte zu lächeln, was misslang. »War ne blöde Idee. Mache ich nicht wieder.«

Sabine setzte sich auf einen Sessel und blickte Attila durchdringend an. »Okay, mein Freund, genug gelabert. Was ist passiert?«

Attila setzte sich auf das Sofa, direkt neben Sabine, schwieg eine schmerzhaft lange Zeit und begann endlich die schlimmste Nacht seines jungen Polizistenlebens zu schildern. Er ließ nichts aus, beschönigte nichts. Zwischendurch heulte er fast. Sabine war kurz versucht, ihn in den Arm zu nehmen, wie eine große Schwester. Doch das hätte er sicher falsch verstanden.

»Bitte erzähl Metzger nichts davon oder dieser Gierke, die schmeißen mich raus«, flehte er.

»So schnell fliegt man bei der Polizei nicht raus. Leider nützen uns deine Beobachtungen nicht viel. Selbst wenn diese Kisten etwas Problematisches enthielten – Waffen, Drogen, Leichenteile –, dann ist das jetzt alles weg. Das ist dir klar?« Attila nickte schuldbewusst. »Vielleicht kommen wir mit der Tätowierung weiter, die du gesehen hast. Ein Adler?«

»Ja«, sagte Attila und sprang fast begeistert auf. Er humpelte mit schmerzverzerrtem Gesicht in sein Schlafzimmer und kam mit einem MacBook zurück. Darauf zeigte er Sabine das Ergebnis einer Google-Bildersuche.

»Das ist der Adler. Den hatte er auf dem rechten Unterarm.«

»Schick«, sagte Sabine. »Bekommt man sicher nicht überall.« Das Bild zeigte den Reichsadler, wie ihn die NSDAP als Parteisymbol verwendet hatte.

»Aber da, wo hier das Hakenkreuz ist«, erklärte Attila, »hatte der was anderes, ich glaube Getreide. Wie sagt man? Eine Ähre. – Du, Sabine, die horten bestimmt Waffen, oder so. Ich habe gelesen, dass diese Reichsbürger und das ganze Pack überall Depots anlegen für den großen Tag. Ich bin sicher, dass dieser Hof auch so was werden soll. Da müssen wir …«

»Jetzt mach mal halblang«, sagte Sabine, »Für alles, was du da sagst, haben wir keine Beweise, nicht mal hauchdünne Hinweise. – Ich fahre dich jetzt zu Dr. Gassner und der schaut sich deine Joggingverletzungen an. Nach Hause kommst du dann sicher zu Fuß. Ich muss zu Melanie.«

Melanie lehnte an ihrem Passat, als Sabine mit dem Streifenwagen beim Hof von Naturbelassen eintraf. Weiter als bis zur Einfahrt hatte sie es nicht geschafft.

»Die lassen mich nicht rein«, sagte Melanie gelangweilt. »Wir müssen auf den Chef warten.«

»Und wer sind die?«, fragte Sabine.

»Ein paar Handwerker und drei Typen von dem Verein, die offenbar den Handwerkern bei der Arbeit zusehen.«

Auf dem Platz vor dem Hauptgebäude standen drei Handwerkerfahrzeuge. Die Aufschriften verrieten, dass es sich um Dachdecker, Installateur und Elektriker handelte.

Etwas abseits saßen auf einer Bank drei Männer in schwarzen Jacken und rauchten. Sie grinsten zu Sabine rüber.

Eine gefühlte Unendlichkeit später, Sabine hatte Melanie noch nichts von Attilas Abenteuer erzählt, kam endlich der Chef in einem weißen Tesla mit dem grünen Logo von Naturbelassen auf der Seite, einer stilisierten Eiche an einem Flusslauf.

Er parkte den Wagen so, dass garantiert keiner der Handwerker mehr vom Hof kam, und stieg aus. Andreas Schmidt sah immer noch gut aus und jünger als 59.

»Hallo, die Damen, so trifft man sich wieder.« Er lief strahlend auf sie zu. »Wie lange ist das her? Drei Jahre?«

»So ungefähr«, sagte Sabine, genervt von seinem Showmasterauftritt.

»Seitdem ist eine Menge passiert bei uns«, sagte er und deutete stolz auf seine Baustelle.

»Wirklich ganz toll«, sagte nun Melanie. »Bei uns auch, wir haben einen Mord aufzuklären.«

»Ja«, sagte Schmidt und machte wie auf Knopfdruck ein betroffenes Gesicht. »Das habe ich mitbekommen. Schrecklich. Aber wie kann ich da helfen?«

»Die Tote ist nicht weit von hier gefunden worden und ihr PKW sogar ganz in der Nähe«, sagte Melanie.

»Ja, gruselig«, sagte Schmidt.

Melanie hielt ihm ein Foto von Martina Breesen unter die Nase. Schmidt schüttelte den Kopf. Sabine beobachtete ihn genau. Würde sie erkennen, wenn er lügt? Dafür musste man entsprechend geschult sein, war Sabines Meinung. Leute, die von sich behaupteten, sie würden die subtilen Zeichen der Lüge bei jedem erkennen, folgten doch auch nur einem Gefühl und dieses wiederum einem vorher gefällten Urteil. Das passte dann oft eben doch nicht.

»Tut mir leid, nie gesehen«, sagte Schmidt so beiläufig wie überzeugend.

»Sie war Journalistin und hat auch im Umfeld rechtsradikaler Organisationen recherchiert. Da wäre es doch immerhin möglich …«, begann Melanie.

»Dann müssen Sie rechtsradikale Organisationen befragen«, unterbrach Schmidt nicht mehr ganz so freundlich. »Wir sind eine Naturschutzorganisation.«

»Ja, klar«, sagte Melanie, »Wir würden Ihre Mitarbeiter gerne befragen.« Sie deutete auf die drei Männer in Schwarz.

»Nur zu, wir haben keine Geheimnisse«, sagte Schmidt und ging vor zu den dreien.

»Hey, Leute, die Polizei hat ein paar Fragen an euch«, sagte er und die Männer nickten.

Melanie zeigte das Foto, Sabine nannte den Namen des Opfers. Kopfschütteln.

»Könnte es sein«, fragte Sabine schließlich, »dass sich die Frau nachts auf dem Hof herumgetrieben hat, und von Ihrem Wachdienst überrascht wurde?«

Alle, auch Melanie, sahen Sabine irritiert an.

»Was meinen Sie?«, fragte der kleinere von den drei Männern. »Wir haben keinen Wachdienst. Der furchterregende, dunkle Wald ist unser Wachdienst.« Die anderen lachten.

»Also kann es nicht passieren, dass sich hier jemand nachts herumtreibt und krankenhausreif geschlagen wird?«, fragte Sabine und nahm einen der Muskelmänner ins Visier, der seine Nervosität nicht mehr optimal verbergen konnte.

»Wie heißen Sie?«, fragte Sabine ihn.

»Martin.« Er grinste frech.

»Etwas genauer, bitte.«

»Martin Ludwig«, sagte er fast trotzig.

»Vielen Dank für Ihre Hilfe, Herr Ludwig«, sagte Sabine und streckte dem Mann die Hand entgegen. Der griff reflexartig zu, wobei der Ärmel seines Hoodies ein

Stück hochrutschte und kurz den Blick auf ein Adlertattoo freigab, oder besser gesagt auf den unteren Teil davon, eine Weizenähre in einem Kreis.

»Ich glaube«, beeilte sich nun Andreas Schmidt zu sagen, »wir haben Ihnen alles mitgeteilt, was wir wissen. Tut uns leid, wenn es nicht weiterhilft. Wir wünschen viel Erfolg bei Ihren Ermittlungen.«

»Wir sehen uns bestimmt bald wieder«, sagte Sabine und wünschte, dass es bedrohlich klang.

»Das hoffe ich doch«, sagte Schmidt, »zu unserem Bürgerfest im August. Sie kommen doch? Ihr Chef, der Herr Metzger, hat schon zugesagt.«

Als sie zurück zu ihren Autos gingen, fragte Melanie: »Was war das gerade mit krankenhausreif geschlagen und so? Du sprichst in Rätseln.«

»Erkläre ich dir später«, sagte Sabine und stieg in den Streifenwagen.

KAPITEL 9

Die Untersuchung bei Dr. Gassner ergab keine ernsthaften Verletzungen. Der Arzt löcherte Attila, wer ihn so zugerichtet habe, doch er verweigerte die Aussage. Was ging den Arzt das an? Er blieb bei seiner Story vom Joggingunfall, auch wenn die niemand glaubte. Eine Wunde an der Augenbraue wurde geklammert, eine Schramme an der Wange mit einer Wundsalbe versorgt. Bei den Rippenprellungen konnte man nichts machen, da musste Attila einfach abwarten und durfte sich nicht zu viel bewegen. Eine Gehirnerschütterung hatte Dr. Gassner nicht festgestellt. Attila wurde für eine Woche krankgeschrieben, hatte aber nicht vor, sich so lange vom Dienst fernzuhalten. Das war alles viel zu spannend und zu wichtig.

Am Abend ging er noch zu Penny, um ein paar Sachen einzukaufen. Auf dem Rückweg kam er an der Wendland-Schänke vorbei. Vor dem Lokal stand ein protziger Mercedes SUV mit Lüneburger Kennzeichen im absoluten Halteverbot. Attila machte ein Foto von dem Fahrzeug, auch wenn er nicht wirklich vorhatte, eine Anzeige zu schreiben. In diesem Moment schaute Daniel aus dem Fenster und bemerkte Attila. Er machte einen besorgten Eindruck und gab Attila ein Zeichen, dass er reinkommen solle. Eigentlich hatte Attila nicht vor, sich mit seinen Blessuren weiteren Fragen auszusetzen, aber so wie Daniel winkte, schien es dringend zu sein.

Das Lokal hatte erst vor einer Stunde geöffnet. Es war nicht viel los. Die üblichen Trinker am Tresen, vier Arbeiter von einer nahegelegenen Baustelle, die offenbar ihren Feierabend einläuteten. An einem der Tische saßen drei Männer in schwarzen Lederjacken mit kurz geschorenen Haaren. Sie gehörten mit Sicherheit zu Naturbelassen. Das war die Art Leute, die dort als Bodyguards oder was auch immer herumlungerten. Ob die beiden Typen, die ihn verprügelt hatten, dabei waren, konnte Attila nicht erkennen. Er hatte ihre Gesichter im dunklen Keller nicht gesehen. Und die markante Tätowierung entdeckte er auch bei niemanden, sie trugen alle langarmige Pullover.

Am Tisch der drei Männer stand Thomas Faßbender, Wirt der Schänke und Daniels Vater. Er redete energisch auf die Männer ein.

»Nein«, sagte er gerade, »Sie bekommen hier nichts. Ich möchte Sie bitten zu gehen.«

Faßbender war über 60, nicht besonders groß und hatte einen ziemlichen Bauch. Er wäre diesen Männern hoffnungslos unterlegen, wenn es hart auf hart käme.

»Sie können uns nicht ohne Grund rauswerfen«, sagte der optisch älteste und kleinste der drei. »Sie müssen uns bedienen, sonst ist das Diskriminierung.« Seine Freunde nickten und grinsten zustimmend. Attila war neben Daniel im Eingang des Lokals stehen geblieben und beobachtete das Geschehen. Er hatte keine Uniform an, weder Ausweis noch Waffe dabei, stattdessen eine volle Tüte vom Penny in der Hand.

»Blödsinn«, schimpfte Faßbender, »ich brauche keinen Grund. Ich habe das Hausrecht. Aber ich kann Ihnen gerne einen Grund nennen: Ich will keine Scheißnazis in meinem Lokal.«

»Hey, nun mal langsam«, sagte einer der jüngeren Männer, dessen Stimme Attila bekannt vorkam. »Wieso Nazis? Das ist eine Beleidigung, dafür können wir Sie anzeigen.«

Was sollte das, dachte Attila. Fingen die Typen nun an, das Dorf zu terrorisieren? Wollten sie die braven Bürger von Gartow einschüchtern?

»Nun lass sie doch ihr Bier trinken, Tommi«, rief einer der beiden Trinker vom Tresen. »Die tun doch nichts.«

»Halt du dich da raus, Kuddel. Das geht dich nichts an«, gab Faßbender Richtung Tresen zurück. An die Männer gewandt sagte er: »Also, raus jetzt. Sonst rufe ich die Polizei.«

»Die ist schon da«, meldete sich nun Daniel zu Wort und deutete auf Attila.

»Ach, hallo«, sagte Faßbender zu Attila und lächelte ihn an. »Bist aber nicht im Dienst, oder?«

Attila hätte den Eindruck gerne bestätigt. Er hatte wahrlich keine Lust auf eine weitere Konfrontation mit den Kerlen. Andererseits konnte er den Wirt mit seinen ungebetenen Gästen auch nicht allein lassen. Er drückte Daniel seine Einkaufstüte in die Hand und ging auf den Tisch zu.

»Es stimmt, dass der Wirt das Hausrecht hat. Wenn er Sie auffordert zu gehen, müssen Sie dem Folge leisten«, sagte er und versuchte energisch zu klingen.

»Wer bist du denn?«, fragte einer der Männer und schied damit schon mal als Schläger der letzten Nacht aus.

»Polizeimeister Attila Yilmaz«, sagte Attila und blickte den Kerl durchdringend an.

»Bist du gefallen, Attila Yilmaz?«, fragte einer der anderen Männer und grinste. »Sieht übel aus.«

»Was iss 'n das überhaupt für 'n Name für einen deutschen Polizisten«, meinte der Kerl neben ihm.

»Da waren doch heute schon zwei Ladys von euch bei uns«, ergänzte einer der Männer.

»Na, dann gab es ja bereits eine Durchsuchung und Sie …«, begann Attila, und versuchte seine Enttäuschung darüber zu verbergen, dass ihm Sabine nichts von diesem Einsatz erzählt hatte.

»Durchsuchung?«, empörte sich einer der Männer. »Unsinn. Bei uns gibt es nichts zu durchsuchen. Die beiden Kolleginnen, eine Blondine in Uniform und eine Kommissarin aus Lüneburg, haben uns nur ein paar Fragen gestellt, die wir brav beantwortet haben. Ihr müsst euren Mörder woanders suchen.«

»Genug gequasselt«, raunzte Thomas Faßbender plötzlich, »raus mit euch!« Er packte einen der Männer am Kragen und zerrte ihn von seinem Stuhl.

»Nicht, Papa«, rief Daniel und stürmte auf den Vater zu. Attila hatte nicht damit gerechnet, dass der sonst freundliche und stets coole Wirt so an die Decke gehen würde. Faßbender ließ den Mann auch gleich wieder los. Der gab seinen Freunden ein Zeichen und die erhoben sich. Wenn diese drei eine Schlägerei beginnen würden, konnte das übel ausgehen. Aber die Männer hatten andere Pläne. Betont langsam und breitbeinig verließen sie das Lokal. Im Wegfahren ließen sie den Motor ihres SUV besonders laut aufheulen.

»Bier?«, fragte Faßbender Attila und korrigierte sich gleich, »ach nee, du ja nicht. Kaffee?«

Attila nickte.

Daniel, Thomas und Attila setzten sich mit ihren Getränken an den Tisch, an dem die Naturbelassen-Leute gesessen hatten.

»Habt ihr da bei denen was gefunden?«, fragte der Wirt.

»Wir haben sie ja noch nicht durchsucht«, antwortete er, »und die sind viel zu clever, um sich bei irgendwas erwischen zu lassen.«

»Meinst du, die haben was mit dem Mord an dieser Frau zu tun?«, fragte Thomas Faßbender.

»Ich bin mir da sogar ziemlich sicher, aber mich fragt ja keiner«, sagte Attila und lächelte verlegen.

»Und jetzt erzähl uns noch, wer dich so verbeult hat«, sagte Daniel und klopfte Attila auf die Schulter, was ihn jede einzelne geprellte Rippe spüren ließ.

»Niemand«, sagte Attila. »Ich bin beim Joggen im Wald gefallen.«

Daniel hob erstaunt die Augenbrauen. Er glaubte ihm nicht, das war deutlich. Trotzdem fragte er nicht weiter nach.

Als Sabine am Abend nach Hause kam, fand sie in der Küche eine merkwürdige Versammlung vor. Ihr Vater und Daniel Faßbender saßen am Tisch und glotzen in ein Laptop.

»Was ist denn hier los?«, fragte sie, konnte es sich jedoch denken. Seit Wochen nahm sie wahr, dass der Kampf gegen Naturbelassen die Generationen in der Region fast schon so sehr verband wie der jahrzehntelange Kampf gegen den Atommüll. Attila wohnte dieser Runde nur digital bei. Er winkte Sabine schüchtern aus dem Laptop zu. Als krankgeschriebener Beamter traute er sich offenbar nicht aus seiner Wohnung.

»Ein Freund von Daniel«, erklärte Papa mit leuchtenden Augen, »hat herausgefunden, welche Bands für dieses Bürgerfest von Naturbelassen gebucht sind. Da sind knallharte Nazirocker dabei, echt.«

»Das ist schlimm«, sagte Sabine und konnte die Begeisterung ihres Vaters über diese Information nicht teilen. »Und was wollt ihr dagegen machen?«

»Wir veranstalten am selben Tag ein Gegenfestival«, sagte Daniel. »Direkt am See.«

»Wer soll da auftreten?«, fragte Sabine und nahm sich eine Flasche Wasser aus dem Kühlschrank. »Der Spielmannszug aus Gorleben? Die Feuerwehrkapelle aus Lüchow?«

»Sehr witzig«, sagte Daniel. »Wir wollen die Toten Hosen anfragen, Die Ärzte und Feine Sahne Fischfilet …«

»Habt ihr es auch eine Nummer kleiner?«, fragte Sabine.

»Nee, echt«, rief Attila aus dem Laptop. »Die sind auch schon öfter in diesem Dorf in Mecklenburg-Vorpommern aufgetreten, wo so viele Nazis leben. Die …«

»Jaja«, sagte Sabine, die zu müde war für den Aktionismus der Jungen und des Alten. »Alles gut. Ihr macht das schon.« Sie wollte sich zurückziehen.

»Du, Sabine«, sagte Daniel ernst, »diese Naturbelassen-Leute haben heute Nachmittag bei uns im Lokal für Ärger gesorgt. Wir müssen echt was gegen die unternehmen.«

»Was?«, fragte Sabine und ging zurück an den Küchentisch. »Was ist passiert?«

Daniel erzählte ihr von dem Zwischenfall mit seinem Vater. »Aber Attila konnte es klären«, sagte er schließlich.

»Ach, konntest du?«, fragte Sabine amüsiert.

Attila grinste verlegen auf dem Bildschirm. »Ich war was einkaufen und bin zufällig vorbeigekommen«, erklärte er.

»Mein Vater hat jetzt Schiss, dass die uns nachts die Schänke anzünden«, sagte Daniel ernst.

»Na, jetzt übertreibt mal nicht«, sagte Sabine. »Bisher haben sie nichts Illegales gemacht. Dein Vater soll da besser die Füße stillhalten.«

»Nichts gemacht?«, tönte Attila aus dem Laptop. »Ich bin sicher, dass sie diese Frau getötet haben, weil sie irgendwas herausgefunden hat. Wir müssen denen nur mal richtig auf den Zahn fühlen.«

»Klar, Attila«, sagte Sabine und lächelte in die Kamera des Laptops, »sei du lieber froh, dass du noch alle Zähne hast, und erhol dich gut.«

Endlich verließ sie die Küche.

KAPITEL 10

»Hier habe ich es«, sagte Britta Salzmann, nachdem sie gefühlt eine Stunde im Archiv ihrer Zeitung gewühlt hatte. »Das war am 16. August drin. SUP-Wettbewerb in Gartow. Hatte ich nicht mehr auf dem Schirm. Sorry.«

»Alles gut«, sagte Sabine, die nun schon wieder viel zu lange brauchte für ein Telefonat, das nicht viel erwarten ließ. »Erinnern Sie sich im Zusammenhang mit diesem Auftrag an irgendwelche Besonderheiten?«

»Nein, eigentlich nicht. Sonst hätte ich mich sicher schon daran erinnert, als Sie bei uns waren.«

»Hat Frau Breesen für diese Story in Gartow übernachtet?«

»Ganz sicher nicht«, sagte Frau Salzmann lachend. »Jedenfalls nicht auf Spesen, das macht bei der kurzen Strecke auch keinen Sinn. Wenn Martina nach einer solchen Siegerehrung nicht mehr fahrtüchtig war, war das ihr Problem.«

»War sie Alkoholikerin?«, fragte Sabine.

»Ach, wie soll ich das beurteilen? Sie hat gerne mal einen getrunken, auch mal mehr. Ich weiß es nicht.«

Sabine hatte sich für ihre Recherchen ins Lagezentrum in der Wendland-Schänke begeben. Dort war sie näher am Fall und nicht so abgelenkt von Metzgers Privatgesprächen und guten Ratschlägen. Attila war noch krankgeschrieben. Er wollte zwar wieder zum Dienst kommen, Sabine hatte es ihm aber verboten. »Dann sage ich allen, woher deine Verletzungen stammen.«

Melanie saß am Tisch neben Sabine und telefonierte mit irgendeiner Bank, Thorsten Gabel besetzte einen dritten Tisch und tat – ja was tat er eigentlich? – nichts.

Die Tür ging auf und Daniel kam mit einem Tablett herein, auf dem drei Cappuccino dampften.

»Ein kleiner Gruß aus der Küche«, sagte er und stellte jedem in perfekter Kellnermanier eine Tasse hin. »Für Sie mit Hafermilch, Herr Gabel«, sagte er. Sabine und Melanie sahen sich irritiert an, dann Gabel. Der bedankte sich lächelnd bei Daniel.

»Das ist interessant«, sagte Melanie, nachdem sie ihr Telefonat beendet hatte. »Wie es aussieht, war die gute Martina nach dem SUP-Termin ein weiteres Mal in eurem schönen Örtchen.«

»Wann, wieso?«, fragte Gabel.

»Wieso, weiß ich nicht. Aber das Datum kenne ich: Es war am 15. September letzten Jahres. Da hat sie um 12:22 Uhr hier getankt und mit Karte bezahlt, 30 Euro«, sagte Melanie.

»Was war am 15. September, einem Mittwoch?«, fragte Sabine Daniel, der den Raum noch nicht verlassen hatte, weil es im Lagezentrum natürlich viel interessanter war als in der leeren Gaststube.

»Keine Ahnung. Müsste ich nachsehen, aber sicher nichts, worüber man in der Zeitung berichten könnte. Ich war da sowieso noch auf der Aida. Ich bin am 1. Oktober wiedergekommen«, sagte Daniel.

Ein kurzer Anruf bei Frau Salzmann, die ausgesprochen genervt tat, dass sie schon wieder ins Archiv musste, verschaffte ihnen Klarheit. Rund um dieses Datum hatte es keinen mit Gartow verbundenen Auftrag für Martina Breesen gegeben.

»Was wollte sie hier?«, fragte Melanie. »Hatte Naturbelassen da bereits mit dem Umbau begonnen?«

»Ich glaube ja«, sagte Sabine. »Die sind seit über einem halben Jahr zugange.«

»Dann sollten wir noch mal mit denen reden«, sagte Melanie.

»Bei der Gelegenheit können wir auch noch mal intensiver mit meinem Freund Martin sprechen«, freute sich Sabine. »Der hat nämlich eine Vorstrafe wegen schwerer Körperverletzung. Er hat bei einem Festival in Lüneburg einen Wachmann verprügelt. Das ist zwar fünf Jahre her, sagt aber viel über sein Temperament aus.«

»Und wen soll er diesmal verprügelt haben, Sabine?«, fragte Melanie. »Das wolltest du mir noch sagen.«

Sabine schwieg und starrte betreten auf den Schreibtisch.

»Attila«, sagte Melanie. Ohne Fragezeichen.

Sabine schwieg weiter.

»Das gibt's doch nicht. Hat der Blödmann sich da etwa hingeschlichen? Dann geschieht es ihm wirklich recht. Verdammter Idiot«, schimpfte Melanie. Thorsten Gabel sah zwischen den Frauen hin und her auf der Suche nach einer Erklärung. »Und was hat er Bahnbrechendes entdeckt?«, fragte Melanie.

»Er hat wohl zwei Typen, diesen Ludwig und noch einen anderen, dabei beobachtet, wie sie schwere, längliche Kisten aus einem Transporter in den Keller geschafft haben. Bei Nacht und Nebel«, sagte Sabine und kam sich fast so vor, als hätte sie selbst Attilas Alleingang zu verantworten.

»Und weiß er auch, was da drin war, in den ominösen Kisten?«, fragte Melanie.

»Nein. Sie haben ihn entdeckt, verprügelt und ein paar Stunden eingesperrt …«

»… wodurch sie genug Zeit hatten, die Kisten wegzuschaffen«, beendete Melanie den Satz und schlug mit der Faust so auf den Tisch, dass der Schaum aus dem Cappuccino schwappte.

»Vielleicht doch besser eine offizielle Durchsuchung, als einfach nur befragen?«, schlug Sabine unsicher vor. Melanie war wütend, da konnte alles passieren.

»Ach, du hast Nerven, die dünne Lage haut mir die Staatsanwaltschaft um die Ohren«, sagte sie.

»Vielleicht kann ich helfen«, mischte sich Gabel ein, »ich kenne da Leute beim BKA …«

»Nee, danke«, beeilte sich Melanie, ihn zu stoppen, »ich schaff das schon irgendwie.«

Das wäre ihr dann auch nicht recht, dachte Sabine, dass der James Bond vom Verfassungsschutz mehr bewegte als die große Melanie Gierke.

Melanie hatte nicht zu viel versprochen. Am späten Nachmittag rückte ein sechsköpfiges Team aus Lüneburg an. Zusätzlich zwei Hundeführer, mit Hunden, die auf Drogen und Waffen spezialisiert waren.

Melanie hatte sich den ganzen Tag über »zurückgezogen«, wie sie es nannte, stand aber bereit, als das Team auf dem Hof von Naturbelassen eintraf.

Zeitgleich wurde Andreas Schmidt in seinem Lüneburger Büro von zwei Beamten der Durchsuchungsbeschluss zugestellt. Diese Räume wurden ebenfalls durchsucht. Sabine ging davon aus, dass der Chef sich unverzüglich auf den Weg zu seiner Baustelle machen würde. Spätestens in einer Stunde wäre er dann wohl da.

Schon bald mussten Scheinwerfer aufgestellt werden, um auf dem Gelände genug sehen zu können. Bei der Durchsuchung wurde wirklich jeder Stein umgedreht. Auch in dem Verlies, an dessen verschlossener Tür Attilas eigenmächtige Durchsuchung schmerzhaft geendet hatte, schauten die Polizisten sich gründlich um. Viel umzudrehen gab es dort nicht, denn der Raum war völlig leer. Schleifspuren auf dem Estrich ließen vermuten, dass Dinge hin und her geschoben worden waren, aber was hieß das schon auf einer Baustelle.

Andreas Schmidt tauchte schon bald am Ort des Geschehens auf und zeigte sich kooperativ. »Ich weiß nicht, was Sie hier finden wollen«, sagte er zu Melanie und Sabine, »aber es wird eine Enttäuschung. Auf diesem Hof geschieht nichts Illegales.«

Illegal war es nicht, was ein Beamter des Durchsuchungsteams nach zwei Stunden zu Melanie und Sabine brachte. Aber interessant.

»Da«, sagte der Mann, ein ziemlich dicker Beamter, nicht weit entfernt von der Pensionsgrenze. »Sehen Sie sich das mal an.«

Mit zwei Fingern seiner behandschuhten Hand hielt er ein Smartphone. Es war schwarz, dreckig und das Display war kaputt. Dem Zustand nach zu urteilen, war jemand sehr heftig darauf getreten.

»Das habe ich dort unter einer Treppenstufe am Haupteingang gefunden. Ist vermutlich heruntergefallen und zwischen die Ziegel gerutscht.«

»Ein Samsung«, murmelte Melanie und drehte das Smartphone vorsichtig. »Das Modell ist nicht besonders teuer, oder?«, fragte sie den Beamten.

»Nee, glaube nicht.«

»Sie haben hier doch bestimmt alle iPhones?«, fragte Melanie Andreas Schmidt, der sich neugierig angenähert hatte.

»Weiß nicht«, sagte er. »Es hat ja nicht jeder ein Diensthandy. Und die ganzen Arbeiter haben ja ebenfalls Handys. Das kann von jedem sein.«

»Ja«, sagte Melanie. »Wir können aber, auch wenn alle Daten zerstört sind, über die Nummer der SIM-Karte oder die Gerätenummer feststellen, wem es gehört. Das geht fix.« Sie gab das Gerät dem Beamten, der es gefunden hatte und wiederholte: »Sehr fix.« Der Mann rannte los, im Rahmen seiner Möglichkeiten.

»Herr Schmidt«, sagte Melanie zu dem smarten Naturbelassen-Chef, als die Beamten aus Lüneburg ihre Sachen wieder einpackten, »es ist sehr wahrscheinlich, dass unser Mordopfer rund um ihren Verein recherchiert hat. Ich möchte wetten, dass wir soeben das Handy der Toten gefunden haben. Sind Sie wirklich nie von Martina Breesen kontaktiert worden? Auch keiner Ihrer Leute?«

Sie setzten sich an den Campingtisch in der Küche.

»Nein«, sagte Schmidt, »wie kommen Sie darauf?«

»Weil die Journalistin sich für rechtsradikale Organisationen interessierte«, sagte Melanie und funkelte Schmidt an.

»Ich wiederhole, Frau Gierke, wir sind keine rechtsradikale Organisation, wir sind …«

»Das Auto der Toten wurde in der Nähe gefunden. Darin weder Handy noch Laptop noch Papiere«, fuhr Melanie in scharfem Ton fort. »Das macht uns stutzig. Und nun entdecken wir hier ein offenbar mutwillig zerstörtes Handy. Das ist doch merkwürdig, oder nicht?«

Schmidt lächelte überheblich. »Das können Sie merkwürdig finden. Vielleicht hatte diese Frau auch Gründe, inkognito unterwegs zu sein. Das ist Ihr Fall, nicht meiner.«

»Wo ist überhaupt der bärenstarke Herr Ludwig heute?«, fragte nun Sabine.

»Wieso? Was wollen Sie von dem?«, entgegnete Schmidt.

»Reden wir nicht drum herum«, sagte Sabine und sah Schmidt ernst an, dann Melanie, weil sie sich nicht sicher war, ob sie zu weit ging. »Sie wissen selbst, dass vorletzte Nacht ein Kollege von uns brutal verprügelt wurde. Von Ihrem Herrn Ludwig.«

»Ach«, sagte Schmidt und grinste hämisch. »Der junge Mann war Polizist? Kein guter, oder? – Aber brutal verprügelt? Übertreiben Sie mal nicht. Mein Mitarbeiter hat lediglich einen Einbrecher gestoppt, wie er mir erzählte. Das ist ja wohl unser gutes Recht. Seien Sie froh, dass wir von einer Anzeige absehen.«

»Die Verletzungen sind ärztlich dokumentiert und weit mehr als blaue Flecken«, sagte Sabine, ohne das wirklich zu wissen.

»Kann es sein«, übernahm nun Melanie, »dass ihr Mitarbeiter auch Frau Breesen auf seine unnachahmliche Art *gestoppt* hat? Wir wissen, dass er vorbestraft ist, und vielleicht hat er eine etwas andere Vorstellung davon, wo brutal anfängt.«

»Also, ich muss schon sehr bitten«, schnauzte Schmidt und stand auf. »Was soll das …?«

»Herr Schmidt«, sagte Melanie und hielt den Mann am Arm fest. Sabine erschrak, das konnte schon zu viel sein. Doch er ließ es geschehen. »Vielleicht sind Sie nicht gut beraten, Ihren Martin so pauschal zu decken. Sie wissen doch auch nicht wirklich, was hier nachts passiert. Können Sie sich einen Skandal leisten? Also, wo ist Ludwig?«

Schmidt setzte sich wieder hin. Er dachte nach. Offenbar waren ihm Zweifel an der Vertrauenswürdigkeit seines Gorillas gekommen.

»Er hat seit heute Urlaub«, sagte Schmidt schließlich, »ganz offiziell.«

»Und ganz spontan, wie ich vermute«, sagte Melanie.

»Wir sind keine Behörde«, erklärte Schmidt, »wer Urlaub haben will, bekommt den – auch ohne monatelange Vorplanung.«

»Wollte Martin verreisen? Ganz spontan?«, fragte Melanie.

Schmidt erhob sich wieder, ging zu Küchentür und rief in die Dunkelheit: »Jan, komm mal bitte kurz her!« Der kleinere der drei Männer, die Sabine am Vortag gesehen hatte, kam angelaufen. Er wirkte, als würde er Naturbelassen eher mit seinem Kopf dienen als mit seinen Fäusten. »Wollte Martin verreisen?«, fragte Schmidt den Mann. Der sah irritiert Melanie und Sabine an, dann seinen Chef. Dieser gab ihm offenbar wortlos zu verstehen, dass er wahrheitsgemäß antworten solle.

»Äh, weiß nicht, ich glaub schon. Markus sollte ihn nach Hamburg zum Flughafen fahren.«

»Wann?«, fragte Melanie und sprang auf.

»Am Nachmittag irgendwann, glaube ich«, sagte der Mann namens Jan.

Melanie nahm ihr Handy und ging vor die Tür. Sie würde die Flughafenpolizei anrufen und dafür sorgen, dass dieser Ludwig an der Ausreise gehindert würde, wenn es dazu nicht bereits zu spät war.

KAPITEL 11

Samstagmorgen, 7 Uhr, und Sabine lag wach im Bett. Sie würde sich gerne noch mal rumdrehen und weiterschlafen. Bis Mittag, wie früher. Aber irgendwie ging das nicht mehr. Wurde sie alt? Oder wollte sie das Bett verlassen, weil sie dort so allein war? Immer häufiger fragte sie sich in der letzten Zeit, warum das so war. Hatte sie kein Interesse mehr an Männern? Wollte sie keinen Sex? Oder nur Sex und keine Bindung? Oder nur Bindung? Oder gab es in ihrem Umfeld einfach keine interessanten Männer?

Klar, Gartow hatte nicht gerade eine hohe Dichte an Kerlen, die ihren Ansprüchen genügen würden. Gut aussehen sollte Mr. Right, einigermaßen. Wichtiger waren ihr aber Tiefe und Humor, er sollte kein Laberkopf sein, kein Poser. Ach ja, und natürlich kein Bulle. Damit schied auch Thorsten Gabel aus, der alle anderen Kriterien erfüllte. Sie hatte ihm am Abend in der Wendland-Schänke kurz von den Ergebnissen der Durchsuchung berichtet. Er hatte sie auf ein schnelles Bier eingeladen, was sie gerne annahm und – entgegen ihren Prinzipien – in Uniform trank. Melanie war direkt nach Lüneburg gefahren, wo sie auf Martin Ludwig warten wollte. Der Mann mit dem Adler-Tattoo war am Flughafen Hamburg aus einer Maschine nach Antalya gefischt worden und würde irgendwann in Lüneburg eintreffen. Melanie wollte ihn unbedingt noch in der Nacht vernehmen.

So hatte Sabine alleine mit Thorsten am Tresen gesessen und in dem nur 30-minütigen Small Talk durchaus Sympathie für den smarten und witzigen Mann entwickelt. Schnell waren sie beim Du. Sie hätte nicht sagen können, ob er auf sie stand. Hatte er mit ihr geflirtet? Woran erkannte man das? Sabine hörte immer nur von anderen – Freundinnen, Papa –, dass sie eine enorme Wirkung auf Männer hatte. Sie selbst fand sich eher durchschnittlich.

Sabine begann gerade zu überlegen, wie sie einen langen, verregneten Samstag verbringen könnte, als eine Nachricht von Melanie einging.

»Du musst Ludwig vernehmen. Er wartet in der PD Lüneburg.«

»Wieso?«, schrieb Sabine zurück.

»Bitte. – Nimm Gabel mit.«

»Hat das nicht Zeit bis Montag?«

»Nein. Das müsstest du wissen.«

Natürlich wusste Sabine, dass ein Verhafteter ohne richterliche Anordnung höchstens 24 Stunden festgehalten werden durfte.

Sie hatte nicht übel Lust, sich dieser Anweisung, oder was immer das war, zu widersetzen. Sollte sie sich den Samstag ruinieren, weil Melanie etwas Besseres vorhatte?

Genau genommen war Melanie gar nicht ihre Vorgesetzte. Sie durfte sie ohne Metzgers Zustimmung sicher nicht herumkommandieren. Sabine versuchte Melanie anzurufen, doch der Anschluss war nicht erreichbar. Verdammte Bitch, dachte Sabine. Was soll das nun wieder?

»Hey, Sabine hier.« Im Gegensatz zu Melanie war Thorsten Gabel sofort am Telefon.

»Ich muss nach Lüneburg, diesen Martin Ludwig vernehmen. Melanie meinte, du hättest vielleicht Interesse mitzukommen«, sagte sie und war sicher, dass es nicht gerade motivierend klang.

»Hä? Jetzt?«, grunzte Thorsten ins Telefon.

»Hast du noch geschlafen?«

»Klar«, sagte Thorsten, »gib mir fünf Minuten, oder auch zehn.«

Kurz darauf schossen Sabine und Thorsten mit weit überhöhter Geschwindigkeit über eine vom Nieselregen nasse Landstraße Richtung Westen. Sabine fuhr, weil Thorsten sie darum gebeten hatte. Er sei noch nicht ganz wach.

»Wieso meint Melanie, du wärst gerne dabei?«, fragte Sabine.

»Ach, weil ich doch meinen V-Mann vermisse«, sagte er. »Und vielleicht weiß dieser Martin, wo mein Mann steckt.«

»Wie heißt er denn, dein V-Mann?«, fragte Sabine, und Thorsten sah sie mitleidig an. »Oh, verstehe, top-secret, sorry Mr. Bond. – Aber jetzt mal ganz allgemein, Thorsten: Was interessiert euch an diesem merkwürdigen Verein?«

»Ich kann dir vertrauen?«, fragte er und setzte ein verdammt süßes Lächeln auf.

»Mehr als deiner Mutter«, sagte sie und lächelte zurück.

»Die stehen, soweit ich weiß, erst seit Kurzem bei uns auf der Liste«, sagte Gabel, und Sabine dachte gleich an ihren Vater. Also hatte es offenbar doch etwas gebracht, dass Papa den Verein angezeigt hatte. »Sie sind auch noch nicht offiziell ein Verdachtsfall …«

»Und trotzdem habt ihr da schon einen V-Mann?«, fragte Sabine.

»Ja, das geht oft schneller als die offizielle Entscheidung für eine Beobachtung. Manchmal drängen sich Leute aus diesen Organisationen uns regelrecht auf.«

»Warum?«

»Weil sie sauer sind auf ihren Laden oder Krach mit dem Chef haben. Manchmal auch, weil sie gemerkt haben, dass es falsch ist, was sie da tun. Oft geht es auch um Geld.« Er lachte. »Wir zahlen ganz gut.«

»Und was wisst ihr über Naturbelassen?«, fragte Sabine, rechnete allerdings nicht wirklich mit einer befriedigenden Antwort.

»Der Verein selbst erscheint ziemlich sauber«, sagte Thorsten. »Der Chef, wie heißt er noch …?«

»Andreas Schmidt«

»Genau. Also, er passt sehr gut auf, dass da nichts kommuniziert wird, was einen rechtsradikalen Anstrich hat. Man kann sie also für eine Naturschutzorganisation halten …«

»Naturschutz ist Heimatschutz«, sagte Sabine im Hitler-Ton.

Thorsten lachte. »Aber wenn man in das Umfeld guckt, zum Beispiel zu den Geldgebern, dann sieht das schon anders aus. Ein Unternehmer aus der Schweiz ist zum Beispiel dabei, milliardenschwer, der hat in der Vergangenheit bereits die NPD und AfD unterstützt und soll in Waffengeschäfte mit Russland verstrickt sein. Darum sind auch wir vom Bund an der Sache und nicht die Kollegen aus Niedersachsen.«

Sabine pfiff durch die Zähne. »Das hat dein V-Mann herausgefunden?«

»Nein, das kannst du auch herausfinden«, sagte Gabel, und es schien ihm zu gefallen, der Polizistin aus dem Kuhdorf die große Welt zu erklären. »Die Geldgeber sind öffentlich, das schreibt das Vereinsrecht vor. Und die ganzen Infos über diesen Unternehmer, oft nur Gerüchte, liefert dir Google.«

»Also konnte dein V-Mann bislang nichts Substanzielles berichten?«, fragte Sabine.

»Nein, damit hatte ich auch nicht gerechnet. Er hat ja erst vor ein paar Wochen bei uns angedockt.«

»Na, dann findest du ihn hoffentlich bald«, sagte Sabine und hatte noch viele weitere Fragen. »Wie kommt man eigentlich auf die Idee, zum Verfassungsschutz zu gehen?«

»Genauso könnte ich dich fragen«, sagte Thorsten und lächelte hintergründig, »wie man auf die Idee kommt, Polizistin in der Mitte von Nirgendwo zu werden.«

»Das ist schnell erklärt. Ich bin die Tochter eines Polizisten, konnte mir etwas anderes also gar nicht vorstellen. Ich bin in den Beruf hineingeboren. Na, und in Gartow bin ich, weil mein Vater mich braucht – oder ich ihn. Wie du willst.«

Eigentlich war Sabine das Gespräch viel zu privat. Sie kannte diesen Mann erst seit ein paar Tagen. Trotzdem vertraute sie ihm irgendwie.

»Das ist bei mir ähnlich«, sagte Thorsten und schien nach den treffenden Worten zu suchen. »Mein Vater war auch für den Verfassungsschutz tätig, und so wie er, halte ich unsere Verfassung, unseren Rechtsstaat für unbedingt schützenswert. Angriffe von allen Seiten gibt es ja genug.«

»Wow«, sagte Sabine und nickte übertrieben anerkennend. »Das war das staatstragende Wort zum Sonntag. Ich kenne Leute, die sehen in dem Verfassungsschutz eher so eine Art Stasi in demokratischer Verkleidung. Bei euch blickt auch keiner so richtig durch, was ihr so treibt, und wer bei euch Verdächtiger ist und wer Kollege …«

»Hey, hey«, rief Thorsten, »mal langsam. Das sind ja üble Klischees, liebe Kollegin. Was kennst du denn für Leute?«

»Ach, vergiss es«, sagte Sabine, die keine Diskussion über ein Thema lostreten wollte, in dem sie sich nicht gut auskannte. »Ich wollte dich nur ärgern.« Genau genommen hatte sie nichts dagegen, dass es Institutionen gab, die zerstörerische Aktivitäten zu erkennen versuchten, bevor sie zur echten Bedrohung wurden.

»Sag mal«, wechselte Thorsten das Thema, »dieser Wirt da in der Kneipe, der ist ziemlich neugierig, oder?«

»Thomas Faßbender«, sagte Sabine und lachte. »Er ist in Ordnung. Es wollen doch alle wissen, was wir da treiben und wann wir den Mörder fassen. Und in seiner Kneipe ist er so was wie eine Nachrichtenzentrale, der Buschfunk von Gartow. Um den musst du dir keine Gedanken machen.«

Am Samstagmorgen und mit Thorstens schnellem Audi schaffte Sabine die Strecke bis nach Lüneburg in kaum mehr als 40 Minuten.

Dort angekommen, wurden sie von der diensthabenden Beamtin der Kripo, Cornelia Kaczmarek, emotionsfrei begrüßt.

»Was ist mit Frau Gierke?«, fragte Sabine.

»Keine Ahnung. Ich habe nur die Info, dass die Vernehmung Polizeihauptmeisterin Langkafel übernehmen soll. Das sind doch Sie?«

»Ja, das bin ich«, sagte Sabine. Sie war enttäuscht, auf diesem Wege nicht mehr über Melanies Befindlichkeit zu erfahren oder wenigstens etwas Tratsch.

»Und wer ist der junge Herr?«, fragte die Kripobeamtin mit Blick auf Thorsten.

»Der gehört zu mir«, sagte Sabine und ärgerte sich gleich über die missverständliche Formulierung. Thorsten grinste.

»So sieht man sich wieder«, sagte Sabine wenig später, als sie an einem Tisch in dem schmucklosen, kleinen Raum gegenüber von Ludwig Platz nahm. Der Mann wirkte, als sei er gerade aus einem kleinen Nickerchen aufgewacht. Thorsten Gabel setzte sich neben sie.

»Wo wollten Sie hin?«, fragte Sabine, um das Gespräch unverfänglich zu eröffnen. Sie wusste ja, dass der Mann vorhatte, in die Türkei zu fliegen.

»Mein Name ist Martin Ludwig, ich wurde am 22. Mai 1982 in Lüneburg geboren, ich wohne in Lüneburg, Eichenstraße 44. Und ich möchte meinen Anwalt sprechen.«

»Alles klar«, sagte Thorsten kopfschüttelnd, »jetzt also diese Nummer.«

Waren sie dafür aus Gartow gekommen, dachte Sabine, um dem Schläger bei der Aussageverweigerung zuzuschauen?

»Haben Sie diese Frau schon mal gesehen?«, versuchte Sabine es weiter und hielt Ludwig ihr Handy mit einem Foto der lebenden Martina Breesen unter die Nase. Ludwig, der das Foto zum zweiten Mal vor sich hatte, schüttelte den massigen Schädel. Der Kerl strahlte pure Dummheit aus, ein Fleischberg. Ein Typ, der einen ständig aus zusammengekniffenen Schweinsaugen fixierte und jede Sekunde explodieren konnte. Sabine stand ruckartig auf, in der Hoffnung, Ludwig zu erschrecken, doch der blieb unbeeindruckt.

»Ich klär mal was«, sagte sie zu Gabel, »du kannst ja in der Zwischenzeit …«

Gabel nickte.

Sabine ging zur Kollegin Kaczmarek. »Haben Sie das Handy von der Durchsuchung hier?«, fragte sie die Frau, die lustlos an ihrem Computer arbeitete.

»Ja, sorry«, sagte Frau Kaczmarek und griff, ohne den Blick von ihrem Bildschirm zu nehmen, eine Aktenmappe, die auf einem Stapel auf ihrem Schreibtisch lag. »Da ist alles drin. Unsere Leute haben auch noch Fragen an den Kerl. Also machen Sie ihn nicht kaputt.« Sie grinste.

»Was für Fragen?«, wollte Sabine wissen.

»Keine Ahnung«, sagte Kaczmarek und deutete auf die Mappe. »Da müsste ein Vermerk drin sein.«

Sabine warf einen Blick in die Mappe. Neben dem zerstörten Handy und einem kurzen Protokoll von der Durchsuchung der Baustelle von Naturbelassen – mit der ausführlichen Fassung würden sich die Kollegen sicher noch Zeit lassen – war dort das übliche Formular einer Anzeige abgelegt.

»Gefährliche Körperverletzung?«, las Sabine vor. »Wann kam das denn rein? Und wer ist Violetta Kovalenko?«

»Zur ersten Frage«, sagte Kaczmarek und sah endlich von ihrer Arbeit auf, »das kam heute Nacht rein. Und diese Violetta Dingenskirchen ist vermutlich die bedauernswerte Freundin von diesem Schätzchen da drinnen.«

»Ist Frau Gierke das bekannt?«, fragte Sabine genervt. Melanie hätte ihr sagen müssen, dass der Kerl noch mehr und vor allem ganz frischen Dreck am Stecken hatte.

»Glaube ich nicht. Sie war gar nicht hier. Hat nur angerufen und gesagt, dass Sie das übernehmen. Keine Ahnung, was die wieder …« Die Frau brach den Satz ab.

»Was meinen Sie?«, fragte Sabine scharf nach.

»Ach nichts, egal«, winkte Kaczmarek ab und setzte ihre Arbeit fort.

»Und wann kommt der Kollege, der ihn hierzu vernimmt?«, fragte Sabine.

»Morgen früh. Vielleicht auch erst Montag. Der Kerl läuft uns ja nicht weg«, sagte Frau Kaczmarek.

»Ach ja?«, blaffte Sabine. »Ich denke, er kann nicht so lange festgehalten werden, weil keine richterliche Anordnung …«

Sie wurde von Kaczmarek unterbrochen. »Doch, er darf unser Gast bleiben. Die richterliche Anordnung ist auf dem Weg. Der neue Tatverdacht ist anscheinend ausreichend.«

Dann hätte die Befragung auch bis Montag warten können, dachte Sabine und verfluchte Melanie innerlich. Sie setzte sich auf einen Stuhl und las das Protokoll der Anzeige aufmerksam. Darin war zu lesen, dass Ludwig betrunken auf Violetta Kovalenko losgegangen war. Er hatte in der gemeinsamen Wohnung mit einem Bekannten namens Jacky getrunken, als die Kovalenko nach Hause kam. Nach einem kurzen Wortgefecht griff Ludwig die Frau an. Als Grund für die Attacke war Eifersucht angegeben. Geschlagen und getreten habe er sie, hatte die Frau ausgesagt. Gegen den Kopf, gegen den Rücken, sie hatte blaue Flecken am ganzen Körper. Außerdem eine Platzwunde an der Augenbraue. Es war ein Arzt angegeben, der die Verletzungen vier Tage später dokumentiert hatte.

Vier Tage später? Melanie sah auf das Datum der Anzeige. Sie war von gestern Nachmittag. Wieso hat die Frau die Tat erst jetzt gemeldet? Die Frage konnte sie sich selbst beantworten. Angst, Scham und die Hoffnung, dass alles wieder gut wird. Das übliche Muster häuslicher Gewalt. Noch mehr als die Tatsache, dass die Frau erst so spät zur Polizei gegangen war, irritierte Sabine das Datum der Tat. Angegeben war der 15. März, 23 Uhr.

Martina Breesen war in derselben Nacht zwischen 22 und 2 Uhr mit einem Handyladekabel erdrosselt worden, das hatte Rechtsmediziner Bozetti inzwischen ermittelt. Wäre Ludwig der Täter, hätte er also unmittelbar nach der Gewalttat gegen seine Freundin in den Wald bei Gartow gefahren sein müssen, um dort Martina Breesen zu töten. Eher unwahrscheinlich.

Sabine verlangte nach der Nummer des Kollegen, der die Aussage von Violetta Kovalenko aufgenommen hatte, und ließ es lange klingeln.

»Sie sah gestern Nachmittag noch ziemlich verbeult aus«, berichtete Polizeihauptmeister Schröder schließlich am Telefon, nach einer für Sabine quälend langen Reise aus dem Traumland in die Wirklichkeit. »Nachdem dieser Ludwig sie verprügelt hat, ist sie wohl abgehauen, zu einer Freundin. Echt ne Schande, so ne schöne Frau«, stöhnte der schlaftrunkene Polizist.

»Ach, die hässlichen darf man verprügeln, oder was?«, blaffte Sabine den Mann an.

»Nee, natürlich nicht«, murmelte Schröder reumütig.

»Und dieser Ludwig?«, fragte Sabine. »Was hat er gemacht, als die Frau weg war?«

»Er hat mit seinem Bekannten weitergesoffen bis in den Morgen.«

»Echt?« Sabine sah den letzten Schatten des Verdachtes von Ludwig abfallen. »Woher wissen Sie das?«

»Von diesem Bekannten, Jacky, ein Nachbar Ludwigs, der hat die Aussage bestätigt. Ich habe selbst mit ihm gesprochen.«

»Und Sie sind sicher, dass er die Wahrheit sagt?«, ließ Sabine nicht locker. »Ludwig kann ein falsches Alibi gut gebrauchen.«

»Davon habe ich gehört. Aber nein, sein Alibi ist wasserdicht. Da kam noch ein dritter Mann dazu, ebenfalls ein Nachbar, und die drei haben besoffen bescheuerte Selfies gemacht. Man sieht an den Zeiten, dass die die ganze Nacht zusammen waren. Ludwig wäre bei dem Alkoholpegel auch nicht mehr in sein Auto gekommen.«

»Klingt echt romantisch.« Sabine verabschiedete sich und beendete das Gespräch.

»Wir sind hier fertig«, sagte sie zu Thorsten, als sie das Vernehmungszimmer wieder betrat.

»Wo warst du so lange?«, fragte Thorsten. »Wir haben dich vermisst.«

Sabine stützte sich mit beiden Armen auf den Tisch, beugte sich dicht zu Ludwig hinüber und sah ihm in die stumpfen Augen, die die Farbe von Spülwasser hatten.

»Ich habe das Alibi dieses miesen Arschlochs hier überprüft. Er kann Martina Breesen nicht getötet haben, da er zum gleichen Zeitpunkt damit beschäftigt war, seine Freundin Violetta halb tot zu prügeln und sich anschließend den Rest seines Spatzenhirns wegzusaufen.«

»Wow«, sagte Thorsten und hob die Augenbrauen.

»Ja, wow.« Sabine fixierte Ludwig immer noch. »Und ich hoffe, dass dir das ein paar ungemütliche Jahre einbringt, du Wichser.«

Auf der Rückfahrt fragte Sabine Thorsten, ob Ludwig ihn auf der Suche nach seinem V-Mann weiterbringen konnte.

»Nicht wirklich«, sagte er. »Als ich den Namen erwähnte, hatte ich zwar den Eindruck, dass er den Mann kennt, aber gesagt hat er nichts.«

»Glaubst du, dein Kontakt ist tot?«, fragte Sabine vorsichtig.

»Nein«, rief Thorsten entsetzt, »auf keinen Fall. Ich vermute, dass sie einen Verdacht gegen ihn haben und er unter Beobachtung steht. Da kann er sich nicht so gut melden.«

»Aber jetzt, wo du nach ihm suchst«, fragte Sabine weiter, denn sie fand das Thema wirklich ausgesprochen spannend, »gerät er doch noch mehr unter Verdacht.«

»Ach was«, winkte Thorsten ab, »so dumm sind wir nun auch nicht. Ich hab diesem Ludwig erzählt, dass mein Mann im Zusammenhang mit einem Anschlag auf eine Unterkunft von Asylbewerbern gesucht wird, und habe eine Belohnung für Hinweise angeboten.«

»Stimmt das?«, fragte Sabine. »Das mit dem Anschlag?«

»Ja, das stimmt. Also nicht, dass mein V-Mann tatsächlich einen Anschlag begangen hat, das sollten unsere Leute nicht tun. Aber diese Story ist Teil seiner Legende, und meine Suche nach ihm bestätigt sie nun noch mal. Ich gehe davon aus, dass Ludwig seinen Leuten irgendwie stecken wird, dass ich nach dem Mann gefragt habe, und das sichert ihn ab. Er wird sich bestimmt bald bei mir melden.«

»Glaubst du«, fragte Sabine, »dass diese Leute was mit dem Mord an Martina Breesen zu tun haben? Nur weil es Ludwig nicht gewesen sein kann, ist ja nicht der gesamte Verein entlastet.«

»Möglich«, sagte Thorsten nachdenklich. »Auch das würde ich meinen Kontaktmann gerne fragen.«

Als sie vor der Wendland-Schänke vorfuhren, war es 12:30 Uhr. Melanies Auto war nirgendwo zu entdecken. Sicher war sie in ihrer Wohnung in Lüneburg und pflegte ihre Neurosen.

»Jetzt ein spätes Frühstück und dann ein paar Stunden vor der Glotze zu verbringen, wäre mein Plan bei diesem Sauwetter. Ich habe auf meinem Zimmer sogar Netflix«, sagte Thorsten und bedachte sie mit einem Blick, den selbst Sabine nicht falsch deuten konnte. »Bist du dabei?« Er meinte sicher nicht nur das Frühstück.

Es war so ein Moment, in dem eigentlich alles egal war. Die Fahrt nach Lüneburg ein Flop, Melanie wie so oft unzuverlässig und kein loses Ende in Sicht, an dem man den Fall Breesen anpacken konnte. Sabine war so müde, dass sie schon wieder wach war und so bedürftig nach etwas Licht und Wärme, dass sie fast geantwortet hätte: »Ja, warum nicht?« Aber sie sagte stattdessen: »Ich werde mit meinem Vater frühstücken und danach habe ich noch einen Haufen Dinge zu erledigen. Tut mir leid.«

Thorsten lächelte. Ein besonderes Lächeln. Nicht so: doofe Zicke, hab dich nicht so. Sondern eher: Okay, habe ich mir schon gedacht, dass man dich nicht so leicht flachlegen kann. Ich werde dranbleiben.

»Schönes Wochenende«, sagte Thorsten. »Ich werde wohl später noch nach Köln fahren. Wir sehen uns Montag.« Er verschwand in der Wendland-Schänke.

Hätte Sabine ihn fragen sollen, was er in Köln wollte? Die ganze Fahrerei für einen Sonntag zu Hause? Wartete da Frau Gabel? Dann war es ja umso besser, dass sie dem ersten Impuls nicht nachgegeben hatte. So ein Mist, diesen Kerl brauchte sie jetzt wirklich nicht in ihren Gedanken.

AKTE WENDLAND

C:\Users\name\Documents\AkteWendland\Familie
28.04.21

Mein erstes Leben begann am 22. Juli 1959 in Neuss am Rhein. Mein Vater war Kfz-Mechaniker, arbeitete aber nicht in einer Werkstatt, sondern beim TÜV als Prüfer. Er sorgte also nicht dafür, dass reparierte Autos aus der Werkstatt rauskamen, sondern kaputte rein. Das war sein Running Gag, wenn er seine Tätigkeit beschrieb.

Hubert, so sein Name, trug immer einen sauberen grauen Kittel und hatte stets blütenreine Hände. Das war sein Leben. Ordnung. Sauberkeit. Kontrolle. Regeln. Prüfplaketten.

Meine Mutter war gelernte Arzthelferin und blieb nach meiner Geburt zu Hause, bis ich zur Grundschule ging. Dann arbeitete sie halbtags bei einem Zahnarzt.

Wir wohnten in einer Vierzimmerwohnung in einem achtstöckigen Mietshaus im zu jener Zeit als assi verschrienen Neusser Stadtteil Pomona. Ich empfand uns als arm, weil ich Freunde hatte, die in Einfamilienhäusern lebten und deren Eltern zwei Autos hatten. Wir besaßen nur eins.

Rückblickend fehlte es mir in meiner Kindheit materiell an nichts. Ich hatte ein eigenes Zimmer, ein Fahrrad mit Dreigangschaltung und genug Taschengeld, um mir lustige Taschenbücher und Asterix-Hefte zu kaufen. Im Sommer fuhren wir zwei Wochen nach Holland ans Meer.

Vor Jahren habe ich mal eine Psychotherapie gemacht. Das war insofern schräg, weil ich von meiner echten Familie erzählen wollte, meine, ich nenne sie mal »Folgefamilie«, aber ja für mein Innenleben auch eine Rolle spielte. Der Therapeut fragte jedenfalls, ob ich glaube, dass mein Vater mich geliebt hat. Meine spontane Antwort war: Er hat mich nie geschlagen. Das fand sogar der Therapeut bemerkenswert und er hörte bestimmt jeden Tag merkwürdige Sachen. Heute weiß ich, was Empathie ist, und ich kann sagen, meine Familie hat funktioniert. Wie eine gut geölte Maschine. Keine Gewalt, kein lautes Wort. Jeder – ich eingeschlossen – wusste, wo sein Platz war und was von ihm erwartet wurde.

Mein Vater Hubert war Jahrgang 1928. Er war in der Hitlerjugend gewesen. Das hatte ihm nicht geschadet, betonte er gerne. Sein Vater, mein Großvater, den Hubert sehr verehrte und der in meiner Familie als Märtyrer galt, hatte der SS angehört. Das wurde nicht verschwiegen. Im Schlafzimmer meiner Eltern hing ein kleines, gerahmtes Foto von Sturmbannführer Albert K. in Uniform mit einem Trauerflor in der Ecke. Opa war 1945 von den Amerikanern verhaftet worden und in der Haft gestorben, mein Vater sagte, er wurde ermordet. Ich glaube heute, dass ihm in der Haft die Gelegenheit gegeben wurde, seiner unwürdigen Existenz selbst ein Ende zu setzen.

Ich war 12, als ich anfing, die große Schande dieser Familiengeschichte zu erkennen. Ich war 13, als ich meinem Vater sagte, dass er genauso ein Scheißnazi ist wie sein Vater, wenn er es nicht schafft, ihn einen Verbrecher zu nennen. Dachte mein Vater national, völkisch, antisemitisch? Ich glaube nicht. Er war der typische Liberale seiner Zeit. Er wählte die FDP des Walter Scheel, später

Kohls CDU und er verachtete alles Linke. Besonders Willy Brandt, den Vater, die seltenen Male, als ich ihn betrunken erlebte, gerne einen Vaterlandsverräter nannte. Das machte mich automatisch zu einem glühenden Verehrer von Brandt und der SPD. Während des Wahlkampfes 1972 lief ich mit dem Button »Willy wählen!« herum und kam mir verdammt progressiv und erwachsen vor.

Ansonsten war ich nicht besonders politisch. Ich verfolgte auf unserem Schwarz-Weiß-Fernseher die Olympischen Spiele in München, bewunderte Ulrike Meyfarth, Heide Rosendahl und Mark Spitz. Der amerikanische Schwimmer hing als Bravo-Starschnitt in Lebensgröße mit seiner ikonischen Stars-and-Stripes-Badehose und sieben Goldmedaillen um den Hals, in meinem Zimmer. Vater hielt mir einen seiner berüchtigten Kurzvorträge, dass es angemessener wäre, einen deutschen Sportler zu verehren, und dass ein halb nackter Mann als Schmuck im Zimmer seines heranwachsenden Sohnes einige Befürchtungen wecken würde. Mit den Jahren drückte sich Vater immer gekünstelter aus. Ich glaube, er litt darunter, nicht studiert zu haben, und versuchte den vermeintlichen Makel so auszugleichen.

Am 5. September 1972 bekam meine Olympiabegeisterung einen herben Dämpfer. Ein palästinensisches Terrorkommando nahm die israelische Olympiamannschaft als Geiseln. Ich hockte den ganzen Tag vor dem Fernseher und verfolgte die dramatischen Ereignisse. Eine Handvoll bewaffneter Leute, die sich »Schwarzer September« nannten, versetzte das Land in Angst und Schrecken. Ich war geschockt, vor allem vom Ende mit 15 Toten, und gleichzeitig spürte ich eine gewisse Faszination aufgrund der Entschlossenheit und der Kompromisslosigkeit der Angreifer.

Drei Terroristen überlebten das Drama und kamen in Haft. Die Olympischen Spiele wurden nach zwei Tagen Pause fortgesetzt, als wäre nichts geschehen.

Sechs Wochen später, noch bevor ein Prozess gegen die inhaftierten palästinensischen Terroristen beginnen konnte, wurden sie durch die Entführung einer Lufthansa-Maschine freigepresst und konnten verschwinden.

Mein Vater war voller Wut gegen Staat und Regierung. Sie hätten alle versagt. Die Polizei war für ihn ein Haufen unfähiger Verkehrskasper, die Regierung verweichlichte Sozis, die das Land noch an den Abgrund führen werden.

Seit diesen Tagen gehörte der Terror zu meinem Leben. Je älter ich wurde, umso normaler erschien es mir, dass alle paar Monate ein Anschlag, eine Flugzeugentführung oder eine Großfahndung für Schlagzeilen sorgte. Namen wie Ulrike Meinhof, Andreas Baader und Gudrun Ensslin, die alle seit Juni 1972 in Haft saßen, hatten für mich und meine Freunde einen rebellischen Klang. Die Angst und Hilflosigkeit der Politiker, die bei den zahlreichen Krisenlagen die immer gleichen Phrasen in Kameras stammelten, ließen die Kämpfer der RAF für uns als revolutionäre Davids gegen die imperialistischen und hilflosen Goliaths erstrahlen.

Trotzdem war ich auch beim Misstrauensvotum gegen Brandt im Jahr 1974 noch im Team Willy. Das reichte ja auch, um meinen Vater zur Verzweiflung zu bringen.

Aber ich traf in Diskussionen immer häufiger auf Gleichaltrige, die die SPD unverhohlen als angepasst und systemtreu abwerteten. Den einzig wahren Kampf führten in ihren Augen die Revolutionäre der RAF, weil nur der geeignet war, das System zu zerstören und Platz für etwas Neues zu machen.

Wir waren Kinder, möchte man heute sagen, aber wir waren verdammt fanatische Kinder. Unser Kampf galt weniger der Weltrevolution. Wir wollten unseren selbstgerechten, unsensiblen, konsumzerfressenen Spießereltern in den Arsch treten.

Als besonders beeindruckend ist mir die Entführung des Berliner CDU-Politikers Peter Lorenz in Erinnerung geblieben, den keiner von uns kannte und der weit unter damaligen CDU- und CSU-Hassfiguren wir Helmut Kohl, Rainer Barzel oder Franz Josef Strauß rangierte. Sein »Gegenwert« betrug sechs Inhaftierte der RAF sowie der Bewegung 2. Juni, von denen fünf wenige Tage nach seiner Entführung freigelassen wurden. Für uns hieß das, dass man vom Staat alles verlangen kann, wenn man einen seiner Repräsentanten bedroht.

Ich will jetzt hier nicht die gesamte Geschichte der RAF wiedergeben. Die ist hinlänglich dokumentiert. Mir geht es um mein ganz persönliches Verhältnis zum Kampf und seinen Kämpfern. Der Tod von Ulrike Meinhof in der JVA Stuttgart-Stammheim im Mai 1976, ob Mord oder Selbstmord lasse ich mal dahingestellt, hat mich weit weniger bewegt als andere, die ich kannte. Die Meinhof war für mich abstrakt. Sie saß damals seit fast vier Jahren im Knast, der Höhepunkt ihres Kampfes lag in den 60er-Jahren, da war ich in der Grundschule.

Wichtiger war für mich und alles, was folgte, das Jahr 1977, aber nicht, weil ich volljährig wurde und den Führerschein machen durfte.

Es begann mit dem Anschlag auf Generalbundesanwalt Siegfried Buback am 7. April in Karlsruhe. Mein Vater führte beim Abendessen, an dem ich nur noch teilnahm, wenn meine Mutter mich lange genug darum bat, das große Wort. Keinen Respekt vor dem Leben hätten diese Leute, vor Männern, die etwas leisteten für dieses Land. Ich hielt dagegen, dass, während er über den Tod eines einzelnen Funktionärs jammere, in der Dritten Welt Tausende und Abertausende von Kindern durch die Folgen des Imperialismus verhungerten oder in Stellvertreterkriegen getötet wurden. Da ist der Alte zum ersten Mal richtig ausgerastet. Die mühsam antrainierte TÜV-Prüfer-Gelassenheit verdampfte durch die Balkontür. Er befahl mir, auf mein Zimmer zu gehen, doch ich ging in genau die entgegengesetzte Richtung, nämlich aus dem Haus. Meine Mutter beschwor weinend den Familiensinn. Weder Vater noch ich wussten in diesem Moment, was sie damit meinte.

Seitdem war ich nicht mehr als ein still geduldeter Parasit in der elterlichen Wohnung. Mein Vater hätte mich sicher rausgeworfen, doch mit Rücksicht auf meine Mutter tat er es nicht. Die Ehe meiner Eltern kam Jahr für Jahr anstandslos durch den TÜV. Sie wussten, wie man so durch Leben rollte, dass es keine Beulen, Kratzer oder Verschleißerscheinungen gab. Das funktionierte, weil mein Vater am Steuer saß, während meine Mutter wie ein zuverlässiger Motor sicherstellte, dass alles lief. Ich habe sie nie streiten gehört. Sie waren nie unterschiedlicher Meinung, was sicher daran lag, dass die Meinung meines Vaters galt und sonst nichts. Ich fand es erstaunlich, dass sie in ihrem Alter, mein Vater ging auf die 50 zu, meine Mutter war 47, noch miteinander schliefen. Nicht lange, nicht laut, aber regelmäßig. Ich kann mir nicht vorstellen, dass sie es aus Liebe taten oder aus Geilheit. Sicher einfach, weil es in der Betriebsanleitung stand und für den Ehe-TÜV essenziell war.

In einer Motorradzeitschrift erschien zwei Wochen nach dem Angriff auf Buback eine Anzeige des Motorradherstellers Suzuki, die das Modell GS 750 mit dem Slogan bewarb: »Die Sportskanone für Scharfschützen«. Genau ein solches Motorrad hatten die Attentäter bei dem Anschlag benutzt, und Suzuki gab nach dieser Veröffentlichung sicher viel Geld aus, um in weiteren Anzeigen zu beteuern, dass Werbemotiv und Slogan lange vor dem Anschlag geplant gewesen waren und ein tragischer Zufall vorliege.

Unter uns linken Schülern, die wir uns inzwischen fast mit Stolz als Sympathisanten bezeichneten, kursierten Fotokopien der Anzeige. Wir hatten großen Spaß daran. Ich hängte mir eine Kopie in mein Zimmer. Der Wutausbruch meines Vaters blieb aus. Nach ein paar Tagen war die Anzeige einfach verschwunden.

Ebenfalls im April 1977 besiegelte eine 5 in Latein meine Niederlage am Gymnasium. In einem Brief an meine Eltern, wenige Wochen vor meiner Volljährigkeit, stand zu lesen, dass ich das Klassenziel nicht erreichen werde. Es war das zweite Mal, dass ich sitzenblieb. Für meinen Vater war eine reibungslose Schullaufbahn und gutes Abitur von jeher lebenswichtig. Soweit es mich betraf. Er hatte es seinerzeit ja nicht so gut gehabt wie ich, weil Krieg war und die Zeiten schwierig. Er hatte deshalb nur einen Volksschulabschluss und hatte dann doch sehr viel erreicht, wie er fand.

Für mein Versagen hatte er nur ein Kopfschütteln übrig. Meine Mutter weinte und sagte: »Du schaffst das schon.«

Kurze Zeit später wurden Andreas Baader, Gudrun Ensslin und Jan-Carl Raspe zu lebenslangen Haftstrafen verurteilt. Zur Last gelegt wurden ihnen vier Morde und 54 versuchte Morde.

Irgendwann im Juli fand in Dortmund das jährliche Festival der SDAJ, der sozialistischen deutschen Arbeiterjugend, statt. Es gab große Reden und jede Menge Musik. Jeder links denkende junge Mensch musste dahin. Wegen der revolutionären Inspirationen, wegen Udo Lindenberg und Ton Steine Scherben, wegen der Mädchen und wegen der Drogen.

Die SDAJ-Ortsgruppe Neuss organisierte einen Bus und man konnte für ein paar Mark mitfahren, auch wenn man, so wie ich, kein Parteimitglied war.

Zu dieser Zeit gehörte ich keiner richtigen Clique an. Das hatte auch mit dem Sitzenbleiben zu tun. Ich hockte mit wechselnden Leuten zusammen. Wir tranken Bier, rauchten Dope und diskutierten. Meistens irgendwo draußen, für Kneipen fehlte uns das Geld.

Im Bus nach Dortmund saß ich neben BH. Er war ein Jahr älter als ich und wir kannten uns flüchtig von Demos und Schulpartys. BH hatte die Schule kurz vor dem Abi geschmissen und jobbte im Schichtbetrieb in einer Papierfabrik in Düsseldorf. »Gehört dem Kapitalistenarsch Flick«, scherzte er, »aber ich lasse mir den Verrat an der arbeitenden Klasse gut bezahlen.«

BH und ich hingen die gesamten drei Tage des Festivals zusammen. Er kannte eine Menge Leute. Auch einige, die viel älter waren als wir. BH hatte bereits in ein paar der damals angesagten K-Gruppen reingeschnuppert und war zu dem Urteil gekommen, dass der echte, der erfolgversprechende Kampf nur aus dem internationalen Untergrund und nur mit Gewalt geführt werden kann. Die K-Gruppen, Studenten-Innis und Anti-Atomfuzzis, so lernte ich damals, waren der revolutionäre Mainstream. Die Avantgarde, die wirklich coolen, wie man heute sagen würde, antiimperialistischen Organisationen waren RAF, Action Directe, Brigate Rosse, ETA und PLO.

Nicht, dass ich damals irgendeinen kannte, der auch nur in die Nähe einer dieser Organisationen gekommen wäre. Doch das sollte sich bald ändern.

Am 22. Juli 1977, meinem 18. Geburtstag, brach ich die Schule ab und zog zu BH in eine Wohngemeinschaft in Düsseldorf-Heerdt. Mein Vater war sicher, dass es mit mir ein schlimmes Ende nehmen würde, und versagte mir jede Unterstützung, solange ich keine ernsthafte Ausbildung beginne. Meine Mutter weinte.

In der heruntergekommenen Fünfzimmerwohnung mit Nachtstromspeicherheizung und Schimmel lebten zu diesem Zeitpunkt, wenn ich mich recht erinnere, vier Männer und drei Frauen zwischen 17 und 26. Ich kellnerte in einer Kneipe in der Düsseldorfer Altstadt und fühlte mich zum ersten Mal wirklich frei.

Eine Woche nach meinem Einzug in der Düsseldorfer WG wurde in Oberursel der Vorstandsvorsitzende der Dresdner Bank, Jürgen Ponto, in seinem Haus erschossen. Eigentlich sollte er entführt werden, hieß es später in den Nachrichten, doch weil er sich wehrte, fielen Schüsse. In meiner WG wurde eine Gedenkminute abgehalten. Nicht für den Bankbonzen, sondern für die mutigen Revolutionäre, denen man wünschte, nicht erwischt zu werden. Mich hat besonders beeindruckt, dass die Frau, die an der Haustür Pontos klingelte, Susanne Albrecht, die Tochter eines Freundes der Familie war. Da war sie wieder, diese radikale Kompromisslosigkeit.

Wenig später, am 5. September 1977, wurde in Köln der Arbeitgeberpräsident Hanns Martin Schleyer entführt. Vier Bewacher des Funktionärs wurden getötet.

Gefordert wurde die Freilassung von elf inhaftierten RAF-Genossen.

Doch die Regierung ließ sich länger bitten, viel länger als bei der Entführung von Peter Lorenz im Jahr zuvor. Wochen vergingen, in denen Öffentlichkeit und Rechtsstaat auf eine harte Probe gestellt wurden. Die SPD-Regierung hatte offenbar den Rückhalt der CDU, deren Mitglied Schleyer war, nicht dem Druck nachzugeben.

Der Polizei wurden immer wieder Fotos zugespielt, die Schleyer mit einer aktuellen Zeitung zeigten, um zu beweisen, dass der Manager noch lebte.

Am 1. Oktober starb mein Vater. An einem Herzinfarkt. Er hat nie geraucht, wenig getrunken, ist viel geschwommen. Anna, ein Mädchen aus unserer WG, mit dem ich zu dieser Zeit so etwas Ähnliches wie eine Beziehung hatte, mutmaßte: »Sein Herz war von den vielen Regeln und Prinzipien, vom ständigen Funktionieren ganz hart geworden. So konnte es nicht mehr schlagen.«

Ich war nicht traurig. Und ich fühlte mich auch nicht schuldig. Wütend war ich, weil er mir meine untröstliche Mutter zurückließ. Ich verstand ihren Schmerz nicht. Sie musste doch froh sein. Endlich frei. Aber sie fühlte sich wohl eher wie ein Auto ohne Räder und ohne Fahrer. Ein solches Fahrzeug käme nie durch den TÜV. Sie flehte mich an, nach Hause zurückzukehren, damit sie nicht so alleine sei. Das war für mich ausgeschlossen. Ich wusste, dass ich nie wieder dort wegkäme, wenn ich mich darauf einließe.

Fast sechs Wochen nach der Entführung Schleyers kam Bewegung in die Sache. Eine Lufthansa-Maschine wurde auf dem Flug von Palma de Mallorca nach Frankfurt entführt. Die Entführer waren Kämpfer einer palästinensischen Organisation, die mit der Aktion den Forderungen der deutschen Entführer Schleyers Nachdruck verleihen wollte. Das war für uns der Beweis, dass der internationale Kampf gegen den Imperialismus funktionierte.

Das Flugzeug wurde fünf Tage hin und her geschickt und landete schließlich in Mogadischu/Somalia. Es gab immer noch keine Anzeichen, dass die Bundesregierung auf die Forderungen nach der Freilassung der Inhaftierten von Stammheim eingehen könnte. Ein Pilot wurde getötet.

Dann ging alles sehr schnell. Die Lufthansa-Maschine wurde in Mogadischu von der 1972 gegründeten deutschen Polizeieinheit GSG9 gestürmt. Sämtliche Geiseln kamen frei. Drei der vier Aktivisten wurden getötet.

Zur gleichen Zeit starben in Stuttgart-Stammheim Andreas Baader, Gudrun Ensslin und Jan-Carl Raspe. Irmgard Möller überlebte schwer verletzt. Als Todesursache wurde Selbstmord angegeben, aber die Zweifel an dieser Geschichte sind bis heute nicht ausgeräumt. Wenig später wurde Schleyers Leiche in Frankreich im Kofferraum eines Autos entdeckt.

Ich 18-jähriger Schulabbrecher, der diese Ereignisse vor dem Fernseher in der WG und in der Elternwohnung mit der trauernden Mutter im Arm verfolgte, radikalisierte mich vermutlich in diesen Tagen, ohne es wirklich zu spüren. Vater Staat, der gut organisierte, selbstbewusste, TÜV-geprüfte Rechtsstaat, stellte angesichts einiger renitenter Kinder auf stur, warf alle Prinzipien über Bord und geriet in Rage. Es wurde verschleiert, gelogen, gedroht. Der bayerische Ministerpräsident Franz Josef Strauß soll während der langen Wochen, die Schleyer entführt gewesen war, im Krisenstab vorgeschlagen haben, jede Stunde einen Häftling zu erschießen, bis Schleyer frei gelassen würde. Das Schockierende dieser Aussage war für mich der Gedanke, dass mein Vater diesen Vorschlag sicher großartig gefunden hätte.

KAPITEL 12

Als Attila in den Festsaal der Wendland-Schänke, der jetzt Lagezentrum hieß, stürmte, saß Sabine dort zusammen mit diesem Herrn Gabel. Sabine hatte Attila von diesem Typen erzählt, aber nicht erschöpfend mitgeteilt, was er hier wollte. Irgendwas Geheimes. Was Sabine Attila außerdem verschwiegen hatte, war, dass dieser Kerl verdammt gut aussah. So ein Ryan Gosling für Arme. Die beiden saßen ziemlich dicht zusammen, und dieser Gabel hatte wohl gerade einen Witz gemacht, denn Sabine kicherte wie ein Teenager. War das echt? Oder tat sie nur so, um dem Schnösel zu gefallen?

Daniel Faßbender hatte gerade Kaffee in den Raum gebracht und kam Attila entgegen.

»Hi, Bro«, sagte er. »Was geht?«

Attila mochte den stets gut gelaunten, blonden Sonnyboy, auch wenn sein Party-Lifestyle nicht in allen Facetten Attilas Vorlieben entsprach. Die Auswahl an Altersgenossen war in Gartow ohnehin begrenzt. Vorteile hatte die Freundschaft für beide.

Attila kannte kaum jemanden in der Gegend. Daniel nahm ihn mit zu seinen Freunden, auf Partys und Scheunenfeste. Außerdem hatte Daniel auch große Lust, den Faschos von Naturbelassen etwas entgegenzusetzen.

»Sabine?«, fragte Attila und bewegte sich zögerlich auf sie zu. Sie hatte nicht mal aufgesehen, als er den Saal betreten hatte. Nun schaute sie ihn an.

»Ach, hey, was machst du hier?«, fragte sie. Blöde Frage, dachte Attila. »Darf ich dir Polizeimeister Attila Yilmaz vorstellen«, sagte sie nun zu dem Schnösel und zu Attila: »Das ist Thorsten Gabel.« Hatte der keinen Dienstgrad?

»Thorsten reicht«, sagte Gabel und reichte Attila die Hand. »Ich habe schon viel von dir gehört.«

Klar, dachte Attila, seine Schande auf dem Hof von Naturbelassen war ihm sicher ausführlich und pointenreich berichtet worden.

»Was gibt's, Attila?«, fragte Sabine, als wollte sie ihn schnell wieder loswerden.

»Eine Frau Jablonski aus Salzwedel hat angerufen.« Er gab Sabine einen Zettel mit einer Telefonnummer. »Sie würde gerne mit dir sprechen.«

»Danke, aber deshalb hättest du mich auch auf dem Handy anrufen können«, sagte sie.

»Das habe ich«, ließ Attila den Vorwurf nicht auf sich sitzen. »Aber du gehst ja wieder nicht ran.«

Sabine schaute auf ihr Handy und stellte fest, dass Attila recht hatte.

»Oh, steht auf ›Nicht stören‹. Das hatte ich vergessen auszuschalten«, sagte sie und grinste den Schnösel blöd an. Der grinste zurück.

Sabine wählte die Nummer, die Attila ihr gegeben hatte. Sie nannte ihren Namen und hörte dann länger zu, nickte, fragte: »Wo?«, sagte: »Okay«, und beendete das Gespräch.

»Sie will noch mal mit mir sprechen. Persönlich«, sagte sie und fragte: »Willst du mit?«

»Ja«, sagte Attila, weil er zu spät bemerkte, dass er gar nicht gemeint war. Gabel hatte bereits genickt. Kein Wort zu viel, weil man ja so cool ist.

Sabine sah Attila an, wie einen Hund, der bettelnd vor dem Tisch hockte.

»Ist Metzger auf der Wache?«, fragte sie.

»Ja und er wird sich da auch nicht wegbewegen«, sagte Attila. »Hat Rücken.«

»Gut, dann komm auch mit.«

Sie fuhren in Gabels zivilem Audi. Gabel am Steuer, Sabine saß neben ihm, Attila hinten. Papa, Mama, Kind. Attila fühlte sich unwohl.

Diese Frau Jablonski wollte sich nicht mit Sabine in ihrer Wohnung treffen, sondern in einem Café in der Innenstadt. Das Café war leer. Die alte Frau saß an einem kleinen Tisch, vor sich eine Tasse Kaffee und ein Getränk, das nach einem Weinbrand aussah.

»Kommt jetzt eine ganze Armee, oder was?«, fragte sie irritiert, als sie Attila und Sabine, beide in Uniform, und Gabel bemerkte.

»Lassen Sie sich davon nicht irritieren«, sagte Sabine nur und setzte sich direkt neben die Frau. Gabel und Attila hielten ein wenig Abstand.

Eine junge Bedienung trat an ihren Tisch und guckte verstört. Sicher hätte sie gerne eine Erklärung, was denn so viel Polizei in dem harmlosen Café wollte, traute sich aber nicht zu fragen. Sabine bestellte für alle Kaffee, Frau Jablonski wollte noch einen Weinbrand.

»Äh«, flüsterte sie Sabine zu, »ich habe meine Geldbörse vergessen, können Sie vielleicht …?«

Sabine nickte.

»Also«, sagte sie dann etwas ungeduldig. »Was ist Ihnen noch eingefallen, Frau Jablonski?«

Nun erzählte die alte Frau, die ihr Alter mit 71 angab,

von der Freundschaft mit Martina Breesen, die sich hauptsächlich um das gemeinsame Hobby drehte: Alkohol.

Die Breesen war, wie Sabine schon vermutet hatte, 2010, nach dem Tod ihres Ehemannes Pastor Breesen, in die kleine Wohnung gezogen. Im Pfarrhaus konnte sie nicht bleiben.

Anfangs wohnte noch ihr Sohn Dirk bei ihr. Er kam kaum vor die Tür, weil es für Martina so schwierig war, ihn in den Rollstuhl zu heben. Er war schon über 20 und entsprechend schwer.

Martina begann dann bald für die Zeitung zu schreiben. Wenn sie zu Terminen musste, sah Frau Jablonski nach dem Jungen. Er konnte aber auch gut ein paar Stunden allein sein, erklärte sie. »Also trocken gemacht hab ich den nicht.«

»Ja, okay«, drängte Sabine. »Worum geht es? Warum haben Sie angerufen?«

»Ganz am Anfang, als wir uns kannten«, sagte die Jablonski und konzentrierte sich auf jedes Wort, »da hat Martina mal rumgeheult wegen dem Jungen, dass das alles zu viel für sie sei. Und dass sein Vater ... also der Pastor, der war ja nicht der Vater von dem Dirk.«

»Das wissen wir«, sagte Sabine.

»Also, dass der Vater, der hieß ... Moment ... Müller, Christian Müller.« Sie unterbrach sich wieder und strahlte Sabine mit ihrem Trümmergebiss an. »So verkalkt bin ich doch noch nicht.«

»Okay, Christian Müller. Was war mit ihm?«

Attila notierte den Namen in seinem Handy. Er nahm Sabine als ziemlich ungeduldig und unfreundlich wahr. Die Jablonski war eine alte Frau, zudem Alkoholikerin. Von ihr durfte Sabine keine protokollreife Aussage erwarten.

»Dieser Christian Müller hieß gar nicht Christian Müller …«, sagte die Jablonski geheimnisvoll, als würde sie jetzt Ahs und Ohs erwarten.

»Und wie hieß er wirklich?«, fragte Sabine.

»Weiß ich nicht. Aber der war aus dem Westen eingeschleust, der war noch gar nicht so lange in der DDR. Der Christian hatte Martina wohl die ganzen Jahre angelogen.«

Attila bemerkte, wie Gabel die Augen verdrehte. Es war offensichtlich, dass er der Frau nicht glaubte. Auch Sabine hielt sie sicher für verwirrt.

»Was meinen Sie mit eingeschleust?«, fragte Gabel.

»Na, als Spion«, flüsterte die Jablonski so leise, dass man sie kaum verstand. »Oder ein Krimineller, der sich bei uns versteckt hat. So was gab es ja.«

»Wie lange waren die beiden zusammen, also Christian Müller und Martina?«, fragte Sabine.

»Weiß nicht mehr genau. Seit 86 oder so, 88 ist dann der Bengel geboren«, sagte Frau Jablonski und schien ihr Erinnerungsvermögen nun auf den richtigen Zeitraum kalibriert zu haben, denn sie sprach flüssig weiter. »Und im Jahr darauf hatte dieser Müller einen tödlichen Unfall.«

»Was ist passiert?«, fragte Sabine.

»Das weiß ich nicht mehr. Mit dem Auto, glaube ich.«

»Woher wusste Martina von der angeblichen falschen Identität ihres Freundes?«, fragte nun Thorsten Gabel.

»Von ihrem Mann, dem Pastor«, sagte Frau Jablonski und sah forschend in die Runde. »Er hat es ihr auf dem Sterbebett erzählt.« Sie flüsterte, als säße sie selbst an einem Sterbebett.

»Und woher wusste der Pastor davon?«, fragte nun Sabine unüberhörbar genervt.

»Weil der bei der Stasi war«, sagte die Jablonski.

Gabel murmelte: »Klar, die Stasi, die hat noch gefehlt.«

»Ja, wirklich«, beteuerte Frau Jablonski. »Der Pastor war für den Müller zuständig. Er sollte auf den aufpassen, dass er keinen Mist baut hier bei uns oder auffliegt oder was weiß ich. – Und als der Christian dann tot war, hat sich der Pastor an die Martina rangemacht. Das war ja auch ne Süße früher. Sie hat mir Fotos gezeigt.«

»Wieso haben Sie uns das nicht schon früher erzählt, als wir vor Ihrer Tür standen?«, fragte Sabine.

»Weiß nicht. Ich war so, so, traurig. Und ich will keine Schwierigkeiten.«

»Schwierigkeiten, mit wem?«, fragte Gabel.

»Na, mit der Stasi …«, jammerte die Frau.

»Sie wissen schon, dass es die Stasi seit über 30 Jahren nicht mehr gibt«, sagte Sabine in einem Ton, als würde sie mit einer Dreijährigen sprechen.

Frau Jablonski grinste diabolisch. »Das glauben Sie.«

»Schwierig ist, das alles zu beweisen, was Sie da erzählen«, sagte Sabine. »Dieser Müller ist tot, der Pastor und Frau Breesen auch. Niemand kann Ihre Aussage bestätigen. Und ich weiß auch nicht so genau, was sie mit unserem Fall zu tun haben könnte.«

Der letzte Satz war mehr an Attila und Gabel gerichtet. Beide zuckten mit den Schultern.

»Die labert doch dummes Zeug«, raunte Thorsten Gabel, als sie zurück Richtung Gartow fuhren.

»Ja, vermutlich«, sagte Sabine.

»Und wenn es doch kein dummes Zeug ist?«, meinte Attila, eigentlich nur, um nicht Gabels Meinung zu teilen. Gleichzeitig formte sich ein Gedanke in seinem Kopf, für den er noch nicht die passenden Worte hatte.

»Das lässt sich doch überprüfen«, sagte er schließlich und beugte sich auf der Rückbank vor, sodass er zwischen Sabine und Gabel kam. »Wenn der Pastor bei der Stasi war und dieser Christian Müller von denen beobachtet wurde oder was auch immer, muss es von beiden doch Stasi-Akten geben. Da kann man doch einfach mal reinschauen.«

Sabine und Gabel sahen sich kurz an und Attila konnte nicht entschlüsseln, was dieser Blick bedeutete. Hielten sie ihn für einen Idioten oder ein Genie?

»Was genau hat das noch mal mit unserem Fall zu tun?«, fragte Gabel, und es klang herablassend, »wenn sich das Gerede der Frau Jablonski als zutreffend erweist? Müller ist nicht Müller, der Pastor war ein Stasispitzel. Die sind tot. Wen interessiert das nach so langer Zeit? Das kann nicht die Story sein, an der die Breesen dran war.«

Einen Moment herrschte Stille im Audi.

»Vielleicht hast du recht, Attila. Vielleicht finden wir in den Akten etwas«, sagte Sabine schließlich, und Gabel verdrehte die Augen. »Ganz einfach ist das aber nicht. Für die Einsicht in Stasi-Unterlagen braucht man eine richterliche Verfügung.« Sie wandte sich Gabel zu. »Es sei denn, man ist näher dran an diesen Geheimniskrämereien.«

Gabel zuckte mit den Schultern und grinste.

Was hatte das nun zu bedeuten? Attila brauchte nicht zu fragen, sie würden es ihm sowieso nicht verraten.

Nach Dienstschluss ging Attila in die Wendland-Schänke, um Daniel einen Playstationcontroller zurückzubringen, den er sich vor Wochen geliehen hatte.

Da sah er sie sitzen: Sabine mit Thorsten, vor leeren Tellern und vollen Gläsern. Sabine in Zivil. Sie plauderten, lachten und bemerkten Attila erst gar nicht, der auch keine Uniform trug.

Attila sprach mit Daniel am Tresen, erst auf dem Rückweg bemerkte Sabine ihn und grinste verlegen. Dieses Grinsen sagte mehr als tausend Worte. Sabine war hier privat und fühlte sich ertappt. Von Attila, dem Kollegen, und Attila, dem – ja was, Verehrer?

Egal, er würde sich damit abfinden müssen. Noch zwei Bier und zwei Kurze und die beiden hätten es nicht weit zu Gabels Zimmer, um es dort zu treiben wie die Karnickel. Zum Kotzen war das. Musste Sabine das hier in der Wendland-Schänke tun? In aller Öffentlichkeit, wo sie jeder kannte? Unprofessionell fand Attila das.

KAPITEL 13

Schon auf der Rückfahrt hatte Sabine die Polizei in Salzwedel angerufen und um Informationen zu Christian Müller gebeten. Wenn dieser Müller 1989 bei einem Unfall gestorben war, musste es darüber ein Protokoll oder Ähnliches geben. Eine Beamtin versprach, sich sofort darum zu kümmern, dann herrschte jedoch erst mal mehrere Stunden Funkstille.

Erst als Sabine, die noch ein paar Kleinigkeiten auf der Wache bearbeitet hatte, Feierabend machen wollte, rief die Kollegin aus Salzwedel an. Sie habe keinen Polizeibericht oder Ähnliches gefunden. Das sei nicht mehr da, man könne ja nicht alles aufheben. Aber das Einwohneramt hatte den Mann noch im Speicher, und so waren wenigstens die genauen Todesdaten zu ermitteln. Gestorben ist der Mann am 10.11.1989 gegen 4 Uhr in Woltersdorf, Landkreis Lüchow-Dannenberg, BRD.

»Das ist ja bei uns um die Ecke«, rief Sabine erfreut oder eher verwundert aus.

»Richtig«, sagte die Salzwedeler Kollegin trocken. »Und das Datum ist die Nacht der Grenzöffnung, würde ich mal behaupten.«

Stimmt, dachte Sabine. Das wäre ihr nie aufgefallen, dafür war sie zu jung.

Sabines Vater hatte den ganzen Tag im Garten sämtliche Bete frühlingsfit gemacht und anschließend noch einen

Haufen Holz gehackt. Viel zu viel nach dem Krankenhausaufenthalt. Aber er war zufrieden und müde. Nach dem Abendbrot würde er sich ein Bier einschenken und vor dem Fernseher wegdösen. Doch Sabine hatte Fragen.

»Papa, unser Mordopfer hat einen behinderten Sohn von einem Mann, der 1989 bei einem Unfall gestorben ist. Der Unfall ereignete sich in der Nacht der Grenzöffnung, bei uns in der Nähe. Erinnerst du dich daran?«

Solche Fragen stellte Sabine in der letzten Zeit mit mehr Vorsicht. Sie wusste, wie stolz ihr Vater auf sein Elefantengedächtnis war. Wenn es ihn in der letzten Zeit ab und zu mal im Stich ließ, wurde er gleich ungehalten. Das Altern bereitete auch ihm keine Freude.

»Verbrannt, richtig?«, fragte er und stellte den Fernseher leiser.

»Weiß ich nicht. Meine Informationen lauten nur Verkehrsunfall«, sagte Sabine.

»Ja, ich erinnere mich«, sagte ihr Vater. »Das war so eine Nacht, wo jeder weiß, wo er war.«

»Ich nicht«, sagte Sabine und grinste.

»Du warst ein halbes Jahr alt und lagst in deinem Bettchen. Das weiß ich genau. – Die Menschen kamen so ab Mitternacht bei Bergen/Dumme über die Grenze. Da hatte die NVA endlich den Schlagbaum bewegt. Ein gigantischer Stau. Trabbis, Wartburgs, die ganzen stinkenden Zweitakter.«

»Wo wollten die alle hin?«, fragte Sabine.

»Egal, Hauptsache, in den Westen. In Lüchow und Uelzen machten ein paar Kneipen mitten in der Nacht wieder auf. Im Rathaus in Lüchow gab es am Morgen Begrüßungsgeld. 100 Mark für jeden. Viele Westdeutsche sind an die Grenze gefahren und haben den Leuten Essen und Trinken gebracht. Das war ein Fest.«

»Nur für Christian Müller nicht«, sagte Sabine.

»Hieß der Tote so? Warte mal.«

Johannes Langkafel stand auf und bewegte sich Richtung Kellertreppe. Wenn ihm das Gehen schwerfiel, dann war das der anstrengenden Gartenarbeit geschuldet und nicht seinem hohen Alter.

Im Keller hortete Johannes seinen Schatz. Berge von Akten, Vermerken, Notizen und Fotos aus einer Zeit als Sheriff von Gartow, wie ihn die Bürger respektvoll nannten. Das Ordnungssystem in Papas Keller war für Außenstehende nicht nachvollziehbar, und Sabine wusste, dass die Stapel von Kartons und Reihen von Ordnern wertlos wurden, an dem Tag, an dem Vater den letzten Atemzug tat.

Schon bald war er mit einer dünnen blassblauen Mappe zurück. Offenbar war sein Archiv besser als das von der Polizei in Salzwedel. Er klappte die Mappe auf und betrachtete das erste Blatt.

»Richtig, Christian Müller hieß er. Geboren 1959. Wohnte in Salzwedel.« Papa gab Sabine das Dokument. »Hier sind auch Fotos.« Er reichte Sabine die Schwarz-Weiß-Abzüge.

»Uaargg«, machte sie, als sie das Bild der verbrannten Leiche im Trabbi sah. »War er alleine unterwegs?«, fragte sie.

»Als wir kamen, war er allein. Die Feuerwehr war vor uns da und hat die Trümmer gelöscht.«

»Die Flaschen hier.« Sabine zeigte auf ein Foto vom Innenraum des Autos. »Hat er die alle alleine getrunken?«

»Kind, das weiß ich doch nicht. Ob er Alkohol intus hatte, war bei dem Zustand der Leiche sicher nicht mehr feststellbar. Aber das war ja nicht unser Fall. Wenn die Kripo im Fahrzeug Hinweise auf eine andere Person gefunden hätte, wäre das dort vermerkt.«

»Wer hatte euch gerufen?«, fragte Sabine. Sie wollte jedes Detail wissen, ihrem Vater aber nicht auf die Nerven gehen. »Es musste doch Zeugen geben.«

»Wir wurden von der Leitstelle Lüchow gerufen. Das steht da auch irgendwo. Wer dort angerufen hat, weiß ich nicht. Das war ja keine normale Nacht, Sabine. Es war die Hölle los. Wir mussten den Verkehr regeln, Fragen beantworten, verlorene Kinder einsammeln, Streitereien schlichten. Es war wie Silvester und Endspiel der Fußballweltmeisterschaft an einem Tag. Wir haben ein paar Alkoholkontrollen durchgeführt, mehrere Ostführerscheine kassiert, dann aber damit aufgehört. Darauf waren wir einfach nicht vorbereitet.«

»Und wie ging es mit dem Unfall weiter?«

»Ja, steht da ja. Irgendwann kam die Kripo, die haben Unfallfahrzeug und Opfer mitgenommen und untersucht, Identität festgestellt und Todesursache. Das war Routine für die Kripo. Anschließend haben sie alles wieder in die DDR geschickt, die gab es ja noch.«

Sabine betrachtete die Bilder auf ihrem Schoß einen Moment lang schweigend. »Warum fährt einer mitten in der Nacht über die Grenze und besäuft sich mutterseelenallein in einem Wäldchen bei Woltersdorf? Warum nimmt er seine Freundin nicht mit auf die Party?«, dachte Sabine laut nach. »Nur wegen des Kindes?«

Papa zuckte mit den Schultern.

»Habt ihr euch damals nicht gefragt«, fuhr Sabine fort, »was der Bursche dort bei Woltersdorf wollte? Das lag nicht auf dem Weg von der Grenze nach Lüchow und auch nicht auf dem Weg nach Uelzen.«

»Ach, das heißt nichts. Die Leute sind einfach losgefahren. Die hatten kein Ziel, und wo der Stau nicht allzu schlimm war, sind sie langgefahren. In den Dörfern wurden sie überall jubelnd mit Schnaps und Kuchen begrüßt. In unserer Wendland-Schänke waren auch ein paar von ihnen. Das war so verrückt. Aber irgendwie auch schön.«

»Wenn ich mir das so anschaue«, sagte Sabine und hielt ein Foto hoch, das den Trabbi am Baum zeigte, »dann kann er auch mit Absicht dagegen gefahren sein, oder?«

»Du fragst Sachen«, sagte Johannes und lachte. »Ja, möglich. Das hat sich bestimmt schon damals nicht zweifelsfrei feststellen lassen.«

AKTE WENDLAND

C:\Users\name\Documents\AkteWendland\BH
01.05.21

BH war in diesen Tagen, seit dem SDAJ-Festival 1977, mein bester Freund. Ich verwende das Wort »Freund«, auch wenn BH lieber »Genosse« benutzte. Freunde sind etwas Beliebiges, hatte er mir mal erklärt. Mit denen kann man aus vielen verschiedenen Gründen verbunden sein. Ein gemeinsames Hobby, gemeinsame Erlebnisse, vielleicht gemeinsame Freunde. Freundschaften sind fragil und können schon an einer Frau, die beide lieben, zerbrechen.

Der Genosse hingegen ist ein Kampf- und Weggefährte. Mit ihm teilt man ideologische Werte, die Vision einer besseren Welt. Der Kit zwischen Genossen ist nicht Liebe oder Zuneigung, sondern Solidarität. Diese muss selbst härteste Prüfungen bestehen, zum Beispiel, wenn man von der Polizei über Genossen befragt wird.

BH hat mir diese Welt des Widerstands gegen das imperialistische System eröffnet. Er hat aus meinem diffusen Unbehagen, meinem Irgendwie-Links-Sein, einen klaren Klassenstandpunkt geformt. Ohne BH wäre ich vielleicht irgendwann ein Grüner geworden. Oder ein TÜV-Prüfer. Trotz allem, was mir dann in den 80er-Jahren widerfahren ist, glaube ich heute immer noch nicht, dass das für mich der bessere Weg gewesen wäre. Und ich glaube auch heute noch nicht, dass wir durch demokratische und gewaltfreie Prozesse zu einer besseren und gerechteren Welt finden.

BH war politisch weit gebildeter als ich. Er kannte die kommunistischen Ideen, hatte von Marx bis Rudi Dutschke alles gelesen. Manchmal hielten wir in unserer WG Treffen ab – wir nannten sie scherzhaft Bibelstunden –, bei denen wir uns aus Schriften vorlasen und darüber diskutierten. Lenin und Mao kamen da auf den Tisch, aber auch Geschichten, die Ulrike Meinhof für Zeitschriften wie Konkret geschrieben hatte.

Damals besuchte ich alle zwei, drei Wochen meine Mutter, damit sie nicht völlig im Trübsal versank. Ich brachte ihr meine Wäsche und spielte den unbekümmerten jungen Mann, der Pläne machte, die in ihrer TÜV-Prüferwelt akzeptiert würden. So log ich ihr vor, dass mir in Aussicht gestellt worden war, die Geschäftsführung der Altstadtkneipe zu übernehmen, in der ich kellnerte. So wie ich das Drecksloch beschrieb, musste sie das Lokal für eine nette Szene-Bar halten. Tatsächlich arbeitete ich höchstens vier Tage in der Woche in der Kneipe, verdiente nicht viel und verbrachte meine Zeit mehr mit dem Studium linker Schriften und der Teilnahme an Demonstrationen aller Art, zu denen mich anfangs noch meine damalige Freundin begleitete.

Ab 1982 reiste BH immer wieder nach Hamburg. Er traf dort in der Hafenstraße »Kontakte«, wie er es nannte. Wir würden bald Aufgaben im antiimperialistischen Kampf bekommen, deutete er an. Ich solle mich bereithalten.

1980 waren die großen »Stars« der RAF plötzlich abgetaucht. Wo Susanne Albrecht, Silke Maier-Witt, Werner Lotze und andere sich seitdem versteckten, wussten wir kleinen Sympathisanten natürlich nicht. Vom Libanon war die Rede, von Libyen, aber auch von Saudi-Arabien. BH tat gerne so, als wisse er mehr.

An BHs Seite fühlte ich mich als ein Teil der großen Sache, ohne je einen seiner wichtigen Kontakte zu Gesicht zu bekommen.

Die anderen Bewohner in unserer WG taten sich schwer mit BHs und meiner Radikalisierung. Sie waren eher auf dem Kurs ins grüne Ökoparadies. Seit 1981 war es den Grünen bei Wahlen gelungen, in ein paar Landesparlamente einzuziehen, 1983 dann auch in den Bundestag. Einer der Abgeordneten war der Rechtsanwalt Otto Schily, der in den 70er-Jahren unter anderem Horst Mahler und Gudrun Ensslin von der RAF verteidigt hatte. War also einer von uns nun im Bundestag?

Viele Linke sahen mit den Grünen in den Parlamenten den von Rudi Dutschke formulierten »Marsch durch die Institutionen« auf der Zielgeraden. Da hatten sie Dutschke, der 1979 an den Folgen des Attentats von 1968 gestorben war, aber falsch verstanden. Dutschke wollte nicht, dass wir uns den Institutionen anpassen, er wollte, dass wir sie von innen zerstören.

»Indem sie uns in ihren Parlamentarismus zwingen«, sagte BH in einer Bibelstunde, »zwingen sie uns, nach ihren Regeln zu spielen. Da können wir nur verlieren.«

Die ersten Aufgaben für uns ließen lange auf sich warten. Ich war ungeduldig. Seit 1982 etablierte sich der Kohl-Staat, die Sozialdemokratie hatte versagt. Staat und Polizei bekamen immer mehr Rechte, uns zu drangsalieren. Gleichzeitig drehte sich die Rüstungsspirale in ungekannte Höhen. 1983 wurden die Pershing-II-Raketen in Deutschland stationiert, gegen die in den Jahren zuvor Millionen Menschen auf die Straße gegangen waren. Für uns war damit bewiesen, dass friedlicher Protest keinen Erfolg bringt.

US-Präsident Reagan trieb den Kalten Krieg voran. Wir waren damals mehr denn je davon überzeugt, dass man den Staat mit Aktionen zu Überreaktionen zwingen musste, und glaubten, irgendwann würde jeder brave Bürger erkennen, dass Demokratie nur eine Tarnform von Faschismus ist.

BH wusste, dass spektakuläre Aktionen in der Abstimmung waren. Mehr verriet er nicht, vermutlich wusste er selbst nicht viel mehr.

Im Sommer 1983 kam dann unsere erste Chance. Es wurden Fahrzeuge gebraucht. Unser Job war es, an verschiedenen Orten in Deutschland – Köln, Hamburg und Hannover – Autos zu stehlen. Gewünscht waren ältere Modelle gängiger Fahrzeuge. VW Golf, Opel Ascona, 5er BMW zum Beispiel. Davon gab es viele, und sie waren noch relativ leicht zu knacken. Ich lernte das Öffnen und Kurzschließen der Fahrzeuge in einem Kurs in einer Werkstatt in Köln. BH nannte das unser Fortbildungsprogramm. Unser Lehrer war Araber oder so und nannte sich Arafat, was sicher nicht sein richtiger Name war. Ich hatte es schnell drauf, die Autos in Sekunden zu öffnen, zu starten und loszufahren.

Innerhalb von zwei Wochen stahlen wir drei Fahrzeuge und stellten sie ab. BH gab die Standorte von Telefonzellen aus durch. Das war's. Was mit diesen Wagen geschehen ist, haben wir nie erfahren. In Köln habe ich unser Auto zwei Wochen später noch mal gesucht, es war verschwunden. Vielleicht wurden mit den Fahrzeugen gar keine Aktionen durchgeführt und das Ganze hatte nur den Zweck, uns zu testen.

BH teilte mir mit, dass man mit unserer Arbeit zufrieden sei und wir bald neue Aufgaben bekämen. Geld gab es natürlich nicht dafür. BH erhielt nur manchmal ein paar Scheine für unsere Spesen oder Bahnfahrkarten.

1983 flog BH in den Libanon. Er betonte, dass er mir das eigentlich nicht sagen dürfe, aber er würde mir vertrauen.

BH sollte etwas dorthin bringen. Was das war, sagte er nicht. Bei dieser Gelegenheit würde er mit palästinensischen Genossen ein Kampftraining absolvieren. Natürlich wollte ich mit. Aber BH sagte, dass ich noch nicht so weit sei.

BH war vier Wochen weg, und ich dachte schon, er käme nie mehr wieder. Handys oder E-Mail gab es zu jener Zeit nicht, und anrufen ging natürlich auch nicht. Wir waren hundertprozentig sicher, dass das Telefon unserer WG abgehört wurde.

Verfassungsschutz und BKA waren damals hinter jedem her, der nur ein Fünkchen Sympathie für den antiimperialistischen Kampf zeigte. Der Paragraf 129a, der zunächst nur die Mitgliedschaft in einer terroristischen Vereinigung unter Strafe stellte, wurde um den Straftatbestand der Werbung für eine solche Vereinigung erweitert. Bis zu fünf Jahre Haft drohten.

Ich war aktenkundig, spätestens seit einer Flugblattaktion 1982 an der Uni in Düsseldorf. Wir riefen zu einer Demo gegen Isolationsfolter inhaftierter Genossen auf. Ich weiß nicht mehr, um wen es ging. Ein Professor alarmierte die Polizei. Meine damalige Freundin und ich sowie zwei weitere Genossen wurden verhaftet, verhört und fotografiert. Sogar meine Fingerabdrücke wurden genommen. Danach durften wir gehen.

Ich empfand das damals fast wie einen Ritterschlag. BH, der selbst noch nie verhaftet worden war, warnte mich allerdings, dass sie mich nun auf dem Kieker hätten und ich verdammt vorsichtig sein müsse.

1984 wurden wir dann mit der Beschaffung von Bargeld beauftragt. Es wurde also ernst. Autodiebstahl ist ja eher noch Spaß.

Überfälle und Einbrüche sollten es sein und nur Ziele, bei denen hohe Beträge zu erwarten waren. Also Banken und Geldtransporte. Erpressung und Entführung schieden wegen des höheren Risikos aus. Und es sollte keine Verbindung zur Organisation erkennbar sein. Keine Flugblätter. Keine Symbole. Keine Parolen. Wir sollten wie ganz gewöhnliche Kriminelle auftreten.

1984 und 1985 überfielen wir vier Banken und zwei Geldtransporte und erbeuteten insgesamt knapp 2,5 Millionen Mark, wovon wir knapp 600.000 Mark »auf die Seite legten«, wie BH es nannte. Ich weiß bis heute nicht, was aus dem Geld im Weinfass bei seinem Onkel geworden ist, aber ich habe da so eine Ahnung.

Während dieser Zeit unternahm BH immer wieder Reisen zur Überbringung des von uns für die Organisation geraubten Geldes, an wie ich vermutete, im Untergrund lebende Genossen im In- und Ausland.

Die spektakulären Aktionen der Organisation ließen nicht auf sich warten. Ich war an keiner einzigen beteiligt. Und ich habe heute, angesichts meiner Situation, keinen Grund zu lügen. Ob und wie BH beteiligt war, weiß ich nicht. Er hat sich dazu nie geäußert.

Im Februar 1985 wurde der Rüstungsmanager Ernst Zimmermann erschossen, darüber habe ich hier schon geschrieben. Im August desselben Jahres tötete die RAF einen US-Soldaten, um an seine Identity Card zu kommen. Mit deren Hilfe verübten Unbekannte einen Tag später einen Sprengstoffanschlag auf die Rhein-Main Air Base nahe dem Frankfurter Flughafen. Zwei Menschen starben, 23 wurden verletzt.

Im folgenden Jahr, da war ich schon mit BHs Hilfe untergetaucht, folgte das Attentat auf Siemens-Manager Karl-Heinz Beckurts, bei dem auch sein Fahrer ums Leben kam. 1999 wurde in Wien ein Verdächtiger aus dieser Tat, Horst Ludwig Meyer, von der Polizei erschossen. Nach wie vor unbekannt sind die zwei Personen, die im Oktober 1986 in Bonn den Diplomaten Gerold von Braunmühl erschossen.

Ich war, wie gesagt, an keiner dieser Taten beteiligt. Ob und auf welche Weise BH damit zu tun hatte, weiß ich nicht. Ich bin allerdings sicher, dass das Geld, das wir die Jahre zuvor beschafft hatten, zum Gelingen dieser Taten beigetragen hat. Damals war ich vielleicht stolz darauf. Heute fühle ich mich mitverantwortlich im moralischen wie juristischen Sinne. Wirklich tiefe Reue empfinde ich nur in den Fällen, wo »kleine Leute«, wie Wachpersonal, Büroangestellte oder Fahrer in Mitleidenschaft gezogen wurden.

BH hat mir auch während meiner Jahre im Untergrund die Treue gehalten. So hätte ich das damals formuliert. Inzwischen würde ich sagen, dass er mich im Auge behalten wollte. Ob ich der Einzige im Untergrund war, der von BH kontrolliert wurde, weiß ich nicht. Ich bin mir heute aber sicher, dass BH schon sehr früh mit staatlichen Organen sowohl in der BRD als auch in der DDR zusammengearbeitet hat. Nur so ist es zu erklären, dass er nie verhaftet oder zur Fahndung ausgeschrieben wurde.

Warum BH so ein doppeltes oder sogar dreifaches Spiel getrieben hat, kann ich nicht erklären. Aus verschiedenen Gründen kann ich ihn nicht dazu befragen. Ich weiß nicht mal, wo er ist. Mag sein, dass es BH um Geld ging und immer noch geht. Vielleicht ist auch Macht sein Motiv.

Heute, mit einer gewissen Lebenserfahrung, würde ich BH als einen Machtmenschen beschreiben, der immer möglichst viele Optionen für sich im Blick hatte. Menschen waren für ihn Schachfiguren in seinem Spiel, dessen Zweck sich mir nicht erschloss und nach wie vor nicht erschließt. Wesentlich für BHs verräterisches Verhalten, anders kann man es nicht nennen, war immer die Angst davor aufzufliegen. Er hatte in den ersten Jahren unseres Kampfes Straftaten begangen. Indem er sich der anderen Seite andiente, konnte er erwarten, dass ihm diese Taten nicht zugeschrieben oder unter den Teppich gekehrt wurden. Als Randfigur kann ich nicht ermessen, wie viele Genossen im RAF-Umfeld aktiv mit den staatlichen Organen in den 80er-Jahren zusammengearbeitet haben. Es waren sicher mehr, als man auf beiden Seiten vermuten würde.

KAPITEL 14

»Also, wenn Thomas euch für dieses Lagezentrum«, Polizeichef Metzger sprach das Wort mit maximaler Geringschätzung aus, »Miete berechnet, dann bitte an die Direktion in Lüneburg, dass das klar ist.«

Der Alte stand neben Attila im Festsaal der Wendland-Schänke und ließ den Blick schweifen. Ja, dachte Attila, nach großem Auftritt sah das hier nicht aus. Ein paar Tische in der Mitte, an denen dieser Thorsten und Sabine telefonierten, im Internet daddelten, hauptsächlich aber nett plauderten, um es neutral auszudrücken.

Melanie Gierke glänzte mal wieder durch Abwesenheit. Unter professioneller Polizeiarbeit stellte er sich etwas anderes vor.

»Ich gehe dann wieder rüber«, sagte Metzger und drehte sich Richtung Ausgang. »Die friedlichen Bürger von Gartow haben ein Recht auf eine funktionstüchtige Polizeiwache.«

»Ja, Jakob, mach das. Das ist ganz wichtig«, rief Sabine, und Attila fiel auf, dass sie sonst nie so respektlos mit dem Chef sprach. Wahrscheinlich wollte sie Gabel damit beeindrucken.

»Und du musst hier auch nicht dauernd rumhängen, Junge«, sagte Metzger im Rausgehen zu Attila.

»Ja, Herr Metzger«, rief er zurück und merkte zum ersten Mal, wie blöd es wirken musste, dass er den Alten siezte, der ihn hingegen »Junge« nannte und duzte. So was würde sich ein Typ wie Gabel nie gefallen lassen.

»Gibt es jetzt eine Stasiakte von diesem Pastor und Christian Müller?« Er wandte sich an Sabine, weil er sich nicht traute, Gabel direkt anzusprechen. Doch natürlich war die Frage an ihn gerichtet. Nun sah Sabine Gabel fragend an.

»Nee«, antwortete der, ohne zu zögern. »Die haben nichts gefunden. Sie schauen aber noch mal genauer nach. Bei so viel Geheimhaltung und Decknamen in dieser Stasi-Welt, ist es nicht immer so einfach, Personen eindeutig zuzuordnen.«

Ja, klar, dachte Attila. Du hast doch gar nicht gefragt. Du weißt selbst nicht, wen du fragen sollst. Du machst dich nur wichtig. Wahrscheinlich bist du in deiner Behörde nur ein ganz kleines Licht.

»Ich muss dann auch los«, sagte Thorsten mit Blick auf sein Handy. »Ich habe noch was anderes zu tun.«

»Geheim«, flüsterte Sabine und grinste Gabel an, der zügig den Saal verließ.

»Was will der bei uns?«, fragte Attila Sabine, als Gabel die Tür von außen geschlossen hatte. »Wir wissen ja nicht mal genau, für wen der arbeitet.«

»Du weißt das nicht, Attila«, sagte Sabine, ohne ihn anzusehen. Das Zeug auf dem Bildschirm ihres Laptops war offenbar viel interessanter. »Wir wissen Bescheid.«

»Ah, okay«, maulte Attila, »verstehe. Das ist so wahnsinnig geheim, dass der doofe Türke es nicht wissen darf, denn der kann ja das Maul nicht halten.«

Sabine betrachtete ihn fast mitleidig. »Echt jetzt, Attila? Hat dich hier je jemand einen doofen Türken genannt? Oder überhaupt einen Türken? Und Metzger zählt nicht.«

»Nein. Aber du vertraust mir trotzdem nicht«, sagte Attila und spürte sofort, dass er Sabine damit den Ball direkt vors Tor gelegt hatte. Und sie schoss.

»Mein Lieber, du hast in der letzten Zeit für Misstrauen auch einigen Anlass gegeben, oder?«

Ja, das hatte er verdient. Er antwortete lieber nicht darauf.

»Gabel ist bestimmt beim Verfassungsschutz, oder?«, fragte er ins Blaue hinein. Sabine schwieg. »Oder BKA? Nee, das wäre nicht so geheim.« Sabine schwieg weiter. »Also Verfassungsschutz. Niedersachsen oder Bund?«

Sabine lächelte ihn an.

»Ganz einfach«, riet er weiter, »Bund. Er hat ja ein Kölner Kennzeichen. Bingo. Ich bin ein Supercop.«

Nun musste Sabine lachen. Das war schön. Und irgendwie gab sie ihm damit auch zu verstehen, dass er getroffen hatte.

KAPITEL 15

Irene Faßbender stand hinter dem Tresen in der Wendland-Schänke und war mit Beschwerdemanagement beschäftigt, mit Einwandbehandlung, wie ihr superschlauer Sohn Daniel das neulich genannt hatte. Genauer: mit dem Gemaule der Stammgäste Heinz und Kuddel, denen es nicht passte, dass mal kurz nur Flaschenbier ausgeschenkt werden konnte.

»Nun habt euch nicht so«, maulte sie zurück. »Thomas holt gerade in Celle das Ersatzteil für die Zapfanlage, und dann fließt hier wieder unser Bestes.«

»Aber einen Schnaps aufs Haus schuldest du uns für dieses Serviceproblem dann schon, oder?«, sagte Kuddel und sah sie, ja tatsächlich, vorwurfsvoll an.

»Bevor du mir sagst, was ich dir angeblich schulde, Kuddel«, meinte Irene sarkastisch, »sag ich dir, was du mir schuldest. Moment, wo ist dein Deckel?« Mit großer Geste suchte sie hinter dem Tresen herum.

»Nee, lass mal, ist ja gut«, winkte Kuddel ab.

Natürlich schenkte Irene trotzdem zwei Gläser Korn ein und schob sie den zwei Saufnasen rüber.

Die beiden Männer saßen schon länger am Tresen der Wendland-Schänke, als Irene dahinterstand. Während sie in diesem Lokal groß geworden war, waren Heinz und Kuddel alt geworden. Sie mochte die beiden, die nun schon lange in Rente waren. Heinz hatte früher eine kleine Versicherungsagentur gehabt, Kuddel war sein Leben lang

Friedhofsgärtner in Gorleben gewesen. Die Männer waren alter wendländischer Adel, genau wie Irene und ihre verstorbenen Eltern und so viele der Menschen, die bei ihr Tag für Tag ihr Bier tranken. Sie waren Menschen, die am Zonenrand aufgewachsen und mitten in Deutschland alt geworden sind, ohne umzuziehen.

Es war 17 Uhr, Happy Hour in der Wendland-Schänke, was bedeutete, dass außer Heinz und Kuddel kaum jemand da war. Am Spielautomaten stand ein Kerl aus dem Nachbarort, den Irene vom Sehen kannte. Daniel würde erst gegen 19 Uhr kommen, er war sicher bei einem Freund. An einem der Tische saß Ronny, der Aushilfskoch, eigentlich Spüler, und trank den obligatorischen Kaffee vor Dienstbeginn. Wenn sich um 19 Uhr ein paar Gäste zum Essen einfänden, würde er deren Teller auch ohne Thomas füllen können. Irene selbst würde am Tresen und im Service von Daniel unterstützt werden. Eigentlich waren das zu viele Leute. An Wochentagen könnten sie, seit Daniel zurück war, auf Ronny verzichten. Aber der 40-jährige Gartower war seit über zehn Jahren dabei, ein fleißiger Arbeiter und netter Kerl. Irene brachte es nicht übers Herz, ihn zu entlassen. Und Thomas auch nicht.

»Mit seiner bescheuerten Vorstrafe«, hatte Thomas gesagt, »wird es für ihn nicht einfach, was Neues zu finden.« Vor zwölf Jahren oder so war Ronny auf einem Scheunenfest in eine Schlägerei verwickelt worden und hatte einen Kerl krankenhausreif geschlagen. Worum es bei dem Streit ging und wer angefangen hatte, war hinterher nicht mehr so einfach zu ermitteln gewesen. Aber Ronnys Gegner hatte einen reichen Vater und einen guten Anwalt und so hatte Ronny eine Vorstrafe wegen Körperverletzung und sein Gegner ein sattes Schmerzensgeld kassiert. Ronny war kein Schläger, davon hatten sich Irene und Thomas in den letzten Jahren überzeugen können. »Im Sommer, wenn die Touristen kommen, haben wir den Biergarten voll und dann brauchen wir jeden Mann«, hatte sich auch Daniel für Ronny eingesetzt.

Irene hatte sich noch nicht so ganz daran gewöhnt, dass ihr Sohn plötzlich bei geschäftlichen Entscheidungen mitsprach, seit er wieder zu Hause war. Aber eigentlich war das nur logisch. Daniel war der Junior-Chef, und er hatte in diesem einen Jahr auf der Aida eine Menge gelernt, was guten Service anging. Irene war glücklich, dass er wieder bei ihr war und noch glücklicher, dass er sich mit seinem Vater gut verstand. Daniel war ja unter anderem zur See gegangen, weil er mit Thomas nicht mehr richtig klarkam. Dauernd gab es Streit, weil Thomas ihn wie ein kleines Kind behandelte.

Als Daniel vor einem halben Jahr plötzlich mit dem dicken Seesack auf der Schulter in der Tür stand, war er kaum wiederzuerkennen gewesen. Aus dem schlaksigen, blassen Jungen war ein richtiger Mann geworden. Das erkannte auch Thomas. Daniel war vernünftig, höflich, charmant mit den Gästen. Er hatte gute Ideen für das Lokal und die sechs Gästezimmer, die wenigstens im Sommer gut belegt waren. Und Daniel packte an, war sich für nichts zu schade. Inzwischen war Thomas richtig stolz auf seinen 22-jährigen Sohn und Irene sowieso. Da gönnten sie es ihm, dass er in jeder freien Minute an seinem Motorrad schraubte oder damit durch die Gegend fuhr.

»Na gut«, knurrte Heinz über den Tresen und es klang, als würde er ein großes Opfer bringen, »wir nehmen noch mal zwei Flaschen, Irene, nützt ja nichts.«

»Och, ihr armen Jungs, ihr könnt auch rüber zum Enrico gehen, der hat Köpi vom Fass, ich halte euch nicht auf«, entgegnete Irene, während sie die Flaschen auf den Tresen stellte.

Die Tür ging auf und eine der, wie Irene fand, schönsten und nettesten Frauen in Gartow betrat das Lokal: Polizistin Sabine Langkafel. In Uniform. Irene kannte Sabine, seit sie ein kleines Mädchen gewesen war, und mit ihrer Mutter Marianne, die vor sechs Jahren mit nur 54 Jahren an Krebs gestorben war, hatte sie sich auch gut verstanden. Es war Ironie des Schicksals, dass Marianne einen Mann geheiratet hatte, der über 20 Jahre älter war als sie, und dann doch vor ihm sterben musste.

»Sabine«, rief sie der jungen Frau entgegen, »noch im Dienst? Was kann ich für dich tun? Eine Cola? Oder lieber ein Bier?« Wenn ihr Daniel ein paar Jahre älter und Sabine ein paar Jahre jünger wäre, würde sich Irene die Polizistin zur Schwiegertochter wünschen.

»Nein, gar nichts, danke, Irene. Ich habe nur eine Frage.« Die Polizistin setzte sich auf einen Barhocker. Heinz und Kuddel reckten neugierig die Hälse. »Thomas kann mir dazu sicher auch was erzählen.«

»Der ist nicht da«, sagte Kuddel. »Der ist in Celle.«

»Danke, Kuddel«, sagte Irene, »wir kommen schon klar.« Leiser und an Sabine gerichtet fragte sie: »Geht es immer noch um die Tote da im Wald? Also der Thomas hat die auch nicht gesehen. Und bei diesem Stand-up-Paddling-Event waren so viele Leute, da ist die uns nicht aufgefallen.«

»Danke«, sagte Sabine, »ich weiß. Mir geht es um was anderes. Die Nacht vom 9. November 1989. Erinnerst du dich an die?«

»Och, Sabine«, rief Irene so laut aus, dass Kuddel und Heinz wieder neugierig wurden. »Das ist ja eine halbe Ewigkeit her.« Sie stutzte kurz. »Aber Moment, das war doch *die* Nacht, als die Grenze fiel. Natürlich erinnere ich mich daran.«

Irene gingen die beiden Kerle auf die Nerven, die ihre Ohren spitzten und sicher ihre Hörgeräte schon lauter gestellt hatten.

»Komm, Sabine, wir setzen uns da rüber.« Sie gingen zu einem der Tische am Fenster.

»Der 9. November 1989 war auch der 50. Geburtstag meines Vaters, den haben wir in der Schänke mit ein paar Leuten gefeiert. Ohne ihn.«

»Warum ohne ihn?«, fragte Sabine.

»Weil er Tage vorher zum ersten Mal ins Krankenhaus gekommen ist mit seinem Scheißkrebs. Wir haben an dem Abend alle lange mit ihm telefoniert.«

»Wann ist er gestorben?«, fragte Sabine, und Irene wusste, dass sie das aus Mitgefühl tat und nicht, weil das für ihre Ermittlungen wichtig wäre.

»Das hat noch über ein Jahr gedauert. Immer wieder war er mehrere Wochen zu Hause, dann wieder im Krankenhaus. – Aber deswegen bist du ja nicht hier. Hat diese Nacht etwas mit deinem Fall zu tun?«

»Das kann sein«, sagte Sabine und schaute Irene ernst an.

Die Wirtin war irritiert, weil die junge Frau sonst nur privat und in Zivil mit ihr plauderte. Jetzt war es so offiziell.

»Also, Irene«, fuhr Sabine fort, »wie ist die Nacht hier abgelaufen? Waren Fremde im Lokal? Leute von drüben? Worüber wurde gesprochen?«

Irene dachte nach. Ihr Gedächtnis funktionierte noch ganz gut, sie war ja auch erst 53. Aber Sachen, die sie nicht betrafen, die sie nicht wirklich selbst erlebt hatte und zu denen kein Bild abgespeichert war, vergaß sie häufig schnell.

»Hmm. Ich erinnere mich daran, dass in der Nacht, oder eher am folgenden Morgen, die Liebe meines Lebens plötzlich aufgetaucht ist.« Es war ihr nicht peinlich, es so kitschig zu formulieren.

»Thomas«, stellte Sabine fest, als ob es noch eine andere Möglichkeit gäbe. »Erzähl mal, wie war das?«

»Das war schon eine verrückte Nacht«, sagte Irene und lachte. »Als wir vom Mauerfall im Radio hörten, haben wir sofort den Fernseher angemacht. Da hinten stand früher so ne alte Kiste. Wir hockten alle davor und waren ganz aus dem Häuschen. Es gab aber nur Bilder und Berichte aus Berlin. Am nächsten Morgen, sehr früh, so um sechs, sind wir dann mit zwei Autos nach Bergen an die Grenze gefahren.«

»Wer ist wir?«, fragte Sabine.

»Hmm, also ich, meine Freundin Sybille, die lebt jetzt in Hamburg. Außerdem noch drei Jungs aus dem Dorf, ich weiß gar nicht mehr genau wer. Und meine Mutter. Wir haben einen Topf Erbsensuppe und einige Flaschen Sekt mitgenommen. So verrückt. Dein Vater hätte uns an dem Morgen nicht anhalten dürfen. Wegen Restalkohol. An der Grenze war schon richtig was los. Aus der DDR kommend stauten sich die Autos. Die Leute erzählten, dass die Grenzer völlig überfordert waren. Die haben gar nicht mehr richtig kontrolliert. Uns hat dann ein junges Paar angequatscht, keine Ahnung mehr, wie die hießen. Die waren aus Stendal rübergetrampt und wollten nach Hamburg. Uelzen reichte denen wohl nicht. Wir fanden die nett und haben sie in die Schänke zum Frühstück eingeladen.«

»Und einer von dem Paar war Thomas, hast du etwa …?« Sabine schien empört.

»Nein, wo denkst du hin? Thomas haben wir später in Lüchow aufgesammelt. Der trampte auch, wusste aber nicht so richtig, wo er hinsollte. In Lüchow waren ihm zu viele Landsleute. Haha. Ihn haben wir auch noch zum Frühstück eingeladen.«

»Wie spät war es da?«, fragte Sabine.

»Weiß nicht«, sagte Irene. »Neun oder zehn vielleicht.«

»Habt ihr auf dem Hin- oder Rückweg etwas von einem Unfall mitbekommen?«

Es waren nun doch ein paar Gäste in die Schänke gekommen, und Irene gab Ronny ein Zeichen, dass er sich um sie kümmern solle.

»Unfall? Was für ein Unfall?«, fragte Irene.

»Kurz hinter Lüchow ist in der Nacht ein DDR-Bürger in seinem Auto verbrannt«, erklärte Sabine knapp. »Mein Vater hat den Unfall aufgenommen.«

»Gott, wie schrecklich. Daran erinnere ich mich nicht. Und das ist heute noch wichtig?«, fragte Irene und wollte das Gespräch beenden, um sich um ihr Lokal zu kümmern.

»Ich weiß nicht«, sagte Sabine. »Was ist aus den Leuten geworden, die bei euch gefrühstückt haben?«

»Also, Moment, wie war das?« Irene ließ den Morgen an sich vorbeilaufen. Die Bilder waren undeutlich, aber reichten zur Rekonstruktion der Ereignisse.

»Also, die waren alle total platt. Sie waren ja die ganze Nacht unterwegs. Mama hat ihnen Zimmer gegeben. Umsonst. Geld hatten sie ja nicht. Sie hatten sich noch nicht mal ihre 100 Mark Begrüßungsgeld abgeholt. Die haben fast den ganzen Tag geschlafen und abends wollten sie dann wieder nach Hause.«

»Echt?«, fragte Sabine. »Nicht mehr nach Hamburg?«

»Warte mal bitte einen Moment«, sagte Irene und stand auf. Die Gäste hatten Essen bestellt und Ronny konnte nicht gleichzeitig das Essen zubereiten und die Getränke servieren. Auch diese Gäste mussten sich mit Flaschenbier begnügen.

»Wir sind gleich fertig«, sagte Sabine, als Irene zurück an den Tisch kam. »Du sagtest, eure Gäste wollten zurück in die DDR?«

»Ja!« Irene schmunzelte. »Sie hatten wohl Schiss, nicht mehr reinzukommen. Man hatte ihnen an der Grenze irgendwelchen Blödsinn erzählt. Mama hat sie nach Lüchow gebracht, glaube ich.«

»Und Thomas?«, fragte Sabine und lächelte hintergründig. Erwartete sie jetzt eine Aussage oder eine romantische Liebesgeschichte?

»Er wollte nicht mehr rüber. Thomas war schon mit dem Plan aufgebrochen, im Westen zu bleiben. Sehr spontan allerdings, haha, wie es weitergehen sollte, wusste er noch nicht.«

»Und da ist er geblieben«, sagte Sabine.

»Ja«, sagte Irene lachend, und es kam ihr nun etwas schräg vor. »Wir mochten ihn, also Mama und ich. Er war so«, sie suchte nach Worten, »sinnlich.« Wurde sie etwa rot?

»Sinnlich?«, fragte Sabine nach.

»Ja. Wenn du damals als junges Mädchen in einer Kneipe gearbeitet hast, dann hattest du ständig mit anstrengenden Typen zu tun. Kerle, die sich selbst für die Tollsten hielten, mit ihren Angeberkarren vorfuhren und glaubten, wir Mädels würden sofort einsteigen. Das nervte. Thomas war anders. Ruhig. Bescheiden. Dabei sah er verdammt gut aus. Nicht so ein Vokuhila-Ossi, haha, wenn du weißt, was ich meine. Eher wie so Dave Gahan von Depeche Mode. Kennst du den?«

»Klar«, sagte Sabine und grinste, »den kenne sogar ich, auch wenn er mein Vater sein könnte.«

»Also, Thomas hatte ja Erfahrung in der Gastronomie. Er hat in Magdeburg in der Kantine einer Fabrik gearbeitet. Er packte bei uns sofort in der Küche mit an. Papa war ja im Krankenhaus.«

»Konnte er gut kochen?«, fragte Sabine.

»Na ja«, Irene zwinkerte ihr zu, »er kam mit unserer Technik nicht so richtig klar. Mein Vater hatte nicht lange vorher einen neuen Herd gekauft, ein echtes Hightech-Teil. Damit kam Thomas anfangs nicht gut klar. Ihm ist einiges angebrannt. Die haben in der Kantine in Magdeburg wohl sehr anders gearbeitet. Aber er hat sich schnell in alles reingefuchst.«

»Er kam aus Magdeburg?«, fragte Sabine. »Wieso ist er dann in Bergen über die Grenze? Da wäre Helmstedt doch näher gewesen.«

»Er lebte die letzten Monate in Gardelegen. In Magdeburg hatten sie ihn gefeuert, weil er immer wieder den Mund zu weit aufriss. Er war halt nie der staatstreue DDR-Bürger. Darum wollte er auch weg. Die hätten ihn früher oder später in den Bau gesteckt. Der hatte so sehr die Schnauze voll von seinem alten Leben, dass er bei der Hochzeit sogar meinen Namen annahm. Das hat ihm einigen Spott eingebracht.«

»Echt?«, fragte Sabine. »Wie hieß er denn ursprünglich?«

»Wimmer«, sagte Irene und fragte: »Wie genau hilft dir das in deinem Fall?« Sie hatte keine Lust mehr auf die alten Geschichten.

»Wahrscheinlich gar nicht«, sagte Sabine nachdenklich. »Trotzdem vielen Dank.«

Als Irene endlich wieder am Tresen stand und mit einer Mischung aus Genugtuung und Unruhe zusah, wie sich die Wendland-Schänke langsam füllte, kam eine WhatsApp-Nachricht von Thomas.

»Ich bin bei Hartmut hängen geblieben. Neue Lieferung aus Portugal. Ich komme morgen früh.«

Irene schickte einen Zwinkersmiley zurück. Sie hatte diese Nachricht erwartet. Wenn Thomas in Celle war, schaute er immer beim Weinhändler Hartmut vorbei, mit dem er seit Jahren befreundet war. Dann musste die halbe Nacht probiert werden. Thomas schlief bei Hartmut und kam am nächsten Tag mit einem Kater und ein paar Kisten Wein im Kofferraum zurück, die eigentlich viel zu edel waren für die Biertrinker in Gartow. Aber Thomas schaffte es immer wieder, die Gäste mit seiner Begeisterung für die Weine anzustecken und im Lokal Flaschen zum dreifachen Preis zu servieren. Da konnte Irene ihm wirklich nicht böse sein.

»Papa bleibt in Celle«, schrieb sie an Daniel. »Hier wird jetzt der Junior-Chef gebraucht.«

KAPITEL 16

Sabine hätte gerne im Lagezentrum allein ihren Morgenkaffee getrunken. Doch Attila war schon da.

»Wollte Jakob dich nicht auf der Wache haben?«, fragte sie, und Attila durfte es durchaus so verstehen, dass sie ihn nicht im Lagezentrum haben wollte. Er zuckte nur mit den Schultern.

Am Vorabend hatte Sabine mit ihrem Vater noch mal über den Unfall von 1989 gesprochen. Wenn der Tote im Trabbi, damaliger Freund von Martina Breesen und Vater ihres behinderten Sohnes, tatsächlich ein untergetauchter Spion oder Krimineller war, wie die alte Jablonski zu wissen glaubte, wird die Frage, ob er alleine im Unfallwagen saß, doch umso interessanter. Aber Papa konnte sich nicht an Hinweise dahingehend erinnern.

In der Direktion in Lüneburg hatte Sabine bereits um die Ermittlungsakten zu diesem 33 Jahre zurückliegenden Unfall gebeten, doch man machte ihr keine Hoffnung auf eine schnelle Erledigung der Aufgabe. »Da müssen wir ganz tief graben bis in die vordigitale Zeit«, hatte der Kollege sie informiert.

Thomas Faßbender war noch nicht wieder zu Hause, aber Irene hatte Sabine seine Handynummer gegeben.

Sie erreichte den Gastwirt im Auto auf dem Weg nach Gartow. Er war erstaunt, dass sie sich für Ereignisse interessierte, die so lange zurücklagen, war jedoch anstandslos bereit, ihre Fragen zu beantworten. Sabine wollte eigentlich nur wissen, ob Thomas mit einem Mann namens Christian Müller in einem Trabbi ein Stück gefahren sei auf seiner Reise durch die geschichtsträchtige Nacht.

Faßbender hatte nur gelacht und ihr gesagt, dass man sich nicht gegenseitig die Ausweise zeige beim Trampen und dass er sich wirklich nicht mehr an alle Details dieser Nacht erinnere. Er sei irgendwann auch nicht mehr ganz nüchtern gewesen, weil man ständig zu Bier und Schnaps eingeladen worden war. An einen Unfall mit einem brennenden Auto in dieser Nacht würde er sich allerdings sicher erinnern, wenn er so etwas mitbekommen hätte. Die freundlichen Leute aus Gartow seien ihm im Gedächtnis geblieben. Die werde er sein Leben lang nicht vergessen.

»Und du bist in der Nacht aus Gardelegen gekommen, richtig?«, hatte Sabine gefragt. »Aber du warst in Magdeburg gemeldet, oder?«

»Oh Mann, ja, das ist korrekt. Ich hatte damals Horch und Guck an der Hacke, so nannten wir die Stasi. Da wollte ich eine Zeit bei einem Kumpel untertauchen. Hat aber eigentlich nie lange funktioniert, so was.«

»Hast du noch Kontakt zu diesem Kumpel?«, fragte Sabine.

»Nein. Ich weiß nicht mal mehr, wie der hieß.«

»Du hießt damals noch Wimmer mit Nachnamen, richtig?«, wollte Sabine wissen und war sich darüber im Klaren, dass Faßbender diese vielen Fragen allmählich irritieren mussten. Entsprechend unfreundlich war seine Antwort.

»Ja, Sabine, es war auch 1990 schon möglich, dass ein Mann bei der Hochzeit den Namen der Frau annahm. Ich war froh, dadurch vielleicht vom Radar einiger unangenehmer Leute zu verschwinden. Das ist kein Geheimnis. Aber was sollen diese Fragen? Das Ganze ist ewig her. Und die Stasi gibt es zum Glück auch nicht mehr.«

»Es gibt Leute, die behaupten was anderes«, sagte Sabine und lachte, um Thomas nicht völlig zu verärgern.

»Es gibt auch Leute, die behaupten, die Erde wäre eine Scheibe«, sagte Thomas und verabschiedete sich.

»Stell dir vor Attila«, wandte sich Sabine mangels Alternativen – wo war Melanie eigentlich schon wieder? – an den jungen Kollegen, »du hast dein Leben hinter Stacheldraht verbracht und plötzlich fallen alle Grenzen und du kannst ins Land deiner Träume reisen.«

»Okay«, nahm Attila das Gedankenspiel auf.

»Deine Freundin will nicht mit, bittet dich aber, bald wiederzukommen, weil ihr ein behindertes, einjähriges Kind habt. Fährst du allein?«

»Ich bin ja eine treue Seele«, sagte Attila, »ich würde bei Frau und Kind bleiben. Aber wenn sie sagt, ich soll mir mal zwei schöne Tage im Westen machen, versuche ich natürlich, einen Freund zum Mitkommen zu bewegen.«

»Und wenn keiner Lust oder Zeit hat?«

»Fahre ich alleine …«

»Und nimmst Anhalter mit?«

»Warum nicht? Wenn welche unterwegs sind. Heute sieht man ja kaum noch Anhalter. Damals war das sicher anders. Ich kann mir auch vorstellen, dass alle in diesen Tagen total beseelt waren von Wir-Gefühl und Solidarität und so. Da geht man aufeinander zu, hilft sich gegenseitig«, sagte Attila und sah Sabine erwartungsvoll an.

»Genau«, sagte Sabine und schlug sich mit den flachen Händen auf die Oberschenkel. »Da feiert man mit Fremden aus Ost und West und fährt nicht alleine abseits der

Landstraße besoffen gegen einen Baum und verbrennt. Das ist totaler Quatsch.«

Attila strahlte Sabine an, offenbar glücklich darüber, dass er zu ihrer Erkenntnis beitragen konnte.

»Christian Müller hatte einen Beifahrer, davon gehen wir jetzt mal aus. Dieser Beifahrer hatte damals Gründe, sich vom Unfallort zu entfernen und sich auch später nicht zu melden. Vielleicht war er der Anrufer, der die Feuerwehr gerufen hat. Martina Breesen wusste etwas über diesen Beifahrer ihres toten Freundes und hat ihn gesucht. Warum gerade jetzt, ist mir allerdings ein Rätsel.«

Als Sabine den Gastraum betrat, um bei Irene noch einen Kaffee zu bestellen, erwischte sie Melanie und Thorsten beim Frühstück. Beim späten Frühstück, es war fast elf. Wo kamen die auf einmal her?

»Guten Morgen, liebe Kollegen«, sagte Sabine und trat an ihren Tisch.

»Hi, Sabine«, erwiderte Melanie und – konnte das wahr sein? – errötete. Thorsten, der auf einem Stück Brötchen kaute und den Gruß nur nickend erwiderte, wirkte ebenfalls ertappt. Die zwei warfen sich irritierte Blicke zu.

Man musste kein detektivisches Talent haben, um die Situation zu deuten. Melanie war irgendwann in der Nacht ins Hotel gekommen – von woher auch immer – und hatte sich im Zimmer geirrt, oder so ähnlich. Auf jeden Fall strahlten die beiden eine postkoitale Verzückung aus, die bis in den letzten Winkel der Schänke strahlte.

Sabine war sauer, nein, regelrecht angepisst. Das konnte sie vor sich selbst nicht verheimlichen und vor den beiden vermutlich genauso wenig. War sie eifersüchtig? Weil Melanie mit Thorsten nun vertrauter war als mit ihr? Und, weil sie für sich noch nicht endgültig entschieden hatte, ob sie Thorsten näherkommen wollte, wenn der Fall gelöst war? Melanie war da schneller und skrupelloser. Sabine fand ihr Verhalten höchst unprofessionell, hätte sich aber lieber die Zunge abgebissen, als vor aller Augen eine Szene zu machen.

»Schön, dich mal wiederzusehen, Melanie«, sagte Sabine stattdessen. Sie atmete tief durch und ging wieder Richtung Lagezentrum.

»Kommst du auch gleich?«, fragte sie im Gehen ganz bewusst nur Melanie. Thorsten Gabel war ihr bei ihren Ermittlungen keine Hilfe. Und auch sonst nicht.

AKTE WENDLAND

C:\Users\name\Documents\AkteWendland\Fahndung 04.05.21

Im Herbst 1985 fanden Kinder beim Spielen die Waffen, die wir nach dem Überfall auf den Geldtransporter im selben Jahr in einem verfallenen Haus nahe der österreichischen Grenze versteckt hatten. Die Kinder haben die Waffen, eine Kalaschnikow und zwei Uzis, wohl nicht angerührt, sondern sofort ihre Eltern verständigt und diese die Polizei. Das war gut für die Kinder und schlecht für uns. Denn auf den Waffen konnten auch über ein halbes Jahr nach dem Überfall Fingerabdrücke festgestellt werden.

Erstaunlicherweise waren nur meine Fingerabdrücke in den Karteien des BKA gespeichert. Die von BH und dieser Peggy waren unbekannt. Nun verstand ich, warum es BH nicht als einen Ritterschlag empfand, wenn man erkennungsdienstlich erfasst wurde.

Und so kam ich auf die Fahndungslisten und mit einem Polizeifoto von 1982 auf ein Fahndungsplakat. Ich weiß nicht, was meine Mutter gedacht hat, als sie dieses Plakat gesehen hat oder wie sie sich verhalten hat, als das BKA ihre TÜV-geprüfte Wohnung auf den Kopf stellte. Ich kann nicht ermessen, wie viele Jahre anschließend ihr Telefon abgehört wurde, in der Hoffnung, dass ich anrufe. Ich weiß das alles nicht, weil ich seitdem nicht mehr mit meiner Mutter gesprochen habe. Im Winter 1985, ziemlich genau vier Jahre vor dem Mauerfall, ging ich in den Untergrund.

Der Kontaktabbruch mit meiner Mutter hat mich damals nicht traurig gemacht, weil ich es für einen notwendigen Schritt im Leben eines revolutionären Kämpfers hielt, Brücken abzureißen. Heute macht es mich nicht traurig, weil es zu lange her ist. Meine Mutter wäre inzwischen weit über 90. Sie lebt sicher nicht mehr.

Zunächst wohnte ich einige Monate in der Hamburger Hafenstraße, wo ich innerhalb der einzelnen Häuser ständig umzog. Meine Habseligkeiten passten in einen Rucksack. Ich lebte von den Tellern, die man mir dazustellte, und den Scheinen, die BH und andere mir zusteckten. Anfangs wurde ich wie ein Held behandelt, aber mit der Zeit ging ich den Genossen ziemlich auf die Nerven. Es gab immer mal wieder Razzien, und ich musste versteckt werden. Wenn die Bullen mich gefunden hätten, wäre das für jeden der Bewohner ungemütlich geworden. Inzwischen galten auch die besetzten Häuser in der Kiefernstraße in Düsseldorf als passabler Unterschlupf, aber ich fühlte mich nicht wohl bei dem Gedanken, in die alte Heimat zurückzukehren.

Ich wurde wegen Mordes gesucht. Das verdrängte ich meistens. Ab und zu, in schwachen Momenten, bedrückte es mich jedoch sehr. Ich hatte niemanden getötet. BH hatte geschossen und ich die Waffen beseitigt. Deshalb hatte man an sämtlichen Waffen meine Fingerabdrücke gefunden. Ich wäre allerdings nie auf die Idee gekommen, diesen Umstand gegenüber den wenigen Leuten, mit denen ich Kontakt hatte, anzusprechen. Am Ende galt doch bei allem, was wir taten, die alte Regel aus der TÜV-Prüfer-Welt: mitgehangen, mitgefangen.

Ein Dreivierteljahr lebte ich in der Hafenstraße und kam mir immer mehr vor wie ein Penner. Da war ich froh, als BH mir eines Tages ein neues Leben anbot.

KAPITEL 17

»Das hat alles seine Ordnung«, sagte Marcel Knierehm, Archivar bei der Polizeiinspektion Magdeburg und nach eigenen Angaben Spezialist für die dunkle Vergangenheit, wie er es nannte.

Sabine hatte sich fast einen Tag lang durch die Verwaltung der Landeshauptstadt telefoniert, auf der Suche nach Informationen über jenen Thomas Wimmer, der nun als Thomas Faßbender in Gartow lebte. Ihre Theorie, die sie bisher nur mit Melanie geteilt hatte, war, dass Thomas Wimmer der Beifahrer des im Trabbi verbrannten Christian Müller gewesen war. In der Nacht des 9. November 1989 waren Dinge passiert, die zum Unfall und zum Brand des Autos geführt hatten. Faßbender, geborener Wimmer, wollte über diese Dinge nicht sprechen. Dafür gab es sicher Gründe. Und diesen Gründen war, auch das lediglich eine Vermutung, Martina Breesen auf der Spur gewesen. So weit, so klar, aber auch so kompliziert. Diese Theorie führte die Ermittlungen natürlich weit weg von Naturbelassen e. V. Es wäre also noch zu klären, wie das Handy auf die Baustelle des Vereins gelangte, das inzwischen als das der Martina Breesen identifiziert werden konnte.

Melanie kam mit dem Einwand, dass Wimmer, wenn er in der Nacht der Nächte über die nun durchlässig gewordene Grenze gewollt hatte, sicher nicht von Magdeburg über Salzwedel getrampt wäre, sondern über die Grenze in Marienborn bei Helmstedt. Dabei hatte Melanie allerdings übersehen, dass Wimmer, heute Faßbender, angegeben hatte, sich von Gardelegen aus auf den Weg gemacht zu haben. Da läge Salzwedel dann auf der Route.

Melanie konnte Sabines Theorie nicht wirklich folgen und hatte es für Zeitverschwendung gehalten, zwei Stunden zur Polizeiinspektion Magdeburg zu fahren. Thorsten Gabel hatte Sabine nicht dabeihaben wollen. Aus professionellen Gründen, weil sie ihm nicht hundertprozentig vertraute, und aus persönlichen Gründen. Er hatte sie angebaggert und als er nicht schnell genug zum Ziel kam, war er auf Melanie umgeschwenkt. Das war die Art Männer, die Sabine nun wirklich nicht in ihrem Leben brauchte.

Attila war zwar noch krankgeschrieben, saß aber auf der Wache rum. Er wäre ihr bei dieser Exkursion vermutlich keine Hilfe gewesen. Folglich war sie nun alleine in Magdeburg. Mit Melanies Zivil-PKW und ohne Uniform. Das war auch mal ein gutes Gefühl.

Marcel Knierehm knallte einen dünnen Pappordner auf den Tresen seines Archivbüros und wedelte imaginären Staub weg. »Lebt der überhaupt noch?«, fragte er. »Haben Sie beim Einwohnermeldeamt gefragt?« Knierehm war Anfang 50, kahlköpfig, etwas untersetzt. Er hatte die blasse Hautfarbe von Menschen, die wenig an die frische Luft kommen.

»Ja, klar«, sagte Sabine. »Er lebt noch und ich weiß auch wo. Er hat vor langer Zeit den Namen seiner Frau angenommen. Ich will wissen, was vor dieser Zeit mit ihm war. Vor der Wende.«

»Na, liebe Kollegin«, sagte Knierehm und lachte, »da müssen Sie im Stasiarchiv suchen, das wissen Sie doch wohl.«

»Sicher«, sagte Sabine und dachte Klugscheißer, »es gibt aber keine Stasiakte von ihm.« Sie war sich dessen nicht sicher. Denn Thorsten sollte ja nur nach Stasiakten von Christian Müller und Pastor Breesen aus Salzwedel forschen. Thomas Wimmer war da noch gar nicht im Gespräch gewesen.

Sabine war sich darüber im Klaren, dass sie sich in Gartow keine Freunde machen würde, wenn herauskam, dass sie dem im Dorf beliebten Wirt Thomas, von vielen Tommi genannt, hinterherspionierte. Aber sie hatte das Gefühl, dass er bei seiner Geschichte ein paar Fakten ausgelassen hatte.

Die Aktenmappe enthielt vielleicht ein Dutzend Blätter, unübersichtliche Formulare, die dicht mit einer sicher schon zu ihrer Zeit antiquierten Schreibmaschine ausgefüllt waren. Protokolle, Anzeigen, Verwarnungen. Sabine hatte keinen Blick für solche Sachen, erst recht nicht, wenn sie von der DDR-Volkspolizei stammten.

»Hey, Kollege, können Sie mir vielleicht mal helfen, hier durchzublicken?«, fragte sie den leicht grummeligen Mann und setzte ihr Mir-kann-keiner-was-abschlagen-Lächeln auf.

»Was genau suchen Sie denn?«, fragte Knierehm und schenkte ihr einen gequälten Gesichtsausdruck, den er vermutlich für freundlich hielt.

»Etwas, was auf staatsfeindliche Aktivitäten schließen lässt, mit Stasi-Bezug oder so«, sagte Sabine.

Knierehm sah die Blätter flüchtig durch, schüttelte geheimnisvoll den Kopf. »Ts, ts, ts«, machte er, und es war offensichtlich, dass er seinen Wissensvorsprung gegenüber der jungen Westpolizistin noch etwas auskosten wollte.

»Was denn?«, fragte Sabine ungeduldig.

»Nun, also …« Knierehm blättert wieder und wieder durch die Seiten. »Ich sehe hier nichts von Staatsfeind. Dieser Wimmer war eher ein …«

»Na, was denn? Sagen Sie schon.«

»Ein Asozialer.«

»Ein was?«, fragte Sabine und erntete das zu erwartende herablassende Grinsen.

»Ein Penner, ein Arbeitsscheuer, einer, der gegen den Paragrafen 249 verstößt. Er hat mehrfach gesessen«, sagte Knierehm und überflog ein Blatt. »Hier, da steht, er hat eine zugewiesene Stelle als Hilfsarbeiter nicht angetreten. Das hat ihn zurück in den Bau gebracht. Das war nicht so leicht wie heute, wo einer, wenn er keine Lust auf Arbeit hat, einfach Stütze beantragt und sich nen schönen Lenz macht.«

»Ach«, sagte Sabine und musterte Knierehm abfällig, »glauben Sie wirklich, dass das so einfach ist?«

»Hm«, brummte der Archivar nur.

»Und glauben Sie wirklich, dass man sich vom ALG II einen schönen Lenz machen kann?«

»Wie auch immer«, drückte sich Knierehm um eine Antwort, »dieser Wimmer hat die Arbeit nicht erfunden, zu viel gesoffen, zu viel herumgelungert und deswegen hat er Ärger bekommen. Aber nach allem, was ich hier sehe, war er kein Staatsfeind oder so.«

»Er war doch Koch«, sagte Sabine. »Da muss es doch Arbeit gegeben haben.«

»Koch?« Knierehm blätterte erneut durch die Unterlagen. »Da steht nichts von Koch. Bei Ausbildung heißt es: keine.«

»Kann ich die Sachen mitnehmen?«, fragte Sabine nachdenklich.

»Nee«, sagte Knierehm und wartete genau so lange, wie Sabine brauchte, um sich über diese Unfreundlichkeit zu ärgern, um dann fortzufahren: »Ich kann Ihnen aber Kopien machen.«

»Das wäre ganz zauberhaft«, sagte Sabine.

Sie setzte sich mit den Kopien in die Kantine der Polizeiinspektion, holte sich einen Kaffee und ein Stück Streuselkuchen, und las alles noch mal in Ruhe durch.

Das Passfoto von Thomas Wimmer, das den Unterlagen beigeheftet war, stammte aus dem Jahr 1987, war schwarz-weiß, leicht unscharf und zeigte einen Mann mit struppigem Vollbart. Das konnte der ihr bekannte Thomas Faßbender sein – heute mit locker 15 Kilo mehr und glattrasiert – oder auch irgendjemand anders.

Doch dann stieß sie auf einen Satz auf einer eng beschriebenen Seite, der sie stutzig machte: »Besonderes Kennzeichen: Am kleinen Finger der linken Hand fehlt das erste Fingerglied. Amputation nach Arbeitsunfall 1980 (Angabe Wimmer).«

Sabine rief sich Bilder von Thomas Faßbender bei der Arbeit vor Augen. Beim Servieren, beim Bierzapfen, beim Reden und Gestikulieren. Fehlte da ein Stück vom Finger? Sie hätte keine hohe Wette darauf abgeschlossen. Auf so etwas achtet man nicht. War sie eine schlechte Polizistin, weil sie keine zuverlässige Personenbeschreibung abgeben konnte? Das war normal, sagte sie sich. Leute konnten sich nicht erinnern, ob Menschen, denen sie gerade noch gegenübergesessen hatten, eine Brille, Ohrringe oder einen Bart trugen.

»Hey, Sabine«, flötete Melanie gut gelaunt ins Telefon, als Sabine sie anrief, »gelingt dir in Magdeburg der große Durchbruch?«

»Ja«, antwortete Sabine genervt von der guten Laune der Kollegin. Sie hatte sich an deren kontinuierlich gute Laune noch nicht gewöhnt. Zu gut war ihr noch die Zeit in Erinnerung, als Melanie mithilfe von Alkohol und Psychopharmaka ihre Dämonen in Schach hielt und nicht mit Sex. »Du kannst mir mal kurz helfen. Wo bist du gerade?«

»Ich bin in unserem Lagezentrum«, sagte sie, »hier ist die Hölle los, minütlich tickern sachdienlich Hinweise ein, der Wahnsinn …«

»Sehr witzig«, sagte Sabine. »Ich lache später. Kannst du bis dahin bitte mal überprüfen, wie viele Finger Thomas Faßbender hat?«

»Hä?«, quietschte Melanie.

»Ja, schau bitte, ob er an der linken Hand eine Teilamputation des kleinen Fingers hat.«

»Ich ruf dich gleich wieder an«, sagte Melanie und legte auf. Es dauerte endlose 15 Minuten, bis sie sich meldete.

»Sorry«, sagte sie, »hat ein wenig gedauert. Thorsten ist aufgetaucht und hat meine Aufmerksamkeit beansprucht.«

»Ich kann mir schon denken, wie«, ätzte Sabine.

»Echt jetzt, Sabine?«, erwiderte Melanie vorwurfsvoll, um anschließend zu berichten: »Also der Thomas Faßbender hier hat zehn vollständige, etwas wurstige Finger. Brauchst du Fotos?«

»Nein.«

»Und was heißt das jetzt?«, fragte Melanie.

»Das heißt, dass der aktuelle Thomas Faßbender in Gartow und der frühere Thomas Wimmer in Magdeburg nicht ein und dieselbe Person sind.«

Es herrschte einen Moment Stille in der Leitung. Melanie musste vermutlich die verschiedenen Namen und Identitäten für sich sortieren. Das ging Sabine genauso.

»Und wer ist er dann?«, fragte Melanie schließlich.

»Das weiß ich nicht«, sagte Sabine. »Aber ich bin sicher, dass Martina Breesen es gewusst hat.«

»Und darum musste sie sterben?«, führte Melanie den Gedanken fort. »Damit wäre also Thomas Faßbender …«

»Nicht so vorschnell, liebe Kollegin«, sagte Sabine und benutzte dabei einen Satz, den sie schon häufiger von Melanie zu hören bekommen hatte. »Es kann auch ganz anders gewesen sein. – Ist Thorsten bei dir?«

»Ja.«

»Dann bitte ihn doch mal, nach einer Stasiakte von Thomas Wimmer zu forschen.«

KAPITEL 18

»Sabine?«, jammerte Irene Faßbender und sah die Polizistin verzweifelt an. »Was hat das zu bedeuten?« Es war 7 Uhr am Morgen, sie standen vor der Wendland-Schänke und betrachteten ein Graffiti, das dort jemand in der Nacht auf die Fassade gesprüht hatte. In schwarzen, gut 15 Zentimeter hohen, ungelenk geschriebenen Buchstaben stand dort: »Anna und Arthur halten's Maul!«

»Wo ist Thomas?«, fragte Sabine.

»Ich weiß es nicht. Er ist sehr früh losgefahren, keine Ahnung wohin. Ich habe noch geschlafen, und auf meine WhatsApp-Nachrichten und Anrufe reagiert er nicht.«

»Wer sind Anna und Arthur?«, fragte Sabine.

»Das weiß ich doch nicht«, sagte Irene und heulte fast.

»Niemand hat etwas gesehen.« Attila kam von der Seite angeschlichen. Sabine hatte ihn losgeschickt, in der Nachbarschaft herumzufragen, ob jemand den Sprayer in der Nacht beobachtet hatte.

Sabine googelte auf ihrem Smartphone den Satz an der Wand und war von dem Ergebnis einigermaßen schockiert. Sie konnte es sich gerade noch verkneifen, vor Erstaunen durch die Zähne zu pfeifen.

»Und?«, fragte Irene aufgeregt. »Was hast du rausgefunden?«

»Nichts«, log Sabine, denn jede andere Antwort hätte die Gastwirtin noch mehr aus der Fassung gebracht.

Google wusste, in Zusammenarbeit mit Wikipedia,

dass der Satz »Anna und Arthur halten's Maul!« seit den 1980er-Jahren in linksautonomen Kreisen als Warnung an Gesinnungsgenossen genutzt wird, nicht mit der Polizei zu sprechen. Nie und unter keinen Umständen. Auch wenn es um scheinbar harmlose Fragen ging. Zu Beginn war das eine regelrechte Kampagne gewesen. Sabine hatte nie zuvor davon gehört. Aber was hatte sie schon mit Autonomen, gewaltbereiten Antifa-Gruppen und ähnlichen eher großstädtischen Phänomenen zu tun?

Wer diesen Text an die Wand der Wendland-Schänke gesprüht hatte, wusste natürlich was er bedeutete, und der, an den er gerichtet war, ganz sicher auch. Es war eine Warnung. An wen? An Irene sicher nicht. An Thomas Faßbender? War er ein Autonomer? Es wurde immer verwirrender.

»Kann ich den Mist endlich wegmachen?«, fragte Daniel, der mit einem Eimer voller Reinigungsmitteln und Schwämmen sowie einem Gartenschlauch angerückt kam.

»Moment noch«, sagte Sabine und machte mit dem Handy ein paar Fotos. »Jetzt kannst du.«

In diesem Moment fuhr Melanie mit ihrem Passat vor. Sie hatte offensichtlich nicht in der Wendland-Schänke geschlafen. Wo denn dann? Und mit wem? Sabine musste sich zwingen, solche Fragen, die nichts mit dem Fall zu tun hatten, auszublenden.

»Wow«, sagte sie durch die offene Scheibe, »wer hat denn dieses Kunstwerk vollbracht?«

»Kennst du das?«, fragte Sabine, und als sie Melanie ansah, dass sie genau wusste, was sich hinter dem merkwürdigen Satz verbarg, und kurz davor war, ihr Wissen allen Umstehenden preiszugeben, gab Sabine ihr ein Zeichen. Melanie verstand und schwieg.

»Wissen Sie, was das bedeutet?«, fragte Irene an Melanie gerichtet.

»Nö«, sagte sie knapp. »Sicher irgendein Teenager-Quatsch. Der gute Attila schreibt ne Anzeige wegen Sachbeschädigung.«

Als Sabine kurz darauf mit Melanie alleine im Lagezentrum war, konnten sie endlich offen reden.

»Eine Drohung«, sagte Sabine. »Und Faßbender, der nicht Wimmer ist, verschwindet am frühen Morgen, ohne Nachricht an seine Frau. Was bedeutet das alles, Melanie?«

Melanie stellte sich an ein Flipchart, das seit Beginn der Ermittlungen im Lagezentrum stand und noch nie benutzt worden war.

»Ich will das jetzt verstehen, Sabine«, sagte sie, »bitte hilf mir. Du glaubst, der Schlüssel zum Mord an Martina Breesen ist in der Nacht rund um die Grenzöffnung vor, Moment, 33 Jahren zu finden.« Sabine nickte. »Dann lass uns diese Nacht und den folgenden Tag mal rekapitulieren. – Also, der 30-jährige Christian Müller aus Salzwedel erfährt, vermutlich im verbotenen Westfernsehen, von der neuen Freiheit. Er macht sich auf den Weg zur Grenze, die ist ja nur ein paar Kilometer entfernt. – Seine Liebste, Martina – wie hieß sie damals noch? Breesen hieß sie ja erst nach der Hochzeit mit dem Pastor.«

»Quaas«, sagte Sabine nach kurzem Blick in ihr Laptop.

»Gut. Martina Quaas bleibt mit Sohn Dirk, damals keine zwei Jahre alt, zu Hause. Bring mir was Schönes mit, wird sie gesagt haben, bleib nicht zu lange und lass die Finger von den Wessi-Schlampen.«

Sabine musste lachen.

»Christian knattert nun mit seinem zehn Jahre alten Trabant 601 Richtung Grenze«, fuhr Melanie fort. »Auf der Strecke war sicher schon ne Menge los. Stau. Christian langweilt sich. Hat er Schnaps dabei?«

»Ja, hat er. Die Flaschen lagen später im ausgebrannten Trabbi. Aber er trinkt noch nicht«, führte Sabine die hypothetische Geschichte weiter. »In der DDR galt null Promille. Und sicher standen überall völlig verwirrte Vopos rum, da ist man vorsichtig.«

»Genau«, setzte Melanie wieder ein. Auf dem Flipchart zeichnete sie mit dickem schwarzem Filzstift ein Auto von vorne, darin auf der Fahrerseite einen Kopf mit den Buchstaben CM für Christian Müller. »Nun steht er im Stau und wartet geduldig. Vielleicht pennt er mal ein. Er würde gerne Schnaps trinken, aber das verbietet er sich. Am Handy daddeln kann er nicht, weil sie in der DDR ja nichts hatten, auch keine Handys …«

»Bei uns auch nicht, du Scherzkeks«, sagte Sabine. Das Gedankenspiel mit Melanie machte Sabine Spaß. Was war los mit dieser Frau? So witzig und kreativ hatte sie sie noch nie erlebt. Lag es am Sex mit Thorsten?

»Und plötzlich«, sagte Sabine, »klopft jemand ans Fenster des Trabbis. Es ist dunkel, kalt, Nieselregen. Bei den meisten Autos sind die Scheinwerfer ausgeschaltet, die Motoren auch. Man weiß nicht, wie lange es noch dauern wird, da muss man die Batterie schonen und Benzin sparen.«

»Christian sieht einen Kerl, so alt wie er«, sagte Melanie. »Hatte Thomas Wimmer einen Bart?«

»Ja«, sagte Sabine, »und nicht besonders gepflegt. Aber er wird alles dafür getan haben, nicht wie ein Penner auszusehen. Er wollte schließlich über die Grenze.«

»Also, Thomas Wimmer klopft an die Scheibe und steigt nach Aufforderung ein«, sagte Melanie und malte einen Kopf mit TW auf die Beifahrerseite des Trabbis.

»Ja. Er ist in Magdeburg gemeldet, ist allerdings ohne festen Wohnsitz. Nach Thomas Faßbenders Aussage ist er in der Nacht aus Gardelegen Richtung Grenze getrampt. Wenn wir nun jedoch davon ausgehen, dass Thomas Faßbender mit dieser Person nicht identisch ist …«

»Sondern bis heute die Identität des Thomas Wimmer nutzt?«, rief Melanie. »Eine steile These, aber okay. Dann müssen wir uns fragen, wo der echte Thomas Wimmer abgeblieben ist.«

»Du merkst schon«, sagte Sabine und grinste Melanie verschwörerisch an, »worauf das hinausläuft, oder?«

»Absolut«, sagte Melanie, »aber wir wollen keine voreiligen Schlüsse ziehen, Kollegin. Bleiben wir in der Chronologie.«

»Einverstanden. Es ist jetzt mal egal, wo Wimmer herkommt, ob aus Gardelegen, Magdeburg oder Moskau, er vagabundiert hinter Salzwedel herum, er ist durchnässt, durchgefroren, hat kein Auto und will nach drüben. – Warum will er nach drüben?«

»Weil er gehört hat, dass es im Westen keinen Asozialenparagrafen 249 gibt und er dort in aller Ruhe Platte machen und schnorren kann. Er ist auf der Suche nach dem kapitalistischen Pennerglück.«

»Das klingt jetzt doch sehr diskriminierend, Frau Kriminaloberkommissarin, aber in jedem Fall plausibel. Er sucht also einen Trabbi oder Wartburg, der ihn mitnimmt. Die meisten Autos sind voll. Die Leute reisen in Familienstärke. Doch da ist dieser eine Trabbi mit dem Kennzeichen … Wie war das noch?«

»Ist doch egal«, sagte Melanie ungeduldig. »Weiter.«

»Gut. – Also, Thomas Wimmer klopft, Christian Müller dreht die Scheibe runter.« Sabine simulierte, wie schwerfällig sie sich das Runterkurbeln einer Scheibe beim Trabbi vorstellte. »Hey, Alter, sagt Wimmer, kannste mich vielleicht 'n Stück mitnehmen?« Sabine imitierte eine raue Männerstimme.

»Oh, weiß nicht«, übernahm Melanie den Part des Trabbifahrers Müller mit einer ein wenig höheren Stimme. »Wer bist du überhaupt? Ich habe keinen Bock, Ärger zu kriegen.«

»Ich bin Thomas aus Magdeburg, ich habe auch einen Personalausweis«, sagte Sabine.

»Aha, zeig mal«, sagte Melanie.

»Außerdem habe ich auch eine Flasche russischen Wodka«, synchronisierte Sabine. »Damit können wir drüben feiern.«

»Das hatte dann vielleicht gereicht für einen Platz in Christian Müllers Trabbi«, führte Melanie die Geschichte weiter. »Worüber haben sie gesprochen?«

»Bestimmt darüber, was sie im Westen wollen«, sagte Sabine. »Wimmer, der Asoziale, war sicher auf der Suche nach einem besseren Leben und wollte nicht mehr zurück. Aber Müller war ja, wenn die alte Jablonski recht hat, ein untergetauchter Spion oder Verbrecher. Musste er nicht riskieren, dass er auffliegt, wenn er mit westdeutschen Behörden in Kontakt kommt?«

Melanie zuckte mit den Schultern.

»Die Frage stellen wir mal nach hinten«, sagte Sabine. »Zunächst ist zu klären, wie sie über die Grenze kommen.«

»War das leicht in dieser Nacht?«, fragte Melanie.

»Anfangs nicht«, sagte Sabine und wühlte nach einem Papier auf ihrem Schreibtisch. »Ich habe mich da schlaugemacht. Der erste DDR-Bürger, der bei Bergen/Dumme in dieser Nacht die Grenze von Ost nach West überquerte, war der Schlosser Bruno Friedrichs aus Salzwedel. Er war schon am Abend mit seinem Moped an die Grenze gefahren, aber die Grenzer weigerten sich, den Schlagbaum zu öffnen. Erst um 0:55 Uhr ging es für ihn weiter, er musste sich allerdings nackt ausziehen und durchsuchen lassen, außerdem musste er sein Moped auseinanderbauen. Ihm wurde gedroht, dass der Übertritt für immer sei, es gäbe kein Zurück in die DDR.«

»Wow«, staunte Melanie. »Die hatten wohl richtig Schiss, etwas falsch zu machen.«

»Ja, aber diese Praxis brach zusammen, als sich in den folgenden Stunden ein Stau bildete und immer mehr Leute die Grenze passieren wollten. Bis 3 Uhr, so ist es dokumentiert, hatten 69 DDR-Bürger diese Grenze passiert. Danach ging es Schlag auf Schlag. In den folgenden Stunden wurden über 500 Ausreisen gezählt. Da wurde sicher nur noch ein Stempel in den Personalausweis gehauen. In dieser Welle waren dann auch Christian und Thomas im Trabbi dabei, sagen wir um 4 Uhr. Was tun sie danach?«

»Sie fahren in die nächste Stadt, das ist …«, Melanie studierte die Google-Karte auf ihrem Laptop, »Lüchow. Aber da haben die Geschäfte zu. Außerdem müssen sie vorher im Rathaus ihr Begrüßungsgeld abholen. Das macht sicher auch erst um 8 Uhr auf.«

»Sie müssen Zeit überbrücken, und das tut man am besten trinkend und schlafend«, fantasierte Sabine. »Sie fahren in ein Wäldchen, ein paar Kilometer hinter Lüchow, wo sie ihren Schnaps leeren. Kurz darauf ist der Trabbi ausgebrannt, sein Besitzer Christian Müller ebenfalls und Thomas Wimmer nicht mehr am Unfallort. Er wird später von Irene Faßbender und ihren Leuten eingesammelt und noch viel später wird er qua Vermählung zu Thomas

Faßbender. Bleibt die Frage, wie starb Christian Müller? Und vor allem: War die verkohlte Leiche wirklich Christian Müller?«

»Oder hat der polizeilich gesuchte Christian Müller die Gelegenheit genutzt, um zu Thomas Wimmer zu werden?«, fuhr Melanie fort. »Das würde die wundersame Rekonstruktion des kleinen Fingers der linken Hand erklären.«

Sabine stand auf, ging zur Tür des Festsaals und schaute kurz durch einen Spalt. Es lauschte niemand an der Tür. Sie ging nachdenklich durch den Festsaal. »Und hat er dafür den Asozialen – oh Gott, was für ein schreckliches Wort –, dessen Identität ihm gelegen kam, getötet?«, sagte Sabine leise und nachdenklich. »Oder ist der bei einem Unfall zufällig gestorben?«

»Es gibt nur einen, der uns diese Frage beantworten kann«, sagte Melanie und stand ebenfalls auf.

Als Sabine und Melanie vor die Tür der Wendland-Schänke traten, war Wirtssohn Daniel ein gutes Stück weitergekommen mit der Entfernung des Graffitis, aber es war immer noch deutlich zu lesen: »Anna und Arthur halten's Maul!«

»Wer ist Anna?«, fragte Stammgast Kuddel, der offenbar zufällig vorbeigekommen war. Für seinen täglichen Spätnachmittagsrausch war es noch zu früh.

»Deine Mudda«, sagte Daniel und rubbelte weiter mit einem Schwamm, der schon in traurigen Fetzen hing. Es roch nach Azeton und Spülmittel.

»Nee, Daniel, ohne Scheiß, wer sind Anna und Arthur?« Kuddel ging nah an den jungen Mann heran. »Sind die hier aus 'm Dorf? Ich kenne keine Leute, die so heißen. Freunde von dir?«

Daniel fuhr herum und knurrte Kuddel an. »Ich habe keine Ahnung, wer das ist. Und du kannst dich jetzt einfach mal verpissen. Wir haben noch geschlossen. Wenn du was zu saufen brauchst, musst du zum Penny gehen.«

Kuddel wich erschrocken einige Schritte zurück. »Ja, Mann, ist schon gut«, stammelte er und zog, sein Fahrrad schiebend, davon.

Nun kam Irene Faßbender aus dem Lokal geschossen und fuhr ihren Sohn leise, aber energisch an. »Du musst hier nicht die Leute beschimpfen, Daniel, die können nichts dafür.«

Daniel warf den Schwamm mit Wucht in den Putzeimer und blickte seine Mutter gleichermaßen hilflos wie wütend an. Sicher hätte er noch ein paar unfreundliche Sachen gesagt, wenn Melanie und Sabine nicht die Szene betreten hätten.

»Hallo«, sagte Sabine vorsichtig, »habt ihr was von Thomas gehört?«

»Nein«, sagte Daniel wütend, und seine Mutter schüttelte nur den Kopf.

Sabine sah Melanie an, die nickte und ihr Telefon aus der Hosentasche zog. Sie ging mehrere Schritte vom Lokal weg. Sie würde nun die Fahndung nach Thomas Faßbender auslösen, der aller Wahrscheinlichkeit nach in Wirklichkeit Christian Müller hieß und sicher mehr als ein Geheimnis hatte.

AKTE WENDLAND

C:\Users\name\Documents\AkteWendland\Neuesleben 12.05.21

Am 08. Dezember 1985 bezog ich eine Einraumwohnung in der Stadt Salzwedel im DDR-Bezirk Magdeburg. Ich bekam einen neuen Namen und einen neuen Beruf. Ich war nun Maler beziehungsweise Anstreicher, wie man in meiner rheinischen Heimat sagte. Ich war also ein Arbeiter und trat eine Stelle in einem Betrieb mit 25 Kollegen an.

Ich hatte diesen Beruf nicht gelernt, hatte aber bei meinen Eltern und in den Wohngemeinschaften, in denen ich vorher gelebt hatte, häufiger tapeziert und gestrichen, sodass ich nicht völlig ungeschickt war. Die Kollegen hielten mich sicher anfangs für etwas trottelig. Der Leiter unserer Brigade wusste, dass es um mich ein Geheimnis gab, war jedoch klug genug, keine Fragen zu stellen.

Zu verdanken hatte ich meine neue Identität, die mich für die westdeutsche Strafverfolgung unsichtbar machte, meinem Freund und Genossen BH. Er hatte Kontakte zur Stasi, woher, hatte ich keine Ahnung. Überhaupt begann ich mich in dieser Zeit über BHs gute Vernetzung zunehmend zu wundern. Er war nur wenig älter als ich, hatte, soweit ich wusste, an kaum mehr Aktionen teilgenommen als ich, und doch schien er sich immer ziemlich nah am Zentrum des Geschehens zu bewegen.

BH deutete auch an, dass weitere Genossen unter neuen Identitäten in der DDR lebten, sagte aber nicht, wer und wo. Später, viel später, las ich, dass sich die untergetauchten RAF-Genossen in diesen Jahren immer mal wieder auf Einladung der Stasi trafen. Regelrechte Klassentreffen müssen das gewesen sein mit Grillen und Besäufnis. Ich war nie zu einem dieser Treffen eingeladen. Offenbar gab es auch im Untergrund einen inneren Kreis, eine Elite, zu der ich nicht gehörte.

Für meine Tarnexistenz musste ich mir einen Lebenslauf ausdenken, der möglichst schwer zu überprüfen war. BH half mir dabei. Er hielt es für sinnvoll, dass meine Legende in der BRD begann. So wurde ich 1959 in Karlsruhe geboren. Mein Vater war Geselle in einem Malerbetrieb, meine Mutter Kassiererin in einem Supermarkt. Nach der Realschule arbeitete ich ab 1975 bei meinem Vater im Betrieb, der sich inzwischen selbstständig gemacht hatte. Neben der Arbeit engagierte ich mich schon immer in der antiimperialistischen Bewegung, demonstrierte gegen Aufrüstung und Ausbeutung. Mit meinen Eltern stritt ich regelmäßig über die unterschiedlichen politischen Ansichten. 1976 starb mein Vater an einem Herzinfarkt, und sein Betrieb wurde an einen anderen Maler verkauft. 1977 wollte ich den Wehrdienst in der Bundeswehr verweigern, weil ich nicht für den Imperialismus gegen die friedlichen sozialistischen Völker kämpfen wollte. Diese Begründung trug ich dem Komitee für die Gewissensprüfung wörtlich so vor. Mein Antrag wurde abgelehnt, und ich bekam sofort den Einberufungsbescheid. Da ich zu dieser Zeit für meine verwitwete Mutter sorgte, deren Rente und Einkommen nicht ausreichten, wurde ich zunächst vom Wehrdienst freigestellt. Als aber meine Mutter 1982 bei einem Verkehrsunfall starb, wurde ich eingezogen. Zunächst entzog ich mich dem Wehrdienst durch Umzug nach Westberlin. 1985, so meine Legende weiter, übersiedelte ich in die DDR. Mit diesem Gedanken hatte ich seit Langem gespielt, behauptete ich in meinem Lebenslauf. Ich wollte am Aufbau des besseren Deutschlands mitwirken, schon deshalb, weil zunehmend antisozialistische Kräfte auch in der UdSSR am Werke waren. Ich zog nach Salzwedel, weil mir die Stadt gefiel und es dort Arbeit für mich gab.

So weit von meinem richtigen Leben entfernt war diese Legende gar nicht, und so konnte ich mich schnell in diese Identität einfinden. Kollegen und andere Leute, die ich kennenlernte, fragten mich immer wieder nach dem Leben im Westen aus. Die meisten waren total scharf darauf, in die BRD zu kommen. Sie hatten zum Teil kindliche Vorstellungen davon, wie der Konsum und der Wohlstand, den sie aus dem Westfernsehen kannten, alle beglückte.

Meine Antworten fielen jedes Mal gleich aus und stellten den Westen als ein verlogenes System dar, in dem nur wenige alles haben und die anderen von Arbeitslosigkeit und Armut bedroht sind. Je öfter ich dieses Gerede wiederholte, umso weniger glaubte ich selbst daran. In der DDR gab es zwar Arbeit, aber nichts zu tun. Immer häufiger saßen wir auf den Baustellen rum und konnten nicht arbeiten, weil es an Farbe, Putz oder Werkzeug fehlte.

Natürlich erwartete die Stasi von mir Gegenleistungen für mein sicheres Versteck hinter ihrem antifaschistischen Schutzwall. Ich sollte Leute aus meinem Umfeld nennen, die am fanatischsten gegen die DDR wetterten, und natürlich jene, die eine Republikflucht planten. Das ging mir gegen den Strich. Ich war kein Denunziant. Auf Drängen meines Führungsoffiziers, einem Pastor aus Salzwedel, lieferte ich schließlich doch ein paar Leute, konzentrierte mich dabei allerdings auf die größten Arschlöcher.

Der Pastor war mit mir in ständigem Kontakt. Bei ihm hatte ich auch so etwas wie staatsbürgerlichen Unterricht. Das war noch absurder als unsere Bibelstunden damals in der WG in Düsseldorf. Ich bereute schon bald, dass ich BHs Vorschlag gefolgt war, in der DDR unterzutauchen, doch es gab keinen Weg zurück.

1986 lernte ich über den Pastor die Schriftsetzerin MQ kennen, in die ich mich spontan verliebte. Sie war hübsch, lebensfroh und träumte von einem Sozialismus ohne Kontrolle und Repression. Da konnte ich mitträumen, auch wenn die DDR in den letzten Jahren ihrer Existenz davon weiter entfernt war als je zuvor. Eine Flucht in die BRD war für mich nach wie vor indiskutabel, da ich damit rechnen musste, enttarnt und wegen Mordes vor Gericht gestellt zu werden. Eine Auswanderung nach Ungarn, wo Reformbestrebungen im Gange waren, erschien mir verlockend. Doch MQ wollte in der DDR bleiben. Und dann wurde sie schwanger.

Ich wollte kein Kind und ließ daran auch keinen Zweifel. Für MQ kam eine Abtreibung allerdings nicht infrage. Unsere Beziehung litt sehr unter der Schwangerschaft. Als das Kind geboren wurde und sich bald herausstellte, dass es schwerbehindert war und nie alleine würde leben können, war es für mich völlig aus. Ich warf MQ vor, wegen ihrer Sauferei und Raucherei für die Behinderung des Jungen verantwortlich zu sein. Die Ärzte bestätigten das zwar nicht, aber was hieß das schon?

Wir stritten nur noch, und die Versorgung des Jungen fiel mir sehr schwer. Mit der Liebe war das sowieso so eine Sache. Wie kann man einen Menschen lieben, den man permanent anlügen muss? Mein ganzes Leben, wie ich es MQ erzählt hatte, war erfunden. Und dann noch dieses Misstrauen. MQ hatte mitbekommen, dass der Pastor nicht nur Gott diente, sondern auch Erich Honecker, und hatte mich im Verdacht, ein IM zu sein – womit sie ja richtiglag. Ich versicherte zwar dauernd, dass das nicht zuträfe, doch sie glaubte mir immer weniger.

Als im November 1989 die Nachricht von der Grenzöffnung im Fernsehen kam, sah ich meine Chance, endlich abzuhauen. Ich weiß, dass es MQ gegenüber schäbig war. Ich habe sogar noch unser Auto genommen, den Trabbi, den sie von ihrem verstorbenen Vater übernommen hatte. Er war auf mich zugelassen. Ich wollte das Auto irgendwo im Westen stehen lassen, damit sie ihn wiederbekommt. Aber daraus ist nichts geworden.

KAPITEL 19

»Was hast du uns da nur wieder angeschleppt, Sabine«, stöhnte Polizeichef Jakob Metzger, während er durch die Protokolle der laufenden Ermittlungen blätterte, die Attila für ihn ausgedruckt hatte. »Das ist ja eher Archäologie als Kriminalistik, oder?«

»Na ja«, sagte Sabine, die sich gerne in die Wache zurückgezogen hatte, weil sie im Lagezentrum in der Wendland-Schänke zu nah an Thomas Faßbender und dessen Familie war. »Sooo lange liegen die Ereignisse ja nicht zurück. Mein Vater erinnert sich noch gut an den ausgebrannten Trabbi. Aber man hat damals nicht nach einem mutmaßlichen Beifahrer gesucht. Und man hat die Identität der Leiche nicht ausreichend überprüft.«

»Ja, Sabine«, sagte Metzger, »wir Dorfsheriffs haben halt immer nur mit Wasser gekocht. Auch damals schon.«

»Wenn du meinen Vater meinst, dann ist ihm sicher kein Vorwurf zu machen. Er hat einen mutmaßlichen Verkehrsunfall aufgenommen. Der Rest war Sache der Kripo aus Lüneburg.«

»Und die ist auch heute wieder nicht vor Ort, wie ich sehe. Wo ist denn Supercop Melanie Gierke?«, ätzte Metzger.

»Weiß ich nicht«, sagte Sabine und wollte noch etwas Unfreundliches über Melanie sagen, als sie von einer dünnen Frauenstimme unterbrochen wurde.

»Guten Tag, finde ich hier Frau Langkafel?«

Sabine drehte sich um. In der Tür stand eine mittelgroße,

schlanke Frau. Sie war sicher über 70 Jahre alt, wirkte geistig hellwach und sportlich. Sie hatte eine unprätentiöse hellgraue Kurzhaarfrisur, trug Sneakers, eine dunkle Jeans und eine beige Daunenjacke, für die es eigentlich zu warm war.

»Das bin ich. Was kann ich für Sie tun?«, fragte Sabine, bot der Frau mit einer Geste einen Platz gegenüber ihrem Schreibtisch an und setzte sich selbst.

»Mein Name ist Anita Breesen«, sagte die Frau, und Sabine merkte nicht nur selber auf, sondern spürte auch, wie Metzger und Attila an ihren Plätzen auf Empfang gingen.

»Breesen, also sind Sie …?«, begann Sabine und ging im Kopf die möglichen Verwandtschaftsverhältnisse durch.

»Die Schwester von Pastor Kurt Breesen und die Schwägerin von Martina Breesen. Man sagte mir in Lüneburg, dass Sie ihren Tod untersuchen.«

Das war interessant. Müsste man in Lüneburg nicht eigentlich Melanie als Leiterin der Untersuchung nennen? Die Frage wollte Sabine mit der augenscheinlich unsicheren Frau nicht diskutieren. »Verstehe«, sagte sie. »Was kann ich für Sie tun?«

»Vielleicht kann ich etwas für Sie tun«, sagte die Frau und wirkte nun schon deutlich souveräner. »Ich war in Lüneburg, um die Leiche meiner Schwägerin zu identifizieren. Schrecklich ist das. In was ist Martina da nur reingeraten?«

»Das wollen wir herausfinden«, sagte Sabine. »Wie können Sie uns helfen? Leben Sie auch in Salzwedel?«

»Nein«, sagte Frau Breesen und lachte verlegen, »ich lebe auf Teneriffa. Sehr lange schon. Seit über 20 Jahren. Ich habe dort eine kleine Boutique.«

»Das klingt beneidenswert«, sagte Sabine.

»Och ja, ich kann nicht klagen«, sagte Frau Breesen. »Also, ich habe Martina erst auf der Hochzeit meines Bruders kennengelernt. Das war 1991, da lebte ich noch in Salzwedel. Zwei Jahre zuvor war ja der Vater ihres Sohnes tödlich verunglückt.«

»Und wie hatten Ihr Bruder und Martina sich kennengelernt?«, fragte Sabine.

»Kurt kannte diesen Christian Müller irgendwoher. Der war ja Anstreicher und hat ab und zu was in der Kirche gemacht. Da trinkt man auch mal ein Bier zusammen. So habe ich das jedenfalls damals eingeschätzt. In Wahrheit war es dann doch anders. Ich habe Müller nie kennengelernt. Martina hatte meinem Bruder wohl immer schon gefallen, und als sie dann Witwe war, hat er seine Chance genutzt.« Sie lächelte. »Ich habe ihm gesagt, dass sie gar nicht zusammenpassten. Martina war fast 15 Jahre jünger und hatte überhaupt keinen Bezug zur Kirche. Und dann war da ja noch Dirk, der behinderte Sohn. Ich konnte mir nicht vorstellen, dass mein Bruder sich mit Martina um die Pflege dieses Jungen kümmern würde. Aber letztendlich war es ja seine Entscheidung.«

»Sind Sie verheiratet?«, fragte Sabine.

»Nein. Ich lebe mit meiner Partnerin zusammen und die ist nur zwei Jahre jünger als ich.« Sie kicherte leise.

»Und was wissen Sie nun über Martina zu erzählen, das uns weiterbringen könnte?«, fragte Sabine.

»Entschuldigung«, sagte Frau Breesen. »Also, ich hatte nie viel Kontakt zu meinem Bruder und Martina. Er war ein komischer Kauz, und ich nahm ihm seine Nähe zum SED-Regime immer übel. Ich habe ihn und Martina trotzdem ein paarmal nach Teneriffa eingeladen, aber sie kamen nie. Auch wegen des Jungen. Als mein Bruder 2010 starb, reiste ich zu seiner Beerdigung nach Salzwedel. Ich fand Martina weniger als trauernde, sondern mehr als wütende Witwe vor. Sie hatte am Sterbebett von ihm erfahren, dass er für die Stasi gearbeitet hat. In den Jahren, in denen Martina mit Christian Müller zusammenlebte, war er für Christian zuständig.«

»Was meinen Sie mit ›zuständig‹?«, fragte Sabine. In der Polizeiwache von Gartow herrschte nun Totenstille.

»Er war sein Stasi-Kontaktmann. Christian Müller wurde jeden Tag seines kurzen Lebens als DDR-Bürger von meinem Bruder kontrolliert. Aber eigentlich hieß er ja sicher anders.«

Nein, bitte nicht noch ein Aliasname, da blicke ich nicht mehr durch, dachte Sabine, und wollte zunächst nicht danach fragen. »Wo kam Müller denn her?«, fragte sie stattdessen.

»Na, aus dem Westen. Woher sonst? Er versteckte sich bei uns, weil ihm in der BRD Haft drohte«, sagte Anita Breesen.

»Was hatte er verbrochen?«, fragte nun Metzger, und Sabine warf ihm einen Halt-dich-raus-Blick zu.

»Sicher kein gewöhnliches Verbrechen, wie Raub oder Mord, dann hätte ihn die DDR ausgeliefert. So Leute wollte man im Arbeiter- und Bauernparadies nicht haben. Er war wohl ein Terrorist, einer der irgendwie zu dieser RAF gehörte.«

»Was?«, fragte Sabine und sah vermutlich ziemlich entsetzt aus.

»Das ist nichts Neues, meine Liebe«, sagte nun wieder Metzger, »es ist bekannt, dass die DDR RAF-Mitglieder versteckte. Aber kamen die nicht schon 1981 oder so dort unter?«

»Ja«, sagte Anita Breesen an Metzger gewandt. »Das habe ich damals auch recherchiert. Zehn Leute sind da mit neuen Identitäten versorgt in der DDR untergetaucht und haben ganz normale Leben geführt. Christian Müller kam allerdings erst 1986 rüber. Vielleicht ein Nachzügler.«

»Diese zehn Leute wurden später von der Stasi verpfiffen«, sagte Metzger, der seine Stunde als Allwissender gekommen sah. »Direkt nach dem Mauerfall und noch vor dem Zusammenschluss der beiden deutschen Staaten. Die neue DDR-Regierung wollte wohl für gutes Wetter sorgen, haha. Sie hatten fast zehn Jahre lang international gesuchte Terroristen unterstützt, diese Verbrecher. Dabei hatte auch die DDR Abkommen unterschrieben, die das eigentlich untersagten.«

»Und Christian Müller wurde nicht verpfiffen?«, fragte Sabine, die diese Geschichtsstunde allmählich doch interessant fand.

»Das war ja nicht mehr nötig«, sagte Metzger, »er war ja in der Nacht der Nächte verbrannt und kein Fall mehr. Vermutlich hat man ihn klammheimlich auf beiden Seiten aus den Akten gelöscht. – Wissen Sie«, fragte Metzger an Anita Breesen gewandt, »welchen Namen Christian Müller hatte, bevor er in die DDR kam?«

»Das weiß ich nicht. Das hätte ja sicher in seiner Staakte gestanden«, sagte Anita Breesen, »aber die gab es nicht, das hatte Martina überprüft. Es gab allerdings eine Akte von mir, und da stand drin, dass mein Bruder jahrelang meine Aktivitäten in der DDR an die Stasi berichtete hatte. Ein Pastor, das muss man sich mal vorstellen. Das habe ich erst nach dem Tod meines Bruders erfahren. Ich hatte mich in der DDR für die Rechte von Menschen eingesetzt, die man heute queer nennt. Das war nicht gerne gesehen.«

Einen Moment herrschte Stille auf der Wache in Gartow.

»Danke, Frau Breesen, das ist interessant«, leitete Sabine das Ende des Gesprächs ein, weil sie nicht in schmerzhaften Erinnerungen der alten Frau schwelgen wollte. »Sie haben uns …«

»Moment«, unterbrach Anita Breesen. »Ich bin noch nicht fertig. Martina hatte mir von einem Freund Müllers erzählt, der gelegentlich bei Müller auftauchte. Bernhard hieß er und lebte wohl im Westen. Woher Müller ihn kannte, weiß ich nicht. Da wird er Martina irgendeine Lüge aufgetischt haben. Dieser Bernhard hat sich auch nach Müllers Tod immer wieder bei Martina gemeldet. Jedes Jahr rief er an ihrem Geburtstag an, fragte, wie es so ginge und ob er helfen könne. Meine Schwägerin hat seine Hilfe meines Wissens nie in Anspruch genommen, auch nach dem Tod meines Bruders nicht. Zu dieser Zeit fing sie an für die Zeitung zu schreiben. Das machte ihr Spaß, außerdem war die Witwenrente der Kirche nicht sonderlich üppig. Ich hatte dann viele Jahre überhaupt keinen Kontakt zu Martina. Ab und zu habe ich eine Weihnachtskarte geschickt, mehr nicht. Bis sie mich letztes Jahr anrief.«

Na endlich, dachte Sabine, jetzt kommen sachdienliche Hinweise.

»Martina war ziemlich betrunken, als sie anrief. Sie hat ja schon immer gerne getrunken, und es würde mich nicht wundern, wenn das mit der Zeit schlimmer geworden wäre. Sie war sehr aufgeregt, hatte wohl Hinweise, dass Christian noch lebt.« Die Frau lachte und schüttelte den Kopf. »Das muss man sich vorstellen, über 30 Jahre nach seinem tödlichen Unfall entdeckt sie ihn plötzlich.«

»Wo hat sie ihn entdeckt?«, fragte Sabine.

»Es dauerte eine Weile, bis sie mir das so erzählt hat, dass ich es verstand. Sie war auf einem Termin für die Zeitung, irgendwo an einem See, und dabei hatte sie einen Mann gesehen, der ihr bekannt vorkam.«

»Hat sie gesagt, an welchem See?«, fragte Metzger.

»Das weiß ich nicht mehr. Sie hat erst zu Hause, als sie die Fotos, die sie für die Zeitung gemacht hat, genauer angesehen hat, auf einigen Christian entdeckt.«

»Es waren 30 Jahre vergangen«, sagte Sabine. »Menschen verändern sich, sie kann sich getäuscht haben.«

»Das habe ich ihr auch gesagt. Sie soll sich da nichts einbilden. Sie hatte wohl schon mit diesem Bernhard darüber gesprochen, der mal wieder angerufen hatte. Sie wollte Christian Müller aufstöbern und es als große Geschichte aufziehen. Das müsse doch was für den Spiegel sein oder fürs Fernsehen, sagte sie. Ehrlich gesagt, habe ich das für eine Alkoholfantasie gehalten. Dieser Bernhard hat ihr ebenfalls davon abgeraten, die Story irgendwo vorzuschlagen. Sie würde sich nur lächerlich machen«, sagte Anita Breesen.

»Haben Sie Ihre Schwägerin nach dem Anruf noch mal gesprochen? Haben Sie die Sache weiterverfolgt?«, fragte Sabine.

»Nein, ich habe das nicht so ernst genommen. Und Martina war keine Freundin von mir, oder so. Wir fanden uns gegenseitig, glaube ich, ziemlich doof.« Sie lächelte.

»Überlegen Sie bitte noch mal«, sagte Sabine vielleicht eine Spur zu eindringlich, »wie hieß dieser Bernhard weiter? Das hat Martina doch bestimmt mal erwähnt.«

»Also ich muss schon sehr bitten«, sagte Anita Breesen mit gespielter Empörung. »Ich bin 77 Jahre alt, aber noch nicht verkalkt. Mein Gehirn funktioniert ausgezeichnet. Vielleicht auch deshalb, weil ich es nicht mit Alkohol zerstört habe wie Martina. Sie hat seinen Nachnamen nicht genannt.«

Sabine konnte es sich nicht verkneifen, Metzger kurz anzusehen, der betreten auf die Tischplatte guckte.

KAPITEL 20

»Wo bist du, Tommi? Wo hast du die Nacht verbracht? Ich mache mir solche Sorgen! Was ist nur los?« Irene Faßbender hielt ihr Handy zitternd ans Ohr. Eigentlich hatte sie es sich angewöhnt, das Gerät vors Gesicht zu halten und den Lautsprecher anzustellen, wie es die jungen Leute taten, doch dieses Gespräch war nicht für fremde Ohren bestimmt. Sie hatte den Gastraum verlassen, als sie den Namen ihres Mannes auf dem Display erkannte. Nun stand sie in der hintersten Ecke des Lagerraumes. Da würde so schnell keiner reinkommen.

»Ich muss mich eine Zeit verstecken, dann erkläre ich dir alles«, sagte Thomas Faßbender. Er flüsterte.

»Was bedeutet dieser Spruch an der Wand, Thomas? Wer sind Anna und Arthur? Hat das wirklich was mit Terroristen zu tun?«, fragte Irene und heulte fast.

»Es ist eine Warnung, deshalb muss ich mich verstecken«, sagte Thomas.

Irene unterbrach ihn. »Warnung von wem? Sind Daniel und ich in Gefahr?« Sie war kurz davor ihren Mann anzuschreien. Was war da los? Der Mann, dem sie seit über 30 Jahren uneingeschränkt vertraute, hatte plötzlich Geheimnisse. Lebensgefährliche Geheimnisse offenbar.

»Nein, Liebes«, flüsterte Thomas, »ihr seid nicht in Gefahr. Und ich auch nicht, wenn alles geklärt ist. Vertrau mir. Ich werde dieses Handy zerstören, damit man mich nicht darüber finden kann. Ich melde mich wieder.«

»Bitte, Thomas, sag mir …«

»Jetzt nicht, Irene«, erwiderte er ernst. »Glaub mir bitte, dass alles, was du vielleicht an Beschuldigungen gegen mich hörst, nicht stimmt. Ich habe nicht getan, was man mir vorwerfen wird.«

»Was? Was wirft man dir vor? Soll ich mit Sabine sprechen? Die hilft uns …« Der letzte Satz ging ins Leere. Er hatte aufgelegt.

Keine halbe Stunde später war Sabine bei Irene im Festsaal ihrer Schänke. Die Frauen saßen dicht zusammen, Irene hatte Kaffee und Wasser bereitgestellt. Sie hätte sich lieber an einem anderen Ort mit der Polizistin getroffen, wo dieser Herr Gabel und die Kommissarin Gierke nicht jederzeit auftauchen konnten. Denen vertraute sie nicht. Die würden sofort eine riesige Polizeiaktion lostreten und alle, vor allem Thomas, in Gefahr bringen. Aber Sabine hatte ihr versichert, dass sie in dem Raum, den die Polizisten Lagezentrum nannten, ungestört wären. Es machte auf Irene sowieso den Eindruck, als würde die junge Polizistin den Mord ganz alleine untersuchen, bestenfalls unterstützt von dem etwas ungeschickten Attila.

»Irene, weißt du, wo Thomas ist?«, fragte Sabine. Sie schien angespannt.

»Vielleicht. Ich habe da so eine Ahnung«, sagte Irene zögerlich.

»Und?«, fragte Sabine ungeduldig. »Sag schon.«

»Moment, ich muss erst wissen, was da los ist. Was wird Thomas vorgeworfen?«

»Hm, das wird sich für dich jetzt merkwürdig, ja schockierend anhören«, sagte Sabine, und Irene sah ihr an, dass sie nach den richtigen Worten suchte. »Wir haben Grund zu der Annahme, dass Thomas diese Martina Breesen getötet hat.«

»Was?«, rief Irene viel zu laut, fuhr dann flüsternd fort. »Wieso sollte er das getan haben? Er kannte die Frau doch gar nicht. Thomas hat noch nie jemandem irgendetwas angetan, er ist der netteste Mensch, den ich kenne.« Sie konnte die Tränen nicht länger zurückhalten.

»Sie wusste sehr wahrscheinlich Dinge über Thomas, die nicht ans Licht kommen durften, Dinge aus seinem früheren Leben.«

»Aus seinem Leben in der DDR? Aber was sollte das sein? Das wussten wir doch, dass er immer wieder Ärger mit der Stasi hatte. Das ist doch heute kein Thema mehr«, sagte Irene und kam sich vor, als müsse sie vor Gericht ein Plädoyer für ihren Mann halten.

»Thomas hatte auch ein Leben vor der DDR«, sagte Sabine, und Irene konnte sie nur fassungslos anglotzen.

Und nun erzählte Sabine in so wenigen Worten wie möglich die Geschichte von dem westdeutschen Terroristen, der 1986 in der DDR untergetaucht war und als Christian Müller in Salzwedel lebte.

»Salzwedel?«, fragte Irene verwirrt. »Er hieß doch schon immer Thomas und kam aus Magdeburg und war Koch, Thomas Wimmer. Als wir heirateten …«

»Nein«, sagte Sabine leise und mit sehr ernstem Gesicht. »Thomas Wimmer war der Name eines Obdachlosen, eines so genannten Asozialen, der sich in derselben Nacht wie dein Mann auf den Weg nach Westen gemacht hat. Wir vermuten, dass dieser Thomas Wimmer mit Christian Müller aus Salzwedel – deinem Thomas – zusammengetroffen ist. In der Nacht gab es einen Unfall mit dem Trabbi von Christian Müller …«

»Das brennende Auto, nach dem du mich gefragt hast?«, unterbrach Irene am ganzen Körper zitternd.

»Genau«, antwortete Sabine. »Wir haben Grund zur Annahme, dass in diesem Auto nicht, wie von der Polizei damals protokolliert, sein Besitzer Christian Müller verbrannt ist, sondern dieser Obdachlose Thomas Wimmer. Christian, der gesuchte und untergetauchte Terrorist, nahm seine Papiere an sich und tauchte wenige Stunden später mit neuer Identität als Anhalter Thomas bei dir auf.«

Irene konnte eine Weile lang nichts sagen. Hektisch trank sie in kleinen Schlucken Wasser. Ein Schnaps wäre ihr vermutlich lieber gewesen.

»Und ihr vermutet, dass dieser verbrannte Mann auch von meinem Thomas …?« Sie wagte es nicht, den Verdacht auszusprechen.

»Das wissen wir nicht, und es wird sich sicher nie ermitteln lassen. Das Unfallopfer wurde damals eingeäschert und vorher nur unzureichend untersucht«, sagte Sabine.

»Wurden diese ganzen Terroristen, die in der DDR untergetaucht waren, nicht irgendwann verhaftet?«, fragte Irene.

»Ja, weil sie von der Stasi verraten wurden. Aber Christian Müller galt ja als tot. Den suchte niemand mehr.«

Erneut brauchte Irene lange, um Worte zu finden. Es erschien ihr alles so unwirklich. Die Tür ging auf, und Daniel steckte den Kopf rein.

»Mama, weißt du, wo mein Laptop ist …?«, fragte er. Weiter kam er nicht.

»Jetzt nicht, es ist außerdem Papas Laptop nicht deins«, sagte Irene.

Daniel sah seine Mutter und die Polizistin irritiert an. »Ist alles in Ordnung, Mama?«, fragte er.

»Jaja, alles okay. Ich komme gleich.«

Die Tür schloss sich wieder.

»Weißt du vielleicht, wie dieser Terrorist hieß, also wer mein Mann wirklich ist?«, fragte Irene und fürchtete sich vor der Antwort.

»Die Ermittlungsakten aus dieser Zeit sind zu einem großen Teil unter Verschluss«, erklärte Sabine langsam. »Es ist bis heute nicht klar, welche Rolle die Stasi, unser Verfassungsschutz und das BKA dabei gespielt haben. Es gibt Quellen, die behaupten, dass die westlichen Behörden immer gewusst haben, dass sich zahlreiche RAF-Leute seit 1980 oder 1981 in der DDR versteckt hielten. Es gibt sogar Mutmaßungen, dass die dritte Generation der RAF, die seit 1982 im Westen ihr Unwesen trieb, und zu der dann dein Thomas gehört haben müsste, gar nicht als Organisation existierte, sondern eine Erfindung des Verfassungsschutzes war.«

»Wie kann man terroristische Taten erfinden?«, fragte Irene.

»Indem man die Taten einzelner, radikaler Aktivisten als Teile verbundener Aktionen einer terroristischen Organisation darstellt, was weiß ich«, sagte Sabine und sah in diesem Moment ziemlich überfordert aus. Das alles war sicher auch für die nette Sabine, die sich in Gartow sonst um Viehdiebstahl, harmlose Streitereien und betrunkene Autofahrer kümmerte, ein paar Nummern zu groß.

»Und wer war nun Thomas? Oder Christian?«, fragte Irene.

Sabine drehte ihr Laptop so, dass Irene den Bildschirm erkennen konnte. »Ich habe ein Fahndungsplakat aus dem Jahr 1985 gefunden. Erkennst du darauf deinen Thomas? Er muss damals 26 gewesen sein.«

Lange betrachtete Irene das Bild, das acht Personen zeigte, fünf Männer und drei Frauen. Überschrieben war es mit: »Die Polizei bittet um Mithilfe«, dann über die gesamte Breite des Plakats und in Großbuchstaben: »TERRORISTEN«. Und schließlich stand da die Zeile: »In Zusammenhang mit den Straftaten der Rote Armee Fraktion fahndet die Polizei unter anderem nach folgenden Personen ...« 50.000 DM waren als Belohnung ausgesetzt und der Hinweis: »Vorsicht Schusswaffen!«, fehlte auch nicht.

Irene musste nicht lange auf das Plakat schauen, um Sabines Frage beantworten zu können. Sie musste allerdings lange überlegen, ob sie es auch tun wollte. Was würde das bedeuten? Für ihre Familie, für ihr Leben, für Thomas?

Was war das Richtige? Musste sie dem Mann, den sie liebte, mit dem sie einen großartigen Sohn hatte und auf den sie sich immer verlassen konnte, helfen zu entkommen? Oder musste sie der Wut nachgeben, die in ihr aufflammte, über diesen gigantischen Haufen an Lügen, den ihr dieser Mann von Beginn an aufgetischt hatte? Hätte er nicht irgendwann Klarheit schaffen können? Hätte er sich ihr nicht irgendwann in all den Jahren offenbaren können?

»Du erkennst einen, oder?«, fragte Sabine und kam ihr ganz nah. Die Polizistin nahm ihre Hand. Irene begann zu weinen. Sie zeigte auf eines der Bilder.

»Der da«, sagte sie. »Er sieht genau aus wie Daniel.«

Sabine nickte und öffnete ein anderes Fenster auf ihrem Laptop. »Wendelin Krause, geboren am 22. Juli 1959 in Neuss am Rhein«, las sie vor. »Soll seit 1984 Banken und Geldtransporte überfallen haben. Wird beschuldigt, bei einem dieser Überfälle einen Wachmann erschossen zu haben. Ist vermutlich 1985 verschwunden. Einen Vermerk über seinen Unfalltod gibt es hier nicht. Der findet sich sicher in den Akten der Behörde, die wusste, unter welchem falschen Namen er in der DDR lebte.«

Irene konnte den Blick nicht von dem Schwarz-Weiß-Porträt dieses Wendelin Krause abwenden, das eindeutig ihren Thomas zeigte. Er sah jung aus, jünger als 25. Möglicherweise war das Foto ein paar Jahre zuvor aufgenommen worden. Es war sicher bei der Polizei entstanden, denn auf einem Passbild oder einem privaten Foto hätte Thomas freundlicher geschaut beziehungsweise gelächelt. Er lächelte eigentlich immer. Auch im Schlaf. Konnte ein Mörder ein Leben lang lächeln?

»Wo ist Thomas?«, fragte Sabine.

»Er hat alle diese Taten, die ihm vorgeworfen werden, nicht begangen«, sagte Irene schnell. »Das hat er mir gesagt und ich glaube ihm.« Sie musste nun heftiger weinen. Sabine nahm sie in den Arm. Anna und Arthur halten's Maul, dachte Irene und hatte die Warnung an der Wand nun endlich verstanden. Anna und Arthur weinen sich nicht an der Schulter der Polizei aus. Aber sie war nicht Anna, sie war nicht Arthur, sie war keine linksradikale Terroristin. Sie war Irene Faßbender, Gastwirtin aus Gartow, die immer Grün wählt und deren Polizeiakte nicht mehr enthielt als vereinzelte Blitzerfotos von den Anlagen auf dem Weg nach Lüneburg.

»Lass mich zu ihm gehen. Irene«, flüsterte Sabine. »Wenn Gierke und Gabel erst das BKA in Bewegung setzen, kann ich für nichts garantieren. Ich überrede Thomas, sich zu stellen, und dann wird sich alles aufklären. Alles wird gut.«

»Meinst du?«, fragte Irene schluchzend, die selbst nicht daran glaubte.

»Ganz bestimmt«, sagte Sabine, und es war zu spüren, dass sie es auch nicht glaubte.

Schließlich sagte Irene ihr, wo sie Thomas Faßbender alias Christian Müller alias Wendelin Krause vermutete, und erklärte Sabine den Weg dorthin.

KAPITEL 21

»Wohin des Wegs, schöne Frau?«, fragte Jakob Metzger und warf Sabine den Schlüssel seines Privatwagens zu, um den sie ihn gebeten hatte. »Soll ich den Tag als Urlaub eintragen?« Damit bezog er sich auf Sabines Outfit. Sie war in Zivil. Jeans, Sweatshirt, Windjacke, Sneakers.

»Kannste gerne machen«, sagte Sabine, »oder trag es besser als Überstundenausgleich ein und zieh es von den 1.000 ab.«

»1.000 Überstunden? Wo sollen die denn herkommen hier im Polizeikurort Gartow?«, fragte Metzger lachend.

Polizeikurort, dachte Sabine. Für dich vielleicht, alter Mann.

»Kann ich dir irgendwie helfen, Sabine?«, rief Attila und sprang voller Tatendrang auf.

»Nein danke, echt nicht«, sagte Sabine und war schon aus der Tür.

Metzgers Mercedes sprang sofort an, was keine Selbstverständlichkeit war, und Sabine fuhr los.

Im Navi ihres Handys hatte sie den Ort ungefähr eingestellt, den Irene ihr beschrieben hatte. Genauer ging es nicht, da der Ort keinen Namen hatte.

Sie fuhr durch Gorleben und weiter auf der L256. Das war nun wieder einer dieser Alleingänge, der zu dramatischem Ärger mit Melanie führen würde. »Wie kannst du da alleine hinfahren, zu einem gesuchten Terroristen und Mörder? Da muss ein MEK hin. Wie unprofessionell. Der hat bestimmt Waffen«, würde sie sagen.

»Weil das auf einem 37 Jahre alten Fahndungsplakat steht«, führte Sabine den inneren Dialog mit Melanie weiter, »muss das heute ja nicht mehr stimmen. Ich kenne meine Dorfbewohner, die du gerne ›Eingeborene‹ nennst. Thomas Faßbender ist kein Killer. Und wenn er in der Vergangenheit Mist gebaut hat, dann ist er inzwischen geläutert. Das wird sich aufklären, man muss ihm nur eine Chance geben. Man weiß doch von RAF-Leuten, die heute ein gesetzestreues Leben führen. Dieser Schauspieler zum Beispiel: Christof Wackernagel. Der hat seine Chance bekommen und sie genutzt.« Aber wenn die Spezialisten aus Hannover erst ins Spiel kommen, dachte Sabine, gilt die Devise: erst schießen, dann fragen. Das musste sie verhindern, schon Irene und Daniel zuliebe. Wenn Thomas Verbrechen begangen hatte, sollte ihn ein faires Verfahren erwarten, nichts anderes.

Und überhaupt, Melanie: Sie war schon wieder abgetaucht. Hatte sie Wichtigeres zu tun? In ihrem letzten gemeinsamen Fall war Melanie häufig körperlich anwesend gewesen, dafür jedoch geistig mehr oder wenig weggetreten. Nun, wo sie sich von Rauschmitteln augenscheinlich fernhielt, machte sie so gut wie gar nicht mehr mit. War sie vielleicht mit Thorsten im Romantik-Urlaub?

Sabine war jetzt eine halbe Stunde unterwegs. Es war Mittag und der Verkehr nicht besonders dicht. In Dannenberg hatte sie kurz den Impuls zu tanken. Die Tankanzeige des Mercedes stand bedenklich nah an der Reserve. Doch für die paar Kilometer würde es noch reichen, dachte Sabine. Sie wollte keine Zeit verlieren. Ob Thomas sich wirklich dort befand, wo Irene vermutete, war natürlich auch nicht klar. Theoretisch gab es die Möglichkeit, dass Irene sie in die Irre führte, um Thomas einen Vorsprung zu verschaffen. Aber war die Frau nicht eigentlich zu verzweifelt für taktische Manöver?

Kurz vor dem Jagdschloss Göhrde bog sie ab auf die L253 und fuhr bis zu einer Kreuzung, die Irene ihr beschrieben hatte. Dort musste sie links in den Forst von Göhrde fahren und einer ab hier sehr vagen Beschreibung folgen. Irene war selbst seit Jahren nicht an diesem Ort gewesen. Mitten im Wald lag eine kleine Jagdhütte, die der Familie Faßbender gehörte und in der ihr Vater früher häufiger Jägerfreunde bewirtet hatte, die den Wildschweinen der Umgebung das Fürchten lehrten. Nach solchen Wochenenden hatten wochenlang Wildschweingerichte auf der Speisekarte der Wendland-Schänke gestanden, hatte Irene mit einem melancholischen Lächeln erzählt. Nach dem Tod ihres Vaters war es vorbei gewesen mit der Jagd. Irene hatte nie einen Jagdschein gemacht, Thomas hatte ebenfalls kein Interesse an diesem blutigen Hobby. So war die Hütte in Vergessenheit geraten. Vor ein paar Jahren hatten Irene und Thomas das baufällige Ding verkaufen wollen, doch da hatte Daniel protestiert, der sich die Bude als Meditationsort oder was auch immer herrichten wollte. Angefangen hatte er damit noch nicht, wohl auch, weil sein Vater ihm kein Geld dafür geben wollte.

»Wenn du diesem Waldweg gut einen Kilometer lang folgst«, hatte Irene erklärt, »müsstest du die Hütte irgendwann rechts von dir sehen. Sie ist aber schon noch ein Stück im Wald, da kommst du nicht mit dem Auto hin.«

Sabine glaubte, etwas Rotbräunliches zwischen den unbelaubten Bäumen auszumachen. Sie stoppte den Wagen und stieg aus.

Wenn Thomas hierher geflüchtet war, müsste sie doch irgendwo seinen Wagen sehen. Er fuhr allerdings einen dunkelgrauen VW Caddy, der in dieser Umgebung nicht unbedingt sofort auffallen würde.

Es herrschte Totenstille. Nein, natürlich nicht. Es herrschte die Geräuschkulisse mittlerer Lautstärke, die dem heimischen Wald eigen ist. Das Rauschen des Windes in den Bäumen, Vögel, die riefen, zwitscherten und aufflogen. Verkehr konnte man nicht hören. Langsam bewegte sich Sabine über den weichen, feuchten Waldboden. Nun verursachten die Zweige, die unter ihren Füßen brachen, und das brüchige Laub einen Höllenlärm. Es war nicht besonders kalt, fing aber an zu nieseln.

Immer wieder blieb Sabine hinter einem Baum stehen und beobachtete die Hütte. Dort tat sich nichts. Die einzige Bewegung, die sie wahrnahm, war ein Eichhörnchen, das über das Dach huschte.

Die Hütte, ein Blockhaus aus runden, entrindeten Stämmen, schätzte sie auf fünf mal fünf Meter. Sicher gab es lediglich einen Raum, und außen an der Rückwand war ein Häuschen angebaut, das vermutlich ein primitives Klo war. Wasser und Strom gab es hier auf keinen Fall.

Trotzdem konnte man in dieser Hütte Tage oder Wochen überleben, wenn man einigermaßen vorbereitet war. Hatte Thomas Zeit genug gehabt, Decken, Kleidung und ein paar Lebensmittel einzupacken? War er noch irgendwo einkaufen?

Er hatte die Wendland-Schänke vor 7 Uhr verlassen, hatte Irene ausgesagt. Sicher hatte er vorher die Warnung an der Mauer gelesen und war in Panik geraten. Er war entdeckt worden, von wem auch immer.

Sabine war nur noch wenige Meter von der Hütte entfernt. Sie versteckte sich hinter einem Baum, war jedoch nicht wirklich gut getarnt. Ihre hellblaue Windjacke hob sich unangenehm auffällig vom dunkelbraun des Waldes ab.

Sie nahm allen Mut zusammen und ging die wenigen Schritte auf die Eingangstür der Hütte zu. Sie war in Zivil, fiel ihr schlagartig ein. Deshalb hatte sie auch keine Waffe dabei. Das war ihr bei ihrem Aufbruch in Gartow auch schon in den Sinn gekommen. Da war sie aber noch der Meinung gewesen, dass eine Waffe nicht nötig wäre. Faßbender hatte sicher ebenfalls keine. Nun, als sie die rostige Klinke der morschen Tür hinunterdrückte, war sie nicht mehr so sicher, ob das eine gute Idee gewesen war.

Irene hatte Sabine gesagt, dass die Tür der Hütte mit einem Zahlenschloss gesichert sei. Die Kombination war der Geburtstag ihres Vaters. 0911. Irene hielt es jedoch für wahrscheinlich, dass die Hütte längst von Unbefugten aufgebrochen worden war.

Ein Schloss war nicht zu sehen. Die Tür öffnete sich lautlos. Für Quietschen war es zu feucht. Der Raum, in den Sabine nun blickte, war durch drei kleine Fenster nur schwach beleuchtet. Sie konnte einen alten Tisch erkennen, frühes IKEA vermutlich. Dazu drei Stühle. Auf dem Tisch stand ein Campingkocher, ein Topf, Lebensmittel wie Nudeln und Dosensuppen. Unter dem Tisch entdeckte sie einen Wasserkanister, der schätzungsweise 5 Liter fasste.

An der Wand waren Regalbretter angebracht, auf denen sich Kleidungsstücke und weitere Lebensmittel befanden. An der Wand gegenüber lag eine Luftmatratze, aufgeblasen, darauf eine Wolldecke. Über diesem provisorischen Nachtlager reckte ein verstaubtes Hirschgeweih seine geschätzt zehn Enden in die muffige Raumluft.

Sabine tat einen Schritt in den Raum. Der Boden knarrte.

»Das ging ja schnell«, vernahm sie plötzlich eine Stimme direkt hinter sich, Thomas' Stimme, ohne Zweifel. Gleichzeitig spürte sie kalten Stahl im Nacken. Er war also doch bewaffnet.

AKTE WENDLAND

C:\Users\name\Documents\AkteWendland\NeuesIebenII 13.05.21

Irene habe ich zuerst für eine Agentin des BKA gehalten oder sogar für eine Stasi-Offizierin. Anders konnte ich mir nicht erklären, dass ich wenige Stunden, nachdem ich die Grenze passiert und meine neue Identität als Thomas Wimmer auf dem Silbertablett serviert bekommen hatte, die Frau fürs Leben fand.

Als ich an diesem Morgen in den Wagen ihrer Mutter einstieg – verdreckt, übermüdet, verkatert, wie ich war –, saß Irene neben mir auf der Rückbank. Sie schaute mich an, so intensiv, so freundlich, wie mich noch nie ein Mensch angesehen hatte. Als hätte sie auf mich gewartet. Und das war es, was mich misstrauisch machte. Hatte die Stasi mich verfolgt und Irene geschickt, um an mir dranzubleiben? Oder war sie das Begrüßungskomitee des BKA? Die Jahre im Untergrund und in der DDR hatten in mir einen Verfolgungswahn zementiert, den ich bis heute nicht ganz losgeworden bin. Irene erwies sich schnell als der reinste und vertrauenswürdigste Mensch, dem ich je begegnet bin. Sie war das Gegenteil der Lügner, Geheimniskrämer, Verräter und Verbrecher, mit denen ich in all den Jahren zu tun gehabt hatte. Und sie liebte mich vom ersten Tag an. Obwohl ich gleich wieder mit den Lügen beginnen musste. Ich hatte einen neuen Namen, den ich anfangs noch nicht verinnerlicht hatte, und eine Lebensgeschichte, die ich irgendwie zusammenfantasierte. Nach den ersten Tagen begann ich meinen neuen Lebenslauf, so wie ich ihn Irene und ihren Eltern erzählte, aufzuschreiben, damit ich nicht durcheinanderkam.

Ich behauptete, als Koch gearbeitet zu haben, weil ich mir davon eine Chance in der Wendland-Schänke erhoffte. Meine ganze »Karriere« als Gastwirt basiert auf dieser Lüge.

Irenes Eltern mochten mich, und es stand einem neuen Leben in Gartow eigentlich nichts mehr im Wege, aber ich hatte Angst.

Der Ort lag zu nah an meiner alten Heimat und Identität. Es war lediglich eine Frage der Zeit, bis jemand kommen und mich erkennen würde. Noch mehr Angst machten mir die Zuneigung und das Vertrauen, das mir alle entgegenbrachten, während ich sie ständig belog. Im Sommer 1990, als dem Ende der DDR nur noch ein paar Formalitäten im Weg standen, war ich kurz davor abzuhauen. Irene hatte einen authentischen, ehrlichen Menschen verdient und nicht so eine konstruierte, kriminelle Existenz wie mich. Aber ich wollte sie nicht verlassen. Und wo hätte ich hingesollt?

Ich entschied mich, bei Irene zu bleiben und die Lügen auszugleichen, indem ich ihr der beste Mann war, den sie sich nur wünschen konnte. Vielleicht ist mir das ja ansatzweise gelungen.

In den Monaten nach meinem Grenzübertritt habe ich immer wieder überlegt, ob ich BH suchen soll. Ich vermutete, dass er irgendwo im Westen war, hatte allerdings keine Idee, wo. Googeln konnte man damals nicht. Ich hätte in Düsseldorf und Hamburg nach ihm fragen können. Doch es erschien mir viel zu riskant, mit Menschen zusammenzutreffen, die mich aus meinem ersten Leben kannten, während ich versuchte, mich in meinem dritten Leben zu etablieren.

Was ich von BH wollte? Geld. Wir hatten Hunderttausende Mark versteckt, die BH sicher clever gewaschen hatte. Davon wollte ich meinen Anteil.

Ich konnte davon ausgehen, dass BH von meinem tragischen Tod im Trabbi erfahren hatte. Er hatte seine Augen und Ohren überall. Um an meinen Anteil von dem Geld zu kommen, hätte ich mich BH gegenüber offenbaren müssen, wenn ich ihn überhaupt gefunden hätte. Das erschien mir zu riskant. BH war inzwischen der Mensch, dem ich am wenigsten vertraute. Das Geld habe ich im Laufe der Jahre fast vergessen. Es hätte mein Leben nicht besser gemacht.

Mit den Jahren richtete ich mich in meinem dritten Leben immer besser ein. Ich war angekommen. Meine Angst, entdeckt zu werden, schwand mit jedem Jahr. Wer sollte schon nach mir suchen? Und die, die mich jung gekannt hatten, würden mich in meiner älteren Version nicht erkennen.

Ich lebte ein durch und durch unpolitisches Leben. In der Kneipe, die ich nach dem Tod meines Schwiegervaters Helmut immer mehr zu der meinen machte, war ich mitten im Dorfleben. Da waren normale Menschen mit normalen Sorgen. Waren das nicht die Leute, für die wir damals gekämpft hatten? Die Arbeiter und Bauern, die wir mit unseren sozialistischen Spinnereien ins Paradies führen wollten? Dieses Paradies hatte ich in meinem zweiten Leben kennenlernen dürfen, und es war nur eine Farce, die Kulisse eines Paradieses, die den stinkenden, totalitären Müll dahinter nicht länger verdecken konnte.

Die Welt ist heute nicht besser als damals, als wir sie mit den völlig falschen Mitteln verbessern wollten. Die Reichen werden reicher, die Armen werden zahlreicher und ärmer. Der Kapitalismus ist zur Weltreligion geworden, die keiner mehr anzweifeln darf.

Die mächtige Klasse teilt den Rest der Gesellschaft in kleine, sich ablehnende Einheiten ein und sorgt dafür, dass sie sich gegenseitig hassen und bekämpfen. Die Angestellten verachten die Arbeiter, die Arbeiter spucken auf die Arbeitslosen und die wiederum können die Flüchtlinge für alles verantwortlich machen, was ihnen missfällt. Unsere Enkel führen währenddessen einen aussichtslosen Kampf gegen die Industrie, die ihren Planeten zerstört, oder sie streiten sich darüber, wie viele Geschlechter es gibt. Währenddessen reibt sich das internationale Kapital die Hände und zettelt Kriege an, die ausschließlich den Shareholdern nützen. Nichts ist besser geworden. Aber ich kämpfe nicht mehr. Ich habe einen Sohn, für den es sich zu leben lohnt.

KAPITEL 22

»Und sie hat nicht gesagt, wo sie hinwollte?«, fragte Melanie Gierke, die ziemlich angesäuert in der Wache stand und Jakob und Attila anfunkelte. »Nein«, sagte Attila. »Sie war auch nicht in Uniform und hat sich Herrn Metzgers Auto geliehen. Es war sicher was Privates.«

»Was Privates«, herrschte die Gierke Attila an. »Was sollte Sabine in dieser Phase der Ermittlungen mitten am Tag Privates zu tun haben? Was meinen Sie, Herr Metzger?«

»Sabine ist immer im Dienst«, sagte der Chef und grinste. »Wo sollte sie sonst 1.000 Überstunden herhaben.«

»Hä?«, bellte die Gierke ihn an.

»Ach, nichts«, winkte Metzger ab.

»Ist Thomas Faßbender inzwischen wiederaufgetaucht?«, fragte Melanie Gierke an Attila gerichtet.

»Nicht, dass ich wüsste«, antwortete er.

»Los, komm mit«, sagte die Kommissarin und lief aus der Wache. Attila sah Metzger irritiert an. Er wusste nicht so genau, wem er zu gehorchen hatte. Metzger zuckte nur mit den Schultern. Attila nahm das als Einverständnis, der Frau zu folgen.

Vor der Wache stand der Audi von Thorsten Gabel, der darin hinter dem Steuer saß und wartete. Frau Gierke verbrachte offenbar viel Zeit mit dem geheimnisvollen Kollegen, was ihn von Sabine fernhielt. Attila gefiel das.

Er versuchte mehrfach, Sabine auf dem Handy zu erreichen, doch sie hatte es ausgeschaltet.

Sie fuhren die paar Hundert Meter zur Wendland-Schänke. Das Lokal hatte noch nicht geöffnet und Wirtin Irene Faßbender saß zusammengesunken hinter dem Tresen auf einem Stuhl. Hatte sie geweint?

»Was ist los?«, fragte Attila flüsternd seinen Freund Daniel, der ihnen im Gastraum entgegenkam.

»Ich weiß es nicht«, sagte er. »Sie verrät es mir nicht.«

»Frau Faßbender«, sagte Melanie Gierke, auf den Tresen gestützt, als wolle sie eine Getränkebestellung reklamieren, »wissen Sie, wo Ihr Mann ist?«

Die Frau schwieg.

»Wissen Sie, wo meine Kollegin Sabine ist?«, fragte sie weiter.

»Was ist denn hier los?«, kam nun Daniel dazu. »Mama, wo ist Papa? Was will die Polizei?«

Attila kannte seinen Freund Daniel inzwischen ganz gut. Der Junge war eigentlich immer gut gelaunt, ziemlich relaxed. Ihn konnte nichts so leicht aus der Fassung bringen. Aber in diesem Moment wirkte er völlig außer sich. Hatte er Angst? Um seinen Vater? Attila selbst kannte den Stand der Ermittlungen nur oberflächlich. Er hatte mitbekommen, dass Thomas Faßbender nicht Thomas Faßbender war und dass ein begründeter Verdacht bestand, dass er Martina Breesen ermordet hatte. Es lag auch ein Haftbefehl vor.

»Frau Faßbender, wo ist Ihr Mann?«, fragte Melanie Gierke erneut. Sie hatte sich hinter den Tresen begeben und kniete vor der weinenden Frau.

»Mama, wo ist Papa?«, fragte Daniel, der jetzt hinter der Kommissarin stand.

»Ihr Mann ist in Gefahr«, sagte die Gierke eindringlich. »Es ist wichtig, dass wir ihn finden, bevor es jemand anders tut.«

»Aber wer denn?«, fragte Frau Faßbender verzweifelt. »Wer will ihm denn etwas antun?«

»Wir wissen nicht wer«, sagte die Kommissarin. »Fakt ist jedoch, es ist jemand hinter ihm her. Sie erinnern sich an den Spruch an Ihrer Wand? Das ist eine Warnung. Eine Warnung von Leuten, die keinen Spaß verstehen. Und wenn Sabine bei ihm ist, ist auch sie in Gefahr. Helfen Sie uns, verdammt noch mal.«

Einer der Typen, die immer am Tresen rumhingen, steckte den Kopf durch die Tür.

»Habt ihr schon auf?«, fragte er und schien erfreut.

»Nein, Mann«, rief Daniel und schob den Mann ins Freie. »Wir machen heute gar nicht auf. Besauf dich woanders.«

»In der Jagdhütte«, flüsterte Frau Faßbender der Kommissarin ins Ohr, als ob sie dieses Geheimnis für sich behalten sollte.

»Jagdhütte, welche Jagdhütte?«, fragte Melanie Gierke ungehalten. »Etwas genauer bitte.«

»Ich weiß, wo das ist«, sagte Daniel.

»Und Sabine haben Sie dort hingeschickt?«, fragte die Kommissarin weiter.

Irene Faßbender nickte.

»Dann los!« Die Kommissarin sprang hinter der Theke auf. »Du«, sie deutete auf Attila, »fährst mit dem Streifenwagen vor. Daniel begleitet dich und zeigt dir den Weg. Thorsten und ich folgen euch. Ich rufe von unterwegs Verstärkung.«

Attila war mit Daniel schon fast draußen, da rief sie ihm hinterher: »Und kurz vor dieser Hütte haltet ihr an. Ihr verlasst auf keinen Fall das Auto, bevor ich andere Anweisungen gebe. Ist das klar?«

»Völlig klar«, sagte Attila, der nicht sicher war, ob seine Rückkehr ins Ermittlerteam ein Grund zur Freude war oder ob er nicht eher Angst haben sollte.

»Ich habe Angst«, sagte Daniel, als er neben Attila im Streifenwagen saß und sie mit Blaulicht Richtung Gorleben rasten. »Knallt ihr meinen Vater jetzt ab?«

»Was?«, fragte Attila verwundert. »Wieso sollten wir? Ich habe Angst um Sabine. Was hat dein Vater verbrochen? Mir sagt keiner was.«

»Du bist ganz schön verknallt in die, oder?«, meinte Daniel ernst, vermutlich, um Attilas Frage nicht beantworten zu müssen.

»Sag mal«, ließ Attila nicht locker. »Was hat dein Vater für ein Geheimnis? Das scheint eine verdammt große Sache zu sein. Sonst wäre da nicht so ein James-Bond-Typ wie dieser Thorsten Gabel beteiligt.«

»Ich weiß es nicht, Attila«, sagte Daniel, ohne ihn anzusehen. »Da hinten gleich links«, rief er die nächste Anweisung.

»Was ist das für eine Hütte, wo dein Vater sein soll?«, fragte Attila nach längerem Schweigen.

»Das ist so eine Bruchbude, wo seit Jahren niemand mehr von uns war. Aber dort ist mein Vater nicht. Das wäre zu unsicher.«

»Wieso?«, fragte Attila.

»Weil meine Mutter da direkt draufkommt und ihn dann verpfeift, weil sie so verdammt feige ist«, rief Daniel und heulte fast.

Oh Mann, dachte Attila und beschloss, keine Fragen mehr zu stellen.

Sie erreichten einen Punkt, an dem Daniel sagte, dass die Hütte von hier aus lediglich ein kurzes Stück zu Fuß entfernt läge. Metzgers Mercedes parkte auf dem Waldweg, Attila stoppte den Streifenwagen direkt dahinter. Sabine war also noch da, dachte er. Hatte sie Faßbender bereits festgenommen und wartete nur noch auf Verstärkung? Über jede andere Möglichkeit wollte Attila nicht nachdenken. Hinter ihm hielt nun der Audi von Gabel. Melanie Gierke stieg aus. Attila hörte einen Hubschrauber, der hoch oben über den Baumspitzen auf der Stelle stand.

»Respekt«, sagte er mehr zu sich. »Das ging schnell.«

KAPITEL 23

Was konnte das für eine Waffe sein, die Faßbender ihr da in den Nacken hielt, dachte Sabine. War es eines der alten Jagdgewehre, die nach Helmut Faßbenders Tod seit über 30 Jahren auf dem Dachboden der Wendland-Schänke verstaubten? Oder hatte Thomas Faßbender aus seiner Zeit als Wendelin Krause noch Zugang zu handlicheren Waffen? Eigentlich war es egal. Aus dieser Nähe konnte selbst ein Schuss aus einer Luftpistole tödlich sein.

»Ich wollte dich abholen, Thomas – oder Christian oder Wendelin«, sagte sie und bemühte sich, cool zu klingen, obwohl sie panische Angst hatte. Wenn dieser Mann tatsächlich Martina Breesen getötet hatte, drohte ihm lebenslänglich. Dann hatte er nichts zu verlieren. Er schubste Sabine in die Hütte und schloss die Tür hinter sich.

»Setz dich hin«, sagte er und deutete auf einen Stuhl. Er hatte keine alte Jagdflinte, sondern eine Pistole, deren Typ Sabine nicht kannte.

Faßbender wirkte verändert. Nicht mehr wie der Wirt Tommi, der zu sämtlichen Gästen, selbst den Idioten und Zechprellern, nett war. Nicht wie der Thomas Faßbender, der mit seiner Frau Irene oft noch teenagermäßig Zärtlichkeiten austauschte und mit seinem Sohn Daniel in der Küche wahnwitzige Kochexperimente durchführte. An die Stelle von Freundlichkeit war Entschlossenheit getreten. Und statt Zuversicht verriet sein nervöser, alles absuchender Blick Unsicherheit und Misstrauen.

»Mach jetzt keine Fehler mehr«, sagte Sabine und sah ihm tief in die Augen. »Mach es nicht noch schlimmer. Denk an Irene und Daniel. Die müssen mit allem, was du nun tust, leben.«

Faßbender ließ sich auf einen Stuhl fallen. Er schwitzte, obwohl es kalt und feucht war in der Hütte.

»Wir können nicht in der Hütte bleiben«, sagte er schließlich. »Bald werden deine Kollegen hier in Scharen einfallen. Los, zieh deine Schuhe aus.«

»Was? Wieso das?«, fragte Sabine.

»Nun mach schon.« Er fuchtelte mit der Waffe herum. Sabine schlüpfte aus ihren Sneakers. Faßbender stopfte die Schuhe in einen Rucksack.

»Socken auch«, befahl er.

»Mehr ziehe ich aber nicht aus, Mann«, sagte Sabine im Versuch, witzig zu sein, doch Faßbender war nicht zum Lachen zumute.

»Wir gehen jetzt raus. Und ich werde sofort schießen, wenn du versuchst wegzulaufen. Hast du mich verstanden?«

Sabine nickte und nach den ersten Schritten im feuchten, unwegsamen Wald, verstand sie, warum sie barfuß sein musste. So konnte sie wirklich nicht weglaufen.

»Wo gehen wir hin?«, fragte Sabine.

»Geradeaus«, sagte Faßbender nur und schubste sie leicht. »Schneller.«

Sie entfernten sich in die genau entgegengesetzte Richtung als die, aus der Sabine gekommen war. Sie waren also nicht unterwegs zu Metzgers Auto. Wohin dann? Sabines Füße schmerzten die ersten Minuten durch die Äste, Steine und anderen Zumutungen des Waldbodens, bis sie von der Kälte taub wurden. Nach ungefähr einer Viertelstunde entdeckte Sabine ihr Ziel. An der Landstraße auf einem Parkplatz, der eher eine Nothaltebucht war, stand Faßbenders VW Caddy. Dort parkte aber noch ein weiteres Fahrzeug. Ein roter 3er BMW. Das schien Faßbender zu irritieren.

»Bleib dicht bei mir«, sagte er zu Sabine und drängte sich an ihre rechte Seite. Er bewegte sich mit ihr auf den BMW zu. Der Fahrersitz war in Liegeposition und darauf lag eine junge Frau und schlief. Faßbender klopfte an die Scheibe. Die Frau schreckte auf, sah Faßbender erst erschrocken, dann freundlich an. Sie fuhr lächelnd die Scheibe herunter und hatte sofort Faßbenders Pistole vor den weit aufgerissenen Augen.

»Aussteigen«, sagte der. Die Frau war starr vor Schreck. Natürlich hatte sie den Befehl verstanden, aber ihr Körper konnte nur zittern. Faßbender fixierte die Frau. Würde er schießen, wenn Sabine nun versuchte, ihn zur Seite zu schubsen und seinen Arm mit der Waffe zu packen? Würde ihr das überhaupt gelingen? Faßbender wog mindestens 30 Kilo mehr als sie und rechnete bestimmt jederzeit mit einem Angriff. Sabine hatte vor zehn Jahren mal ein Nahkampftraining absolviert, aber was hieß das schon. Noch bevor sie eine Entscheidung treffen konnte, hatte sich die junge Frau entschieden, ihren BMW zu verlassen und wegzulaufen. Sie war höchstens 25, schlank, hübsch, hatte zum Pferdeschwanz gebundene blonde Haare. Sie trug ein graues Kostüm und eine weiße Bluse. Eine Jacke hatte sie nicht an und ihre Füße steckten in giftgrünen Crocs-Gummisandalen, die so gar nicht zum übrigen Pharmareferentinnenoutfit passen wollten.

Die Frau lief nicht in den Wald hinein, das war ihr offenbar zu unheimlich, sondern hockte sich hinter Faßbenders

Caddy und beobachtet sie über die Kühlerhaube. Sabine fand das sehr clever. Die Frau würde im Schutz des Autos abwarten, bis Faßbender und Sabine weg waren. Dann konnte sie Hilfe rufen.

»Los, rein da«, befahl Faßbender, zwang Sabine hinters Steuer und schloss die Tür. Er selbst setzte sich blitzschnell auf die Rückbank hinter ihr. Im Fußraum des Beifahrers fielen Sabine verdammt schicke und ziemlich hochhackige Pumps auf. Damit konnte man unmöglich Auto fahren. Deshalb also die Crocs.

»Fahr los«, sagte Faßbender. Sie sah ihn und seine Pistole im Rückspiegel. Er schwitzte jetzt sehr heftig, die Hand mit der Pistole zitterte.

»Ich kann nicht barfuß fahren«, sagte Sabine.

Faßbender zerrte ihre Sneakers aus seinem Rucksack und warf sie nach vorne. Es dauerte etwas, bis sie die Schuhe angezogen hatte.

»Wohin?«, fragte Sabine.

»Erst mal Richtung Lüneburg«, sagte Faßbender. »Ist der Tank voll?«

»Ja«, antwortete Sabine, und das war leider die Wahrheit. Ein Tankstopp wäre wieder eine Chance zur Flucht gewesen.

»Fahr nicht so schnell«, sagte er irgendwann. »Hier ist hundert. Halte dich an die Verkehrsregeln.«

Wäre sie nicht so verängstigt, hätte Sabine sicher darüber gelacht, von einem mutmaßlichen Mörder an die Straßenverkehrsordnung erinnert zu werden. Aber natürlich wollte er auf der Flucht nicht auffallen.

»Wo willst du hin, Thomas?«, fragte Sabine. »Seit spätestens einer halben Stunde ist die gesamte Polizei Niedersachsens hinter dir her. Das kann doch nicht gutgehen.«

»Ich muss Zeit gewinnen«, sagte er. »Nur ein paar Tage. Danach können wir zur Polizei fahren.«

»Und was willst du in den paar Tagen machen?«, wollte Sabine wissen.

»Ich muss einen alten Freund finden«, sagte Thomas. »Dann kann ich beweisen, dass alle Vorwürfe gegen mich erfunden sind.«

»Du hast den Wachmann bei dem Überfall auf den Geldtransport nicht erschossen?«, fragte Sabine vorsichtig.

»Nein, das war jemand anders, und ich weiß auch wer.«

»Sagst du mir wer?«

»Noch nicht.«

»Und was war mit Thomas Wimmer, dem Toten im Trabbi?«, fragte Sabine weiter.

»Das war ein versoffener Penner, eine arme Sau. Er hat in der Nacht versucht, mit meinem Wagen abzuhauen, als ich im Wald pinkeln war. Aber weil er so blau war, ist er voll gegen einen Baum gekracht«, sagte er und Sabine sah im Rückspiegel, wie er offenbar immer noch fassungslos über so viel Blödheit den Kopf schüttelte.

»Und dabei ist er gestorben?«, hakte Sabine nach.

»Nicht direkt. Er hatte eine Kopfverletzung und blutete stark. Als ich ihn aus dem Wagen gezogen hatte, fing er an zu japsen. Vielleicht ein Herzinfarkt …«

»Der Mann war so alt wie du, 30«, sagte Sabine. »Da hat man keinen Herzinfarkt.«

»Ja, aber er war ein verdammtes Wrack. Vielleicht war auch was mit seiner Lunge, weil er gegens Lenkrad gekracht ist. Ich weiß es nicht. Wenige Minuten später war er tot. Ich habe ihm nichts getan.«

»Und der Trabbi brannte?«, fragte Sabine, die nun mit dem Gedanken spielte, einen Unfall zu provozieren. Sie war von Gurt und Airbag geschützt. Faßbender würde mindestens seine Waffe verlieren, wenn nicht sogar sein Bewusstsein. Aber es könnte sich auch ein Schuss lösen.

»Nein, der Trabbi brannte noch nicht. Den habe ich angezündet. Ich hab die Situation als meine Gelegenheit erkannt, ein für alle Mal von den Fahndungslisten zu verschwinden. Es war damals schon abzusehen, dass sämtliche in der DDR untergetauchten Genossen auffliegen würden. Ich nahm Wimmers Papiere und seine Sachen. Er hatte nicht viel. Ein paar Hosen, Unterwäsche, altes Zeug. Und hundert Mark, Ostgeld. Das war sicher alles, was er besaß.«

»Und dann hast du den Toten hinter das Steuer gesetzt und den Wagen angezündet?«

»Ja. Ziemlich eklig und respektlos, ich weiß.«

Sabine und Melanie hatten mit ihren Spekulationen also ziemlich richtiggelegen. Ob es wirklich zutraf, dass Faßbender Thomas Wimmer nicht getötet hat, würde sich nie herausfinden lassen.

»Was hättest du getan, wenn dieser Wimmer Familie gehabt hätte, die nach ihm suchte? Früher oder später wären sie auf dich gekommen, und der Schwindel wäre aufgeflogen«, sagte Sabine.

»Ich wusste, dass er allein war. Davon hatte er mir ja die ganze Zeit vorgejammert«, sagte Faßbender. »Er wollte im Westen von vorne anfangen, der traurige Clown. Schon der erste Autodiebstahl ging gründlich in die Hose.«

»Und wer hat Martina Breesen getötet?«, fragte Sabine. »Das warst du natürlich auch nicht.«

»Nein. Auch wenn mir das niemand glauben wird. Ich

habe Martina sogar mal geliebt, ganz am Anfang. Aber dann kam Dirk. Ich wollte damals kein Kind. Ich war gerade erst in der DDR untergetaucht. Ich wollte, dass Martina abtreibt. Aber sie hat sich anders entschieden. Und das Ergebnis war ein Pflegefall. Ich fühlte mich überfordert und gar nicht so richtig verantwortlich.«

»Aha«, konnte Sabine nur sagen. Was sollte sie diesem Mann nun Vorträge über Verantwortung halten? »Und Martina musste sich mit deinem Tod abfinden«, stellte sie fest.

»Ja«, sagte Faßbender. »Das war bestimmt hart für sie, aber nach nicht allzu langer Zeit hat sie sich ja mit meinem alten Stasi-Führungsoffizier Breesen getröstet, seiner Scheinheiligkeit von der Marienkirche. Was für ein Witz. – Fahr da vorne links.«

Sie waren bestimmt eine halbe Stunde gefahren, inzwischen über die Stadtgrenze von Lüneburg gelangt und bewegten sich Richtung Innenstadt. Wo wollte er hin? Wenn ihnen Melanie mit einer großen Armada auf den Fersen war, hatte sie inzwischen vielleicht die Frau in Kostüm und Crocs gefunden und von ihr erfahren, dass sie nach einem roten BMW fahnden mussten.

»Wie ist Martina Breesen nach der langen Zeit auf dich gekommen?«, fragte Sabine.

»Sie war für ihre Zeitung in Gartow letzten Sommer und muss mich wohl erkannt haben«, sagte er.

»Du hast sie nicht erkannt?«

»Nein«, sagte Faßbender und lachte trocken. »Sie hatte nicht mehr viel Ähnlichkeit mit der Süßen von damals.«

Sabine hätte ihm gerne gesagt, dass die Zeit auch an ihm und seinem Körper nicht spurlos vorübergegangen sei, aber das tat nichts zur Sache. Was sie hier führte, und darauf war sie ein bisschen stolz, war eine Vernehmung, wenn auch in einem sehr ungewöhnlichen Umfeld.

»Hast du nicht damit gerechnet, früher oder später erkannt zu werden?«, fragte Sabine. »Du hast dich nicht gerade weit weg bewegt von der Heimat deines vorherigen Ichs. Gerade mal eine halbe Stunde. Und dann bist du auch noch Gastwirt geworden.«

»Ja, da hast du recht«, sagte Faßbender. »Wir hatten früher unter den Genossen den Spruch: ›Das beste Versteck ist kein Versteck. Niemand sucht direkt vor seiner Nase.‹ Und mit den Jahren wurde ich meinem alten Ich ja immer unähnlicher. Mir gefiel es in Gartow und Irene ist eine tolle Frau. Damals wie heute. – Da hinten an der Ampel links«, sagte Faßbender, der nun konzentriert durch die Windschutzscheibe blickte.

»Da geht es in das Parkhaus«, bemerkte Sabine.

»Ich weiß. Fahr.«

Doch sie konnte nicht fahren. Die Ampel war rot. Sollte sie rausspringen und im Verkehr Schutz vor seinen Schüssen suchen? Würde er überhaupt schießen, so mitteilungsbedürftig und zugänglich, wie er war?

Die Ampel zeigte Grün und Sabine lenkte den BMW an die Schranke des Parkhauses. Im Häuschen des Aufsichtspersonals war gerade niemand. Über ihnen entdeckte Sabine eine Überwachungskamera. Aber selbst wenn jemand in dieser Minute, während Sabine das Parkticket aus dem Automaten zog, auf den dazugehörigen Monitor blickte, was würde er dann sehen? Eine Frau und einen Mann in einem BMW. Die Waffe hielt Faßbender hinter Sabines Sitz verborgen.

»Fahr aufs oberste Parkdeck«, ordnete Faßbender an.

Sabine schraubte sich die enge Auffahrt vier Etagen hoch. Auf dem oberen Deck standen kaum Fahrzeuge.

»Stell dich rückwärts auf einen der Plätze dort«, sagte Faßbender und Sabine gehorchte.

»Und jetzt?«, fragte Sabine.

»Jetzt warten wir.«

KAPITEL 24

Kurz nach Attila und Melanie Gierke war ein Kleinbus der Polizei Lüneburg eingetroffen, aus dem fünf in Schutzausrüstung gekleidete Beamte ausstiegen. Der Hubschrauber war abgezogen, mit welchem Ziel auch immer.

Attila und Daniel standen neben dem Streifenwagen und beobachteten das Geschehen. Frau Gierke war mit der Polizeiaktion beschäftigt, sonst hätte sie die beiden sicher weggeschickt.

Die fünf MEK-Leute gingen auf die Hütte zu, Gewehre im Anschlag. Melanie Gierke und Thorsten Gabel folgten ohne Waffen.

»Kommen Sie mit erhobenen Händen heraus«, rief einer der MEK-Leute. »Sofort!«

»Da ist sowieso keiner mehr drin«, sagte Attila leise zu Daniel.

Es gab einen infernalischen Knall und viel Rauch. Zuerst dachte Attila, Faßbender hätte sich, die Hütte und – welche grauenhafte Vorstellung – Sabine in die Luft gesprengt. Doch es war nur eine Nebelgranate, und schon stürmte das Team die Hütte.

»Gesichert«, rief einer. »Niemand hier.«

»Sag ich doch«, murmelte Attila.

»Es führen Spuren in diese Richtung da«, sagte einer der Beamten, und vier der Männer nahmen wie ein Rudel Spürhunde die Fährte auf.

Melanie Gierke schaute auf ihr Handy.

»Da hinten ist die Landstraße. Lasst uns dort alles abriegeln«, ordnete sie an. »Du auch, Attila, los. – Und wo ist der Scheißhubschrauber?«

Während sie in einem riesigen Bogen über Waldwege und die Landstraße zu dem angepeilten Ort fuhren, gab Melanie Gierke eine weitere Meldung durch. »Es gab einen Notruf von der L253«, informierte die Kommissarin über Funk, »einer Autofahrerin ist an einer Parkbucht ihr Auto mit Waffengewalt gestohlen worden. Roter 3er BMW, aktuelles Modell, Hamburger Kennzeichen.«

Noch bevor Frau Gierke sämtliche Details der Meldung durchgeben konnte, hatte Attila mit dem Streifenwagen schon die besagte Parkbucht erreicht. Dort stand Faßbenders Caddy, außerdem ein Kleinlaster, daneben ein älterer Mann, vermutlich der Fahrer des Lasters, und eine junge, sehr attraktive Frau, die zu einem grauen Kostüm giftgrüne Crocs trug.

Während Attila den Streifenwagen stoppte, sah er weit hinten an der Landstraße die vier Kollegen des MEK-Teams aus dem Wald stolpern. Sie waren beim Spurenlesen offenbar in der Zeile verrutscht und am falschen Ort herausgekommen.

Nun trafen auch Melanie Gierke sowie Thorsten »Bond« Gabel ein und stürzten sich auf die aufgelöste Zeugin.

Melanie Gierke sprach kurz mit der Frau, und es bestätigte sich der Verdacht, dass Faßbender und Sabine mit ihrem Auto unterwegs waren. Der Wagenwechsel hatte ihm nur einen kurzen Vorteil verschafft. Jetzt wusste die Polizei wieder, nach welchem Auto sie suchen musste.

Gierke und Gabel machten sich im Audi auf die Suche, zur Unterstützung hatte Frau Gierke den Hubschrauber zurückbeordert, der ohne ihre Erlaubnis abgedreht war.

Das MEK-Team würde auf den Kollegen mit dem Bus warten und sich dann ebenfalls auf die Jagd machen.

Für Attila – warum sollte ihn das wundern? – gab es nur Taxi-Aufgaben. Er sollte die bestohlene BMW-Fahrerin nach Hause bringen und Daniel, der seinen Job als Scout erledigt hatte, ebenfalls.

»Ich soll die nach Hamburg fahren?«, hatte er Frau Gierke genervt gefragt. Unter anderen Umständen wäre er vielleicht einverstanden gewesen, aber jetzt wollte er an der großen Sache teilhaben. Doch die Frau wohnte gar nicht in Hamburg, dort war nur ihr Firmenwagen zugelassen. Sie wohnte in Winsen/Luhe, und das war nicht ganz so weit.

Daniel saß vorne im Streifenwagen, die junge Frau, mit der sie gleich per Du waren – sie hieß Jessica –, auf der Rückbank.

»Was ist das für ein Irrer, den ihr da sucht?«, wollte Jessica wissen, die sich beruhigt hatte und nun vor Neugier platzte. »Der hätte mich fast abgeknallt.«

»Hätte er nicht«, sagte Daniel leise, ohne sich umzudrehen. »Und er ist auch nicht irre.«

»Ach ja? Bist du dir da sicher? Und die Frau, war das irgendeine random Frau oder seine Tochter …?«, fragte Jessica weiter.

»Das war meine Kollegin«, sagte Attila.

»Oh Mann, scheiße«, rief Jessica aus, deren Ton so gar nicht zu ihren schicken Klamotten passen wollte. »Das ist ja so weird. Was hat der Typ verbrochen, ich meine, außer eine Polizistin zu entführen und mein Auto zu klauen?«

»Nichts«, sagte Daniel unfreundlich, »vergiss es einfach. Und dein Scheißauto kriegst du auch wieder.«

Attila kannte Daniel gut genug, um zu wissen, dass er sich bei jeder anderen Gelegenheit regelrecht auf die schöne Frau mit dem Pferdeschwanz gestürzt hätte. Sie entsprach genau seinem Beuteschema. Aber was da neben ihm im Streifenwagen saß, war nur noch ein Häufchen Elend, zerfressen von der Angst um seinen Vater.

»Mein Scheißauto? Du hast Nerven«, keifte Jessica, »das ist ein Firmenwagen. Fast neu. Ich bekomme sicher Ärger. Und meine ganzen Klamotten sind da drin. Meine Jacke, mein Hausschlüssel, meine Brieftasche, mein Handy, einfach alles. Wann bekomme ich das wieder, Mister Superbulle?«

»Ich bin kein Bulle«, sagte Daniel, und bevor Jessica die nächste unpassende Frage stellen konnte, lenkte Attila den Streifenwagen auf den Seitenstreifen und trat voll auf die Bremse. Alle wurden in die Gurte gedrückt.

»Alter«, rief Daniel, »was ist los mit dir?«

Attila drehte sich zu Jessica um und fuhr sie wütend an. »Was sagst du da, ist noch im Auto?«

»Na, meine Jacke, meine Brieftasche …«

»Und dein Handy?«, kürzte Attila die Aufzählung ab.

»Ja«, sagte Jessica kleinlaut.

»Und das hast du der Kommissarin eben nicht erzählt?«

»Nein, also, sie hat nicht danach gefragt und ich war so aufgeregt und …«, verteidigte sich Jessica.

»Liegt das Handy offen sichtbar in der Mittelkonsole oder …«

»Nein, es steckt in meiner Jacke und die liegt auf dem Rücksitz«, sagte Jessica, und Attila ballte innerlich die Siegerfaust.

»Akku?«, wollte Attila wissen.

»Fast voll, denke ich.«

»Gib mir deine Handynummer«, befahl Attila und spürte tief in seiner Polizistenseele, dass er nun endlich mal etwas tat, wofür ihn die Gierke nicht beschimpfen konnte, sondern ihn sogar offiziell belobigen musste.

Er gab bei der Leitstelle eine Handyortung in Auftrag und bat um Übermittlung der Daten auf sein Handy.

Sie warteten keine fünf Minuten mit eingeschaltetem Blaulicht, bis sein Handy brummte und die Karten-App mit einem blinkenden Punkt anzeigte, wo Jessicas BMW, oder zumindest ihr Handy, zu finden war.

»Frau Gierke, ich glaube wir haben den Standort«, sagte Attila stolz ins Telefon und hätte zu gerne das Gesicht der arroganten Kollegin gesehen. »Lüneburger Innenstadt, vermutlich ein Parkhaus.«

»Was, wie das?«

»Das Handy der Fahrerin befindet sich im Fahrzeug, ich habe es orten lassen. Ich schicke Ihnen den Link.«

Sicher hätte die Kommissarin ihn gerne angeraunzt, wie er dazu käme, eine Handyortung anzuordnen. Das wäre doch ihr Job, aber solche Spielchen verkniff sie sich angesichts der Lage dann doch.

»Danke, Attila, gute Arbeit«, presste sie wie unter Schmerzen heraus und ärgerte sich sicher maßlos darüber, dass sie die Standardfrage nach dem Handy bei Jessicas Befragung vergessen hatte.

»Ich muss da jetzt auch mal nachsehen«, sagte Attila nach dem Telefonat zu seinen Mitfahrern – vielleicht eine Spur zu lässig, »ich kann dich aber irgendwo absetzen, Jessica.«

»Nee, lass mal«, sagte die junge Frau, die sich das Abenteuer offensichtlich nicht entgehen lassen wollte. »Ich habe Zeit. Und wenn ihr Bullen einen guten Job macht, habe ich ja gleich mein Auto wieder.«

KAPITEL 25

Sie standen nun schon fast eine Stunde im Parkhaus. Wie lange wollte er hier warten? Mehrere Stunden? Tage? Das würde er doch nicht durchhalten. Sabine beobachtete ihren Entführer über den Rückspiegel. Würde er einnicken? Wäre das eine Gelegenheit zur Flucht? Je weniger sie mit ihm sprach, umso eher würde er einschlafen. Doch das wusste er ebenfalls. Also redete er.

»Martina hat mich damals bei diesem SUP-Wettbewerb wohl nicht direkt erkannt. Erst zu Hause ist sie beim Betrachten der Fotos auf die Idee gekommen, dass ich das sein könnte. Schon irre. Ein paar Wochen später stand sie plötzlich morgens im Lokal. Ich war alleine. Irene war in Lüneburg, was besorgen, und Daniel war ja noch auf Kreuzfahrt. ›Hallo, Christian‹, hat sie gesagt. Ich wusste erst gar nicht, wen sie meinte. Ich hatte den Namen seit über 30 Jahren nicht gehört.«

»Und was wollte sie? Geld?«, fragte Sabine.

»Ach was. Woher auch? Man sieht der Wendland-Schänke an, dass wir gerade so über die Runden kommen. Bei uns ist nichts zu holen. Sie wollte die große Story, den Scoop, wie Journalisten das nennen. Haha. Ausgerechnet Martina. Sie war ja echt ne nette und so, aber für eine Investigativreporterin fehlte es ihr an so ziemlich allem.«

Ein Auto fuhr aufs Parkdeck und parkte einige Plätze vom roten BMW entfernt. Eine Frau und ein kleines Mädchen stiegen aus und gingen Richtung Treppenhaus.

»Wollte sie dich interviewen, oder was?«, fragte Sabine.

»Ja klar, so richtig mit Video und so. Aber sie brauchte ja auch noch Informationen von mir. Sie wusste, dass ich im Osten Christian Müller war und jetzt im Westen Thomas Faßbender bin. Wendelin Krause kannte sie allerdings noch nicht. Sie wusste von Pastor Breesen, dass ich ein gesuchter Verbrecher war. Über den RAF-Background hat sie nur spekuliert. Dazu wollte sie Gewissheit.«

»Und du wolltest nicht mitmachen.«

»Natürlich nicht. Ich hätte mich in Teufels Küche gebracht. Sie drohte mir, mich zu verpfeifen. Es war klar, dass ich nach wie vor auf den Fahndungslisten stehe. Wegen eines Mordes, den ich nicht begangen habe«, sagte Faßbender und lachte wieder sarkastisch.

»Und da hast du Angst bekommen?«, fragte Sabine.

»Nein, nicht vor Martina. Die war nicht in der Lage, irgendetwas zu beweisen. Angst hatte ich erst, als dieser Spruch an die Wand geschmiert wurde.«

»›Anna und Arthur halten's Maul‹«, zitierte Sabine. »Wer hat das geschrieben?«

»Ich weiß es nicht. Jemand mit Kontakten in meine Vergangenheit, der vermutlich durch Martinas Recherchen erfahren hat, dass ich noch lebe«, sagte Faßbender.

»Wer könnte das sein?«, hakte Sabine nach, und bevor Faßbender antworten konnte, brach auf Parkdeck 4 die Hölle los.

Mit quietschenden Reifen rasten zwei zivile PKW und ein Mannschaftsbus die Rampe hoch. Über dem Parkhaus dröhnte ein Hubschrauber, und nun seilten sich vom Dach des Gebäudes mehrere behelmte Gestalten ab, die über die Brüstung auf die Parkfläche sprangen. Scheinwerfer flammten auf.

Als letztes Fahrzeug rollte der Sabine wohlbekannte Gartower Streifenwagen aufs Parkdeck. Hinterm Steuer Attila, neben ihm Daniel und hinten saß eine Frau, die Ähnlichkeit mit der Blonden hatte, die Faßbender vor nicht langer Zeit aus dem roten BMW geworfen hat.

»Na also«, meinte Sabine. Faßbender sagte gar nichts.

Nun stieg Melanie aus Gabels Audi und ging ein Stück auf den BMW zu. Sie traute Faßbender offenbar nicht zu, auf sie zu schießen.

»Geben Sie auf, Faßbender«, rief sie. »Lassen Sie Frau Langkafel frei und ergeben Sie sich. Wir wollen doch alle kein Blutvergießen.«

»Ich kann mich meiner Kollegin da nur anschließen, Thomas«, sagte Sabine leise. »Du hast verloren. Mach es nicht noch schlimmer.«

»Jetzt habt ihr einen Terroristen gefangen. Dafür werden euch alle feiern. Und Bernhard, der einzige Mensch, der weiß, was wirklich passiert ist, kommt ungeschoren davon.«

»Welcher Bernhard? Wo ist er? Wir holen ihn und dann kann er aussagen!«, rief Sabine wütend.

»Heine. Bernhard Heine heißt er. Ich bin heute sicher, dass er fast von Anfang an für den Verfassungsschutz gearbeitet hat.«

»Was macht dich da so sicher?«, fragte Sabine.

»Kommen Sie, Faßbender«, rief Melanie wieder. »Los, wir warten nicht mehr lange.«

»Er wäre längst im Knast, wenn er nicht mit denen zusammenarbeiten würde«, antwortete Faßbender auf Sabines Frage.

Faßbender wollte noch mehr sagen, doch da hörten sie plötzlich eine andere Stimme.

»Mein Vater hat diese Frau nicht getötet«, kam es aus einiger Entfernung. Daniel. Er war aus dem Streifenwagen gestiegen und ging langsam auf den BMW zu, in dem sein Vater saß.

»Bleib zurück, Junge«, forderte Melanie ihn auf, doch Daniel hörte nicht auf sie.

In diesem Moment riss Faßbender die Tür auf und sprang aus dem BMW, die Waffe in der rechten Hand.

»Daniel!« Er riss die Arme hoch. »Was machst du hier? Ich …«

Bevor er weitersprechen konnte, krachte ein Schuss durchs Parkhaus, dann noch einer. Thomas Faßbender wurde von der Wucht der Projektile nach hinten geschleudert und blieb mit blutendem Kopf am Boden liegen. Eine Sekunde waren alle starr vor Schreck, bis Daniel »Papa, Papa, nein!«, kreischte und auf den am Boden liegenden Vater zulief.

Sabine stieg langsam und wie von einer unsichtbaren Kraft gesteuert aus dem BMW und ging zu Melanie. Die sah Thorsten Gabel an, der sehr langsam den Arm mit seiner Waffe senkte. Schweigend. Fassungslos. Auch Sabine fixierte den Verfassungsschützer mit starrem Blick.

»Was guckt ihr so?«, fragte Gabel verunsichert. »Er hatte eine Waffe in der Hand. Hätte ich warten sollen, bis er jemanden von uns erschießt?«

Gabel händigte Melanie seine Pistole aus. Der zu erwartenden Untersuchung sah er offenbar entspannt entgegen. Jeder Polizist weiß, dass weit über 90 Prozent der Verfahren wegen Polizeigewalt ohne Anklage eingestellt werden.

Daniel kniete weinend neben seinem Vater. Ein Schuss hatte ein großes Loch in die Schädeldecke gerissen, der zweite hatte eine Halsschlagader zerfetzt. Faßbender muss sofort tot gewesen sein. Als Sabine zögerlich an Daniel herantrat, sprang er auf und brüllte Thorsten an. »Sie haben ihn ermordet, Sie mieses Schwein. Das haben Sie von langer Hand geplant. Und ich werde es beweisen!« Dann weinte er wieder bitterlich. Die Umstehenden sahen ihn ratlos, aber auch voller Mitleid an.

Sabine und Daniel setzten sich in den Streifenwagen, Attila klemmte sich hinters Steuer.

»Jessica, komm«, rief Attila der jungen Frau zu, die verloren und mit tränenverschmiertem Make-up auf der Parkfläche stand, wo Polizisten den Tatort sicherten.

»Wieso?«, fragte sie. »Ich kann doch mit meinem eigenen Auto fahren.«

»Vergiss es.« Attila winkte ab und bedachte die Frau mit einem fast zärtlichen Blick. »Das gehört jetzt erst mal der Spurensicherung.«

»Aber ich muss doch … mein Handy … meine Papiere …« Sie fing wieder an zu weinen. Attila stieg aus und ging zu ihr. Er berührte vorsichtig ihre Schulter und flüsterte ihr etwas zu. Sie nickte und folgte ihm zum Streifenwagen.

Ja, Attila, dachte Sabine, dranbleiben. Die passt viel besser zu dir.

Nachdem sie Jessica in Winsen abgesetzt hatten, fuhren sie weiter Richtung Gartow.

»Daniel«, sagte Sabine vorsichtig nach einer langen Zeit des Schweigens und drehte sich zu dem jungen Mann um. »Warum bist du dir so sicher, dass dein Vater Martina Breesen nicht getötet hat?«

»Ich weiß es einfach«, sagte Daniel.

Sabine hoffte noch auf eine Erklärung, doch die blieb aus. Du wirst es irgendwann akzeptieren müssen, dachte sie, sagte aber nichts.

KAPITEL 26

»Wie kann das passieren, Melanie?«, brüllte Sabine in ihr Handy. »Was ist das für ein krankes Arschloch?«

Sie saß am Küchentisch und trank Bier. Ihr Vater räumte den Abendbrottisch ab. Sabine hatte nichts gegessen. Nach der Schießerei im Parkhaus hatte sie sich von Attila nach Hause bringen lassen, ein Bad genommen und versucht zu schlafen. Das war ihr ebenso unmöglich wie zu essen.

»Ich verstehe, dass du mit den Nerven am Ende bist, das ist ganz normal«, sagte Melanie ruhig. »Das war ein dramatischer Tag für dich.«

»Ja klar, sehr dramatisch«, sagte Sabine sarkastisch, »allerdings erst als ich, äh, gerettet wurde. Ich hatte die zwei Stunden in Faßbenders Gewalt nicht wirklich Angst. Der Mann war verzweifelt, unsicher, was weiß ich. Aber er hätte nie geschossen. Da war ich sicher.«

»Thorsten hat das in dieser Sekunde im Parkhaus vielleicht anders gesehen«, erklärte Melanie Gierke zaghaft. »Aus seiner Perspektive hat die Lage vielleicht viel gefährlicher gewirkt.«

»Aus seiner Perspektive?«, fragte Sabine und bemerkte, dass ihr Vater ihr einen besorgten Blick zuwarf. »Wie hat es denn aus deiner Perspektive ausgesehen? Du standst doch direkt neben ihm. Hättest du geschossen?«

»Also … Ich weiß nicht …«, druckste Melanie.

»Ehrlich, Melanie, bitte. Hättest du geschossen?«

Johannes Langkafel nahm sich ein Bier aus dem Kühlschrank und verließ langsam die Küche. Im Rausgehen legte er eine Hand auf Sabines Schulter, die sicher sagen sollte: Nimm es dir nicht so zu Herzen, Mädchen.

»Nein«, sagte Melanie endlich leise. »Ich hätte nicht geschossen.«

»Natürlich nicht. Warum willst du dieses kranke Arschloch also decken? Da stimmt doch was nicht. Wenn er so ein toller Schütze ist, wieso schießt er dann nicht in die Schulter, in die Beine, von mir aus in die Eier? Nein, ein Schuss in den Kopf, einen in den Hals. Beide garantiert tödlich.«

Sabine versuchte, tief durchzuatmen, um ein wenig ruhiger zu werden. Direkt neben ihr war vor wenigen Stunden ein Mensch getötet worden. Blut und Gehirn waren fast bis zu ihr ins Auto gespritzt. Und er war ohne Grund erschossen worden. Er hätte eine halbe Minute später seine Waffe fallen lassen und sich ergeben, da war sie sicher. Sein Tod war so unnötig.

»Ich will ihn doch gar nicht decken. Das wird genau untersucht, Sabine. Glaub mir.«

»Was Daniel da gesagt hat«, meinte Sabine nachdenklich und nahm einen tiefen Schluck aus der Bierflasche, »dass das alles eine abgekartete Sache sei, dass Thorsten Faßbender gezielt ermordet hätte, hast du das mitbekommen?«

»Klar.«

»Und was hältst du davon?«

»Na, weißt du, der Junge war völlig verzweifelt«, sagte Melanie und klang deutlich zu belehrend, zu therapeutisch. »Sein Vater war gerade vor seinen Augen getötet worden, und er musste sich mit dem Gedanken anfreunden, dass sein Vater nicht der war, der er vorgab zu sein. Da kommt man auf die verrücktesten Ideen.«

»Er hat gesagt, er kann es beweisen«, wandte Sabine ein.

»Natürlich kann er das. – Gute Nacht, Kollegin. Versuch zu schlafen.«

Sabine ging ins Wohnzimmer und setzte sich zu Papa aufs Sofa. Er schaltete den Fernseher aus und sah sie an. Mehr nicht. Das war eine seiner zahlreichen Stärken, im richtigen Moment einfach die Klappe zu halten. So geborgen, wie sie sich gerade in Papas Nähe fühlte, hatte sich Sabine noch nie bei einem anderen Mann, einem Partner, gefühlt. War sie verloren für eine normale Paarbeziehung?

»Papa, hast du irgendwann mal mit dem Verfassungsschutz zu tun gehabt, ich meine dienstlich?«, fragte Sabine.

»Mit dem Verfassungsschutz?«, wiederholte Johannes und sah nachdenkend in eine entfernte Zimmerecke. »Hier bei uns passiert ja nichts, was die interessieren könnte, die Schlapphüte. Oder doch, warte, ich habe sogar einen Freund, na sagen wir, einen Bekannten, der bei dem Verein war.«

»Echt?«

»Ja, Stephan Schütze. Er müsste jetzt so Mitte 70 sein. Wir haben letzten Herbst noch telefoniert. Er lebt irgendwo bei Köln.«

»Und woher kennst du ihn?«

Papa erhob sich und ging in die Küche. Sabine hörte an den Geräuschen, dass er ein weiteres Bier holte. Das wurde eine längere Geschichte.

»Stephan war 1980 mit einem Kollegen hier, als vier Wochen das Hüttendorf am Bohrloch stand.«

»Unser gutes altes Bohrloch. Kaum ein Fall ohne dieses verdammte Loch.« Sabine schüttelte den Kopf.

»Ja, also, da waren nun 4.000 meist linke Atomkraftgegner versammelt, und da wollten die Jungs vom Verfassungsschutz auch mal schauen. Die hatten wohl Panik, dass die letzten noch nicht inhaftierten oder abgetauchten Mitglieder der RAF dort Nachwuchs rekrutieren könnten. Wir von der Gatower Polizei sollten uns aus allem komplett raushalten. Auch aus den Protesten. Die Landesregierung wollte wohl vermeiden, dass uns die wendländischen Bürger mit dem Arsch nicht mehr angucken. Es war auch besser so. Als sie nach vier Wochen mit Tausenden Beamten das Camp räumten, hat sich der Staat wirklich nicht mit Ruhm bekleckert. Aber das weißt du ja alles.«

»Ja, Papa«, sagte Sabine und wollte nicht so ungeduldig klingen, wie sie in Wirklichkeit war. »Was war mit dem Verfassungsschutz?«

»Also, die haben sich natürlich nicht bei uns angemeldet und man erkennt die auch nicht. Aber ich bin mit diesem Stephan Schütze zusammengetroffen, besser: aneinandergeraten, als er mit 110 Sachen am Ortseingang, da beim Hahnenberger, in unsere frisch aufgebaute Radarfalle gebrettert ist. Dafür galt auch 1980 schon Höchststrafe. Ich habe also pflichtgemäß noch vor Ort seinen Führerschein einkassiert. Daraufhin ist er ausgerastet. Das würde ich bereuen, da käme Ärger von ganz oben. Solche Sprüche eben. Er musste trotzdem zu Fuß in seine Pension. Keine Ahnung mehr, wo der damals wohnte. Ich war gerade zurück auf der Wache, da war er schon da, der Ärger.« Nun tat Johannes so, als würde er sich einen Telefonhörer ans Ohr halten und imitierte eine hohe Frauenstimme. »Polizeipräsidium Lüneburg, der Präsident für Polizeiobermeister Langkafel.«

Sabine musste lächeln. Papa machte den üblichen Quatsch, wollte sie aufmuntern.

»Im nächsten Moment ging die Brüllerei los. Wie ich denn könnte … und was mir einfiele … und Bundesbehörden bei der Arbeit behindern … Blabla. Langsam erfuhr ich, dass Stephan Schütze als Verfassungsschutzbeamter mobil sein müsse, nicht auffallen dürfe und gefälligst seinen Führerschein zurückbekommen solle. Ich hatte mich noch erdreistet vorzuschlagen, dass Schütze sich doch ein Blaulicht aufs Dach setzen und Sonderrechte in Anspruch nehmen solle, dann habe er garantiert seine Ruhe. Da wurde der Präsident noch mal lauter und drohte mir mit Karriereproblemen. Das war natürlich Quatsch. Ich hatte nichts falsch gemacht. Ich nehme an, der Polizeipräsident hat den Druck, den er aus dem Innenministerium oder woher auch immer bekommen hat, eins zu eins an mich weitergegeben. Konsequenzen hatte das für mich nicht, eine Entschuldigung des Präsidenten blieb aus. – Entschuldigt hat sich aber Stephan Schütze, als er wenig später seinen Lappen auf der Wache abholte und ich ihm von dem Einlauf erzählte. Er war untröstlich, das habe er nicht gewollt. Er lud mich am Abend zum Bier ein und erwies sich an diesem und den folgenden Abenden als exzellenter Skatspieler. Viel zu tun hatten die Verfassungsschützer im Hüttendorf nämlich nicht. Ihre V-Leute dröhnten sich mit den Hippies die Rübe zu und sangen Lieder. Staatsgefährdende Umtriebe? Fehlanzeige.«

»Eine schöne Geschichte, danke, Papa«, sagte Sabine und Vater verstand die Ironie. »Und mit diesem Schütze bist du seither in Kontakt?«

»Ja, früher mehr. Als wir jünger waren, war er ab und zu mal mit seiner Frau hier am See. Mama mochte ihn und seine Frau auch. – Aber wie Stephan dir in deinem Fall helfen kann, weiß ich nicht. Er ist seit 15 Jahren nicht mehr im Geschäft. – Geht es um diesen Gabel, der den Tommi Faßbender erschossen hat?«, fragte er.

»Um den auch, aber eigentlich interessieren mich die 80er und 90er. Meinst du, ich kann mal mit diesem Schütze sprechen?«

»Klar, Süße, ruf ihn an und grüß ihn herzlich von mir. Ich schick dir seine Kontaktdaten.« Papa nahm sein iPhone zur Hand und wenige Sekunden später hatte Sabine den Kontakt per AirDrop. Eine weitere Superkraft ihres Vaters war, dass er bei diesen ganzen technischen Errungenschaften immer noch ganz gut mithielt.

KAPITEL 27

Melanie war am Montag nach den grauenhaften Ereignissen im Parkhaus noch vor Sabine auf der Wache. Das Lagezentrum in der Wendland-Schänke wollten sie nicht mehr nutzen. Es erschien ihnen unpassend, im Haus des mutmaßlichen – nun toten – Täters zu residieren. Außerdem war ein Team aus Lüneburg gerade dabei, alles auf den Kopf zu stellen. Hausdurchsuchung. An der Tür zur Schänke hing ein Schild: »Wegen Trauerfall geschlossen«. Irene und Daniel wurden von einer Psychologin der Polizei betreut.

»Na, wie geht es dir?«, fragte Melanie, die an Sabines Schreibtisch saß. »Konntest du schlafen?«

»Nicht so richtig«, sagte Sabine. »Aber ich komm schon klar. Und du? Kannst du das einfach so abschütteln?«

»Natürlich nicht«, sagte Melanie und schaute nachdenklich. »Aber ich habe so was schon etwas öfter erlebt als du. Vielleicht habe ich mehr Hornhaut auf der Seele.«

Melanie hatte Attila in die Wendland-Schänke geschickt, um den Kollegen bei der Durchsuchung zu helfen und das Lagezentrum aufzulösen.

Sabine setzte sich an Metzgers Schreibtisch, der in der Schule Verkehrsunterricht gab, worum sie ihn in diesem Moment sehr beneidete.

Nun lebte sie seit fünf Jahren das Leben einer Dorfpolizistin, wurde entsprechend mies bezahlt und geriet doch in diese Situationen, die einem das Herz zerrissen.

Und sonst? Kein Mann, kein Sex, kein Nachtleben, stattdessen sah sie ihrem Vater beim Verfall zu. Sie lebte das Leben einer alten Frau.

»Was ist mit Thorsten?«, fragte sie Melanie. »Ist der noch in der Nähe?«

»Weiß nicht. Sein Fall ist nach ganz oben gewandert«, sagte Melanie.

»Wo ist ganz oben?«

»Polizeipräsident? Vielleicht Innenministerium? Ich weiß es nicht. Aber sein finaler Rettungsschuss, ohne dass es was zu retten gegeben hätte, wird untersucht. Darauf kannst du dich verlassen. Man wird uns sicher noch dazu befragen«, sagte Melanie.

»Hast du mit ihm geschlafen?«, fragte Sabine, obwohl sie die Antwort bereits kannte. Melanie nickte stumm. »Und? War's gut?«

»Hmm«, brummte Melanie und wog den Kopf hin und her, »ja, doch. Ich hatte schon schlechtere. – Aber auch bessere. Er ist so ein Performer, weißt du. Viel Technik und Expertise, wenig Leidenschaft. Bist du deswegen sauer? Du wolltest ihn, oder?«

»Kurz sehr, dann überhaupt nicht mehr. Ich bin keine Frau für eine Nacht«, sagte Sabine und lächelte.

»Ich ebenfalls nicht«, schloss Melanie sich an, »die Scheißkerle bleiben nur nie länger.« Die beiden Frauen lachten herzhaft. Das tat gut.

Ein Bericht aus der KTU Lüneburg erreichte Melanie auf dem Handy. Sie leitete ihn an Sabine weiter. Darin war zu lesen, dass im Škoda von Martina Breesen auch nach erneuter gründlicher Untersuchung keine Fingerabdrücke fremder Personen zu finden waren. Die Griffe der Türen außen und innen, Lenkrad, Schalthebel – alles war gründlich abgewischt worden. Hinten und im Kofferraum waren Fingerabdrücke der Breesen selber, keine anderer Personen. Trotzdem konnte fremde DNA gefunden werden. Am Beifahrersitz und an der Kopfstütze des Fahrersitzes. Die untersuchenden Beamten kamen zu der Vermutung, dass jemand erst auf dem Beifahrersitz gesessen und dann das Auto gefahren hatte. Das Handyladekabel, mit dem die Frau erdrosselt worden war, hatte zuvor wohl in der USB-Buchse des Fahrzeugs gesteckt.

Den Tathergang musste man sich also so vorstellen: Der Fremde fuhr mit der Breesen im Auto, er saß auf dem Beifahrersitz. Sie kannte ihn also oder hatte keinen Grund, ihm zu misstrauen. Irgendwann hat er das Kabel aus der Buchse gerissen und Martina Breesen damit erdrosselt. Es muss mehrere Minuten gedauert haben, bis der Kehlkopf so weit eingedrückt war, dass die Atmung aussetzte. Die Breesen wird heftig Widerstand geleistet haben, aber sie war von kleiner Statur, untrainiert, der Täter sicher erheblich stärker als sie.

Ob der Täter anschließend mit der Leiche weitergefahren ist oder ob der Wagen bereits an der Stelle im Wald stand, wo Martina Breesens Leiche später gefunden worden war, war nicht feststellbar. Auf jeden Fall hat der Täter den Wagen nach dem Entsorgen des toten Körpers gefahren und ihn an seinem Fundort in der Nähe der Baustelle von Naturbelassen e. V. abgestellt. Es erscheint als unwahrscheinlich, dass die Leiche noch im Fahrzeug war, als es dort geparkt wurde, und er die tote Frau zum Fundort geschleift hat. Das wären fünf Kilometer Luftlinie gewesen.

Nach Auswertung der DNA hatten die Forensiker auch einen Namen für den Unbekannten: Thomas Faßbender.

»Fassen wir zusammen«, sagte Melanie und zählte an ihren Fingern ab, »als Thomas Faßbender hat er vor zehn Tagen Martina Breesen ermordet, damit sie ihn nicht auffliegen lässt. Als Christian Müller hat er im November 1989 Thomas Wimmer ermordet und im Trabbi verbrannt, um dessen Identität zu stehlen. Und als Wendelin Krause hat er 1985 einen Wachmann ermordet, um Geld zu rauben. Das ist ne Menge. Thorsten hat vielleicht nicht den Falschen getroffen.«

»Was?«, fuhr Sabine hoch und fauchte Melanie an. »Wollen wir jetzt so arbeiten? Standrechtlich erschießen?«

Melanie hob beschwichtigend die Hände.

»Außerdem hat er mir gesagt, dass er keine dieser Taten begangen hat«, fügte Sabine ruhiger an.

»Ja klar. Und seine Frau Irene sagt, dass er in der Tatnacht neben ihr im Bett friedlich geschnarcht hat. Seit halb zehn, weil es ihm nicht gut ging. Angeblich. Er hat also ein Alibi. – Mensch, Sabine, wie lange bist du bei der Polizei?« Melanie lachte sarkastisch.

Mittags fuhr Sabine mit dem Rad nach Hause, um in Ruhe mit Ex-Verfassungsschutzmann Stephan Schütze zu telefonieren.

Nach einem etwas ausufernden Austausch von Nettigkeiten und Grüßen konnten sie endlich zum Thema kommen. Schütze betonte, dass er schon lange raus sei und man nicht mehr viel mitbekomme im Ruhestand. Und doch hatte er ein paar interessante Informationen. Sabine hatte ihn danach gefragt, was er in den 1980er- und 1990er-Jahren rund um die RAF mitbekommen habe. Sie wollte wissen, ob er sich an Leute erinnerte, wie zum Beispiel diesen Bernhard Heine, von dem Thomas Faßbender gesprochen hatte.

»Wissen Sie, Sabine …« Sie hatte ihm gestattet, sie beim Vornamen zu nennen, es gefiel ihr, wenn ältere Leute das taten. »Die meisten Ermittlungen rund um die RAF, die spektakulären Festnahmen, was man so in den Medien las, das war alles Arbeit des BKA. Wir vom Verfassungsschutz haben die Maulwurfarbeit gemacht. Wir haben versucht, die schweren Jungs, und schweren Mädchen – ja, bei der RAF war man schon früh auch beim Morden gleichberechtigt – auszumachen und festzusetzen, bevor sie schreckliche Dinge tun konnten. Das ist uns mal besser, mal weniger gut gelungen.«

Wie Stephan Schütze sprach, erinnerte er Sabine an ihren Vater. Etwas langsam, etwas rau und müde, aber hochpräzise, auf den Punkt und mit einem gewissen Witz.

»Die RAF-Leute in der DDR waren schnell ermittelt, die hat uns die Stasi noch vor der Wiedervereinigung auf dem Silbertablett serviert. Frei Haus, sozusagen. Dabei taten die DDR-Behörden so, als seien ihnen die Leute erst nach einem Abgleich der Melderegister, wie es hieß, aufgefallen. Da kann ich nur lachen. Die wussten immer, wer die Leute waren und wo sie sich aufhielten. Honecker ließ verkünden, dass er nichts von diesen geheimnisvollen Gästen gewusst habe. Wer's glaubt.«

»Konnte man denn sicher sein, dass mit den zehn Leuten, von denen man damals überall las, wirklich sämtliche untergetauchten Leute gefasst waren?«, fragte Sabine.

»Nein, haha, meine Liebe, da sprechen Sie einen wunden Punkt an. Diese zehn waren sicher große Nummern, aber niemand weiß, ob nicht ein paar Nebenfiguren unter dem Radar blieben. Jeder von uns in der Abteilung Terrorabwehr hatte eine Liste von untergetauchten Leuten, für die er zuständig war. Die standen natürlich auch alle auf

Fahndungslisten, aber ich hatte zum Beispiel zehn Namen, Anfang der 90er, die mehr oder weniger eng der RAF und ihren Nachfolgern zuzuordnen waren, von denen wir nicht wussten, wo sie waren oder ob sie überhaupt noch lebten. Natürlich hofften wir, die nun in der Ex-DDR wiederzufinden, doch das war verdammt mühsam. Wir hatten auch nicht zu sämtlichen Unterlagen Zugang, und wir wissen ja nicht, was die Stasi in den letzten Tagen ihrer Existenz alles durch den Schredder gejagt hat.«

»Kommt Ihnen der Name Bernhard Heine bekannt vor?«, fragte Sabine.

Schütze schien zu überlegen. »Nein. Wer soll das sein?«

»Ein Mann aus dem RAF-Umfeld, so ab Anfang, Mitte 80er-Jahre, der angeblich mit dem Verfassungsschutz zusammengearbeitet hat.«

»Och, Gott«, rief Schütze aus, »da gab es viele. Der Name sagt mir nichts. Soll er ein Beamter oder ein V-Mann gewesen sein?«

»Er kam aus der Szene, also wohl ein V-Mann, damals. Was er heute ist, weiß ich nicht.«

»Haha, wenn er in den 80ern ein V-Mann war, dann ist er heute entweder tot oder Beamter«, sagte Schütze und lachte. Ihm schien das Gespräch Spaß zu machen. Sabine hatte nicht wirklich das Gefühl weiterzukommen.

»Ich vermute«, sagte sie vorsichtig, »dass er RAF-Leute in der DDR versteckte und den Kontakt zu ihnen hielt. Für die westdeutschen Behörden.«

»Aha, also so eine Art Doppelagent …«

»Vielleicht sogar dreifach, denn er hatte Verbindungen zu RAF, Stasi und Verfassungsschutz«, sagte Sabine.

»Ja, dreifach, haha«, Schütze wurde immer lustiger, »dann hat er sicher nicht bis heute überlebt.«

»Ich habe Gründe anzunehmen, dass er noch lebt, Herr Schütze«, sagte Sabine ernst, um den alten Herrn zur Vernunft zu rufen.

»Möglich ist das natürlich. Ich kann mir vorstellen, dass die Anzahl von V-Leuten in jener Zeit an dieser Schnittstelle eher überschaubar war. Ich werde mich mal umhören. Geben Sie mir ein paar Tage und rechnen Sie nicht mit Details. Der Verfassungsschutz ist ein Geheimdienst, wenn Sie verstehen.«

KAPITEL 28

Attila fühlte sich unwohl an diesem Ort, mit diesen Leuten. In ihrer Wohnung heulte Irene Faßbender die Psychologin voll, und er saß mit Daniel an einem Tisch in der leeren Gaststube und musste das ausdruckslose Gesicht des Freundes ertragen. Was wusste Attila denn schon, wie man mit Trauer umging, die zusammen mit Wut und Verzweiflung ein explosives Gefühlsgemisch bildete? Wie konnte er helfen?

Es war fast 17 Uhr. Gleich würde die Wendland-Schänke öffnen. Normalerweise. Doch sie würde geschlossen bleiben. Keiner wusste, wie lange.

Keine Blumen und keine Kerzen vor der Tür. Das war Attila sofort aufgefallen. Als vor ein paar Monaten ein Bäckerazubi aus dem Ort bei einer Trunkenheitsfahrt mit dem Moped tödlich verunglückt war, konnte man am Tag danach die Bäckerei kaum betreten. Beileidsbekundungen in Form von Kerzen, Blumen und Kuscheltieren blockierten den Gehweg und den Eingang ins Ladenlokal.

Und nun? Gartow zeigte kein Mitleid mit den Leuten von der Wendland-Schänke. Mit großen Schritten hatten sich wahnwitzige Gerüchte auf den Weg durchs Dorf gemacht, bevor sich die Fakten überhaupt am Start versammelt hatten. Niemand wusste etwas, aber jeder hatte etwas zu erzählen über den Wirt mit Vergangenheit, der erneut zum Mörder geworden war, weil er etwas zu verbergen hatte. Was das gewesen war, wusste freilich niemand.

»Ich weiß alles über meinen Vater«, sagte Daniel trotzig in die bleierne Stille der Gaststube.

»Ach ja?«, entgegnete Attila, während er versuchte, mit der Kaffeemaschine hinter dem Tresen zurechtzukommen. »Dann weißt du mehr als wir.«

Daniel kam zu ihm und setzte mit zwei Handgriffen das Gerät in Gang. Schlürfend und spratzend braute die Maschine einen Kaffee, den keiner trinken würde.

»Ich brauche jetzt was Stärkeres«, sagte Daniel und griff nach einer Whiskeyflasche im Regal. »Du auch?«, fragte er Attila.

»Immer noch nicht«, sagte der. »Woher weißt du denn alles? Und was ist überhaupt alles?«

»Alles über die drei Leben des Thomas Faßbender.« Daniel goss Whiskey in ein Glas und leerte es mit einem Schluck. Angewidert verzog er das Gesicht und schüttelte sich. »Alles, was man wissen muss, um sicher zu sein, dass er kein Mörder war.«

Daniel trank sonst nie Whiskey, dachte Attila. Meistens Bier, manchmal Gin Tonic. Aber Whiskey? Musste er sich Sorgen machen?

»Und woher weißt du das?«, fragte Attila, ohne eine befriedigende Antwort zu erwarten.

»Weil er es aufgeschrieben hat«, sagte Daniel und kippte einen weiteren Whiskey. »Er hatte begonnen seine Memoiren zu schreiben. Und ich habe die ersten Kapitel.«

»Du redest Quatsch«, behauptete Attila. »Hat er sie dir gegeben?«

»Nein. Ich habe sie gefunden. Auf seinem Laptop. Vor Monaten schon«, sagte Daniel und schien den erstaunten Blick des uniformierten Freundes auszukosten. »Ich wollte irgendwas im Internet checken und habe mir seinen Rechner genommen. Da war ein Dokument noch geöffnet.«

»Hat er seinen Rechner nicht mit einem Passwort gesichert?«, fragte Attila, nicht weil ihn diese Frage wirklich interessierte, sondern weil er überprüfen wollte, ob Daniel sich diese Geschichte ausdachte.

»Klar hatte mein Vater ein Passwort, haha«, sagte Daniel mit nach dem dritten Whiskey schwerer Zunge. »Dasselbe Passwort, das wohl alle Boomer haben: das eigene Geburtsdatum, das der Frau beziehungsweise des Mannes oder das eines Kindes. Bei meinem Vater war es mein Geburtstag. – Was da drinsteht, wird alles ändern. Aber ich muss es noch geheim halten. Sonst dreht ihr es wieder so, wie ihr es braucht, Scheißbullen.«

»Nun mal langsam, mein Freund. Wir drehen gar nichts, und Scheißbullen habe ich nicht gehört«, sagte Attila, der dem Freund nicht wirklich böse war. »Das Laptop wird inzwischen übrigens auf dem Haufen der Dinge gelandet sein, die meine Kollegen gleich nach Lüneburg karren. Dann war es das mit Geheimhaltung.«

»Sie werden es nicht finden«, sagte Daniel und lächelte überlegen. »Es ist weg.«

»Hast du es versteckt?«, fragte Attila, der Daniels Geschichte nicht so ganz glauben konnte.

»Jemand hat es geklaut. Ich weiß nicht wer.«

»In dem Fall hast du die Dateien aber auch nicht. Also …« Bevor Attila den Satz beenden konnte, griff Daniel in die Tasche seiner Jeans und knallte einen USB-Stick auf den Tresen, mit dem Logo der Kreuzfahrtlinie darauf, mit der er unterwegs war.

Attila wollte danach greifen, doch Daniel legte blitzschnell die Hand auf den Stick. »Ihr Bullen dürft das nicht haben. Ihr deckt euch doch alle gegenseitig«, sagte er und steckte den Stick wieder in die Tasche.

»Ach, du spinnst ja«, sagte Attila, zwängte sich an Daniel vorbei und machte Anstalten, das Lokal zu verlassen.

»Ey, warte«, rief Daniel, »geh nicht weg.«

Attila blieb stehen und sah den Freund an. Er war wütend. »Was soll der Mist, Alter?«, rief er durch den Gastraum. »Wenn wir alle Scheißbullen sind, dann sieh zu, wie du klarkommst. Mir egal. Aber wenn du Material hast, das beweisen kann, dass dein Vater kein Mörder war, sondern der korrekte Typ, als den du ihn kanntest und ich auch, dann lass dir helfen.«

Daniel hatte sein Whiskeyglas schon wieder gefüllt. Attila hatte aufgehört zu zählen.

»Dieser Gierke, der traue ich nicht«, sagte Daniel und heulte fast. »Und diesem Mörder Gabel erst recht nicht. Die werden nicht wollen, dass die Schweinereien von Verfassungsschutz«, bei der Aussprache dieses Wortes hatte er echte Schwierigkeiten, »und BKA schön unter der Decke bleiben. Die werden die Dateien verschwinden lassen. Und alles, was ich sage, ist dadurch nichts weiter als die Fantasien eines von Trauer zerfressenen Söhnchens. So läuft das doch …«

»Vertrau mir, Daniel«, sagte Attila, während er langsam auf den Tresen zuging, hinter dem sich Daniel verschanzt hatte als ein Bollwerk gegen sämtliche Anfeindungen der Welt. »Ich sorge dafür, dass ernsthaft ermittelt wird. Ehrlich.«

»Ach, Attila«, jammerte Daniel, »wer bist du denn da schon …«

»Ich bin der Albtraum aller Buddy-Netzwerke und

Unter-den-Teppichkehrer bei der Polizei, wenn ich will. Glaub mir.«

Daniel musste kichern und Attila auch.

Zitternd schob Daniel den USB-Stick über den Tresen. »Mach was draus, Batman«, sagte er. »Ich will diesen Thorsten Gabel hängen sehen.«

»Also, das mit dem Hängen machen wir in Niedersachsen eigentlich nicht mehr«, sagte Attila, »aber du wirst sehen, dass er für viele Jahre in den Knast kommt.« Attila zuckte innerlich zusammen. Er hoffte, dass er damit seinem Freund kein leeres Versprechen gegeben hatte. Er klopfte zum Abschied auf den Tresen und verließ das Lokal.

KAPITEL 29

22:30 Uhr und der Traum vom Leben als Dorfpolizistin mit geregelten Arbeitszeiten war schon wieder ausgeträumt. Warum hatte sie nur vergessen, das Handy auf »Nicht stören« zu stellen, oder noch besser: Warum hatte sie es nicht gleich ins Klo geworfen? Attila rief an, wer sonst. Schlief der nie?

»Echt jetzt?«, ätzte Sabine ins Telefon und bereute es sofort. Sie musste sich angewöhnen, netter zu dem jungen Kollegen zu sein. Er konnte nichts dafür, dass er in sie verliebt war. Sie war eben einfach unwiderstehlich, dachte sie.

»Ich stehe vor der Tür«, sagte er. »Mach auf.«

Papa hatte also die Klingel abgestellt. Sehr weise.

»Ich darf eigentlich nicht so spät …«, ärgerte Sabine mit Kleinmädchenstimme den Kollegen weiter, doch der war nicht zu Späßen aufgelegt.

»Lass den Scheiß, Sabine, ich hab hier was …«

»Okay, okay. Ich komme.«

Sie ließ den vor Kälte und Aufregung zitternden Kollegen ein und führte ihn ins Wohnzimmer. Attila trug noch Uniform. Sie flüsterten, um Sabines Vater nicht zu wecken. Attila zeigte ihr den USB-Stick und erzählte, wie er ihn von einem heulenden und betrunkenen Daniel bekommen hatte. Attila hatte den Inhalt überflogen und wurde nicht so recht schlau daraus.

»Thomas Faßbender hat offenbar alles aufgeschrieben, was er in seinem Leben gemacht hat. Oder er hat jedenfalls damit angefangen. Es geht um Überfälle und Morde. Der Text liest sich wie ein Krimi.«

Sabine holte ihr Laptop und öffnete die Dateien auf dem Stick. Acht Word-Dokumente waren abgelegt in einem Ordner mit Namen »Akte Wendland«. Die Dateien trugen Namen wie »Intro«, »Banküberfälle«, »Meine Familie«. Sie öffnete die Datei mit Namen »Banküberfälle«.

»›Am Montag, den 3. Dezember 1984 überfielen wir eine Sparkasse in Bottrop. BH hat den Coup ganz alleine vorbereitet‹«, las Sabine flüsternd vor. »Keine Namen?«, fragte sie.

»Sieht nicht so aus«, sagte Attila. »Nur Abkürzungen.«

»Scheiß die Wand an«, sagte Sabine. »Das ist krass. Wusste Thomas Faßbender, dass sein Sohn die Texte kannte?«

»Ich glaube nicht. Seine Mutter kennt sie ganz sicher nicht«, sagte Attila. »Faßbender hatte Alzheimer, steht da irgendwo. Der hat sein Leben aufgeschrieben, damit es nicht in Vergessenheit gerät.«

Sabine klappte das Laptop zu und atmete tief durch. »Was für ein beschissenes Drama. Gestern noch die nette Wirtsfamilie aus der Dorfkneipe und jetzt das.«

Attila nickte. »Was tun wir?«

»Du gehst nach Hause und schläfst dich aus«, sagte sie und legte ihre Hand auf seine Schulter. »Vielen Dank für deinen Einsatz. Guter Job. – Ich ziehe mich an und fahre zu Melanie.«

»Echt?«, stieß Attila aufgeregt hervor. »Ist das eine gute Idee? Daniel vertraut ihr nicht und diesem Thorsten auch nicht.«

»Bei Thorsten sind wir uns einig«, sagte Sabine. »Aber Melanie brauchen wir. Das machen die Special Detectives aus Gartow nicht alleine.«

»Wo ist Frau Gierke überhaupt?«, fragte Attila. »In der Wendland-Schänke ist sie nicht.«

»Ich kann mir denken, wo sie ist«, sagte Sabine und brachte Attila zur Tür.

Genau 52 Minuten später stand Sabine mit ihrem Laptop unter dem Arm vor dem Altbau in der Lüneburger Innenstadt, in dem Melanie Gierke eine Dreizimmerwohnung besaß. Sabine war bei ihrem ersten gemeinsamen Fall schon mal hier gewesen, da hatten sie auf dem Wohnzimmerboden gehockt und Sushi gegessen. Damals hatte sich das fast wie eine Freundschaft angefühlt.

Es dauerte einen Moment, bis eine Stimme aus der Sprechanlage fragte: »Ja, bitte?«

»Ich bin's, Sabine, mach auf. Es ist dringend.«

»Was? Um diese Zeit? Warum rufst du nicht an?«, sprach Melanie in die Anlage und klang erstaunlich wach. Hatte sie noch nicht geschlafen?

»Ich muss dir was zeigen. Los, lass mich rein«, sagte Sabine.

Sie hastete die drei Stockwerke hoch und kam japsend vor Melanies Tür an, die sich im gleichen Moment öffnete. Melanie sah sie herausfordernd an. Sie war nicht alleine.

»Na, das ist ja eine Überraschung«, sagte Sabine und musste grinsen. »Wen haben wir denn da?«

»Das ist Anton«, erklärte Melanie und grinste ebenfalls.

»Wohnt er immer bei dir«, fragte Sabine vorsichtig, »oder ist er zu Besuch?«

»Nein, er wohnt hier. Er gehört zu mir«, sagte Melanie und gab dem kleinen Jungen auf ihrem Arm, Sabine schätzte ihn auf eineinhalb Jahre, einen zärtlichen Kuss auf den Kopf. »Und normalerweise schläft er um diese Zeit, wenn es nicht überflüssigerweise klingelt.«

»Tut mir leid«, flüsterte Sabine, »ich konnte ja nicht wissen …«

Melanie gab ihr ein Zeichen einzutreten und führte sie ins Wohnzimmer. So ordentlich, fast steril, wie bei ihrem ersten Besuch vor drei Jahren, war es dort nicht mehr. Auf dem Sofa lag eine zerknüllte Decke, auf dem Fußboden waren Bauklötze und andere Spielsachen verteilt. Eine Dose mit Feuchttüchern stand auf dem Tisch.

Melanie trug einen weißen Baumwollschlafanzug mit hellblauen Schmetterlingen, war unfrisiert, ungeschminkt und sah zehn Jahre jünger aus.

»Okay«, sagte Melanie, während sie sich mit Anton aufs Sofa setzte. »Was gibt's so Dringendes? Ist unser Fall nicht geklärt?«

»Moment, meine Liebe.« Sabine setzte sich auf einen Sessel, der einen orangen Fleck aufwies, der sicher nicht mehr rausging. »Sag mir erst mal, wer der kleine Mann hier ist.« Sie deutete auf das Baby.

»Das ist Anton, mein Sohn. – Anton«, sie streichelte die Wange des Jungen mit einem Finger, »sag Sabine guten Abend.«

Sabine nahm das kleine Händchen des Jungen mit zwei Fingern und schüttelte es vorsichtig.

»Hallo, Anton, ich freue mich, dich kennenzulernen. Wo bist du denn so plötzlich hergekommen?«

»Aus dem bekommst du nichts raus«, sagte Melanie. »Er redet nicht mit Bullen.«

»Komm, Melanie«, bettelte Sabine, »bitte. Wenigstens die Kurzfassung.«

Und nun beschrieb Melanie, wie sie kurz nach ihrem ersten gemeinsamen Fall eine Kur angetreten hatte, wie sie es nannte. Sabine war sich sicher, dass es eher ein Entzug mit anschließender Reha gewesen war. In dieser Maßnahme war es ziemlich langweilig, und da war ein Kerl, der ganz witzig war und gut aussah, und so kam eins zum anderen. Melanie dachte damals, dass sie mit fast 44 Jahren ihre fruchtbaren Zeiten hinter sich hatte, doch das erwies sich wenige Wochen später als Irrtum.

Kurzerhand nahm sie ein Jahr als Sabbatical, um sich auf die Schwangerschaft zu konzentrieren und in Ruhe ihr Baby zu bekommen. Seit einem Jahr war sie wieder im Dienst und der kleine Anton tagsüber in der Kita.

In ihrer Dienststelle wussten nur ihr Chef, der Polizeipräsident und die Personalabteilung von Melanies Kleinfamilie. Für alle anderen arbeitete sie in Teilzeit, um sich ein wenig zu schonen.

»Und wenn du mal über Nacht oder so unterwegs bist?«, fragte Sabine. »Wer kümmert sich denn dann, also …?«

»Sabine«, sagte Melanie, als hätte sie etwas Saublödes gesagt, »solche Fragen würdest du einem Mann nie stellen. Ich will im Kommissariat nicht die Mutti sein, auf die jeder Rücksicht nimmt und der keiner mehr was zutraut. Ich habe eine Mutter, einen guten Babysitter, es geht immer irgendwie. Der Süße liegt nicht nächtelang alleine zu Hause und brüllt sich die Seele aus dem Leib. Da mach dir mal keine Sorgen.«

»Und Antons Vater?«, fragte Sabine, die dabei war, den eigentlichen Grund ihres Besuches aus den Augen zu verlieren. Die Neuigkeiten waren einfach so spannend.

»Der weiß nichts von seinem Glück«, sagte Melanie trocken, »und das bleibt auch so. Der war gut für ein paar Nächte, nicht für ein ganzes Leben.«

Das hatte Sabine von Melanie nicht anders erwartet. Aber so, wie sie drauf war, so frisch, so positiv und vor allem so nüchtern, glaubte Sabine, dass sie das alles hinbekam.

Nun ergab plötzlich alles Sinn. Melanies häufige Abwesenheit, ihre Energie, ihre gute Laune.

Sabine saß fast zwei Meter von dem kleinen Anton entfernt und nahm doch diesen Duft, diesen unwiderstehlichen Babyduft wahr. Eine Mischung aus frischem Brot, Vanille, Veilchen. Mit großen Augen sah der Junge sie an und Sabine lächelte. Er lächelte zurück. War sie? Ja, sie war neidisch.

»Genug geplaudert«, sagte Melanie und stand auf, »ich bringe den kleinen Scheißer nun ins Bett, und dann erzählst du mir, was es so Dringendes gibt.«

Zwei Stunden später hatten Melanie und Sabine, nebeneinander auf dem Sofa sitzend und in Sabines Laptop starrend, alle Texte der Faßbender-Memoiren gelesen. Dabei hatten sie zwei Kannen Tee geleert. Alkohol gab es in Melanies Wohnung nicht mehr.

»Schade, dass er nicht weitergekommen ist«, sagte Melanie. »Er hatte sicher noch ein paar Enthüllungen mehr auf der Platte. – Wer ist BH?«

»Bernhard Heine«, sagte Sabine. »Den Namen hatte er während meiner Entführung«, das Wort sprach sie aus, als stände es in Anführungszeichen, »erwähnt, und auch Anita Breesen hatte ja von einem Bernhard gesprochen.«

Sabine erzählte Melanie von ihrem Gespräch mit Ex-Verfassungsschützer Stephan Schütze und dass sie sich Informationen über Heines Verbindung mit dem Verfassungsschutz erhoffte.

»Dein Vater kennt ja Leute, nicht schlecht«, sagte Melanie, »bezahlen wir den eigentlich?«

»Papa will kein Geld. Er tut das alles nur, damit ich glücklich bin«, sagte Sabine.

»Bernhard Heine ist doch bestimmt wieder so ein Alias-Name, oder? Diese Typen haben so oft die Namen gewechselt, dass sie selbst nicht mehr wissen, wie sie bei ihrer Geburt hießen.«

»Ich weiß nicht«, sagte Sabine. »So wie sich das hier liest, ist BH nie bei irgendetwas erwischt worden. Er ist nicht aktenkundig. Vermutlich hat er seine V-Mann-Honorare regulär versteuert. Ein Saubermann in diesem Dreckhaufen.«

»Und du glaubst tatsächlich, dass es auch eine Verbindung zu unserem Freund Thorsten Gabel geben muss? Inwiefern passt er da rein?«, fragte Melanie.

»Dein Freund, nicht meiner«, sagte Sabine und konnte sich nicht verkneifen, »sei nur froh, dass du nicht von dem schwanger bist …«

»Ja, danke, sehr witzig«, raunte Melanie. »Also: Gabel?«

»Gabel ist beim Verfassungsschutz und hat vielleicht Kontakt zu diesem Heine und …«

»Und Gabel räumt für Heine den Faßbender aus dem Weg, damit der Heine nicht als Mörder outet? Warum sollte er das tun?«

Sabine zuckte mit den Schultern.

»Es bleibt aber dabei, dass Faßbender die Breesen umgebracht hat, weil die seine wahre Identität kannte, oder siehst du das anders?«, wollte Melanie wissen.

Sabine zuckte erneut mit den Schultern und legte den Kopf fragend schräg.

»Und dann ist da noch der Burning Man im Trabbi …«, fuhr Melanie fort.

»Das war ein Unfall, das steht da ja«, sagte Sabine und deutete auf das Laptop.

»Papier ist geduldig und eine Festplatte auch. Ich frage mich nur«, sagte Melanie, »versuchen wir gerade Faßbender als Mörder zu entlasten? Ich meine, er ist tot. Oder überführen wir einen Mörder? Ich bin verwirrt. Ich würde ja sagen, das ist Stilldemenz, aber ich stille nicht mehr.«

»Wir können jetzt den Mord beim Überfall auf den Geldtransporter von 1985 aufklären. Das war, so schreibt er jedenfalls, nicht Faßbender Schrägstrich Müller Schrägstrich Krause. Und ich meine, dass der Mord an Martina Breesen auch noch nicht ...«

»Der ist aufgeklärt«, unterbrach Melanie, »aber geschenkt.«

»Und dann ist da noch der Mord an Thomas Faßbender«, sagte Sabine.

Melanie sah sie ratlos an. »Du meinst das ernst, oder?«

»Ja, Melanie. Ich habe es vor Augen, ich bekomme das Bild nicht aus dem Kopf. Thorsten hebt den Arm, zielt und schießt, zwei Mal. Nicht den Bruchteil einer Sekunde hat er darüber nachgedacht, was das Richtige in diesem Moment ist. Er wusste es schon.«

»Sabine ...«, versuchte Melanie zu insistieren.

»Nein, bitte, rede das nicht klein. Es war so. Diese MEK-Jungs, die haben doch so Bodycams. Das Material müssen wir uns ansehen. Danach wirst auch du keinen Zweifel mehr haben.«

»Okay«, sagte Melanie. »Ich kümmere mich darum.«

KAPITEL 30

Als Sabine um 9 Uhr am Morgen nach ihrem Ausflug in Melanies Familienleben auf der Wache erschien, war Melanie schon da und plauderte angeregt mit Metzger.

»Habt ihr keine eigenen Ermittler in Lüneburg?«, maulte Metzger lustlos. Seiner Körperhaltung war zu entnehmen, dass er seine Niederlage längst akzeptiert hatte.

»Doch, Herr Metzger«, antwortete Melanie und bemühte sich um einen Hauch von Charme in der Stimme, »aber die sind nicht so gut in den Fall eingearbeitet wie Sabine … Ah, da ist sie ja schon.«

Melanie kam entschlossen auf Sabine zu. »Los, Mädel, wir müssen«, sagte sie und war schon auf dem Weg aus der Wache.

»Moment«, rief Sabine, »ich glaube mein Vorgesetzter hat deinem Antrag auf Amtshilfe noch nicht vollumfänglich zugestimmt. Und ich wüsste auch gerne, worum es geht.«

Melanie blieb stehen. »Ach, der Herr Metzger ist doch froh, wenn er mal einen Tag Basisarbeit machen kann, oder?« Sie sah Metzger provozierend an. »Das ewige Chefsein macht einen doch ganz mürbe.«

»Sehr witzig, Frau Gierke, wirklich«, raunte Metzger. »Na, haut schon ab.« Er machte eine Handbewegung, als würde er eine Fliege verscheuchen.

»Und was ist nun …?«, wollte Sabine noch eine Frage stellen, doch Melanie rief nur: »Erkläre ich dir auf der Fahrt!«

Melanies Passat schoss in nördlicher Richtung über die Landstraße Richtung Gorleben. Auf dem Navi konnte Sabine ablesen, dass sie fast zwei Stunden Fahrt vor sich hatten. Das Ziel konnte sie in der Darstellung nicht erkennen.

Endlich erklärte Melanie ihr den Grund der Fahrt. Sie hatte schon ein paar Tage zuvor die Ermittlungsakten von Wendelin Krause angefordert, der nun als Thomas Faßbender gestorben war. Die Unterlagen ruhten beim BKA und warteten auf den letzten Eintrag, den nun wirklich endgültigen Tod des Gesuchten.

In der Akte war zu lesen, dass Krause 1982 erstmals erkennungsdienstlich erfasst worden war. Es ging um Paragraf 129a. Werbung für eine terroristische Vereinigung. Das Verfahren wurde eingestellt, aber Wendelins Fingerabdrücke blieben gespeichert. Als 1985 zufällig die Waffen gefunden wurden, die im selben Jahr bei einem Überfall auf einen Geldtransporter benutzt worden waren, waren an zwei dieser drei Waffen eindeutig Wendelins Fingerabdrücke festgestellt worden. Seitdem wurde Wendelin Krause wegen Mordes gesucht, aber nie gefunden.

»Schön«, sagte Sabine, »sehr interessant. Und was hat das mit dem Ziel zu tun, das wir laut Navi in einer Stunde und 22 Minuten erreichen?«

»Da treffen wir auf Alexandra Gabel.«

»Gabel?«, sagte Sabine. »Du hast meine volle Aufmerksamkeit.«

»Alexandra Gabel, Jahrgang 1960, lebte 1984 in einer Wohngemeinschaft in Düsseldorf, in der auch Wendelin Krause und Bernhard Heine gemeldet waren.«

»Oha«, entfuhr es Sabine. »Dann kannten die sich alle.«

»Möglich, aber nicht zwingend. Laut Faßbenders Memoiren, du erinnerst dich, wohnte er seit 1984 in der Hamburger Hafenstraße, seit 1985 war er dort regelrecht untergetaucht. Ob Heine auch dort, oder in Düsseldorf lebte, wissen wir nicht. Gemeldet war er immer in Düsseldorf. Wirklich untergetaucht ist Heine nie. Es wurde auch nie nach ihm gefahndet.«

»Und Alexandra Gabel ist die Mutter …?«, fragte Sabine vorsichtig.

»Genau«, sagte Melanie, »von unserem Thorsten Gabel, der Ende 1984 das Licht dieser traurigen Welt erblickte. Mehr weiß ich auch noch nicht. Und bevor du fragst, ich weiß nicht, wer Gabels Vater ist.«

Alexandra Gabel lebte auf einem Bauernhof im kleinen Ort Naschendorf in Mecklenburg-Vorpommern, keine zehn Kilometer von der Ostsee entfernt. Der große Hof machte einen gepflegten Eindruck. Auf einer großen Weide standen Kühe, in einem offenen Stall sah man Schweine, über einer großen Scheune befand sich ein Schild mit der Aufschrift »Hofladen«. Als Melanie und Sabine auf den Hof fuhren, stieg eine Frau gerade von einem großen Traktor und kam auf die beiden zu.

»Das muss sie sein«, flüsterte Melanie. Sie stiegen aus.

Alexandra Gabel war eine beeindruckende Erscheinung. Groß, schlank, lange hellgraue Haare und ein feines, braungebranntes Gesicht. In grüner Arbeitshose und Flanellhemd wirkte die 62-Jährige vital und handfest. Sie könnte auch als Model für Silver-Ager-Produkte arbeiten, dachte Sabine.

»Ich dachte, das wäre lange vorbei, dass die Polizei etwas über meine ehemaligen Mitbewohner wissen will«, sagte sie und gab Melanie und Sabine die Hand.

»Wir brauchen nicht lange«, sagte Melanie.

Alexandra Gabel führte die Polizistinnen in ein sauber restauriertes Rotklinkergebäude, welches das Haupthaus des Hofes bildete. In dessen großer Küche setzten sie sich an einen alten Küchentisch. Frau Gabel stellte einen Krug mit Wasser und Gläser auf den Tisch.

»Sie leben alleine hier?«, fragte Sabine aus Neugier und um einen Gesprächseinstieg zu haben.

»Oh nein!« Die Frau zeigte lachend ein makelloses Gebiss. »Mein Lebensgefährte Erik wohnt ebenfalls hier, außerdem seine Schwester Swantje. Und zurzeit macht deren Enkeltochter Anna ein Praktikum bei uns. Im Sommer haben wir noch Saisonarbeiter zu Gast. Alleine sind 25 Schweine und 50 Rinder nicht zu versorgen.«

»Alles bio?«, fragte Sabine.

»Ja, alles bio. Aber Sie sind sicher nicht gekommen, um Fleisch und Wurst zu kaufen, oder?«

»Wendelin Krause«, sagte Melanie, und Frau Gabel nickte.

»Ja, den Namen hatten Sie ja am Telefon erwähnt. Ich habe ihn höchstens zwei-, dreimal gesehen. Als ich 1984 in Düsseldorf einzog, wohnte er zwar noch offiziell dort, war aber untergetaucht, wie es hieß. Dabei wusste jeder von uns, dass er in Hamburg in der Hafenstraße lebte. Es taten damals alle gerne schön konspirativ. Ich fand das bescheuert.«

»Wurde über Wendelin Krause in der WG gesprochen?«, fragte Sabine.

»Nicht, dass ich wüsste. Ich habe mich aus diesem ganzen Anarchistenzeug rausgehalten. Ich wohnte dort, weil ich gerade von einem zweijährigen Asientrip zurückgekommen war und eine Bleibe brauchte. Eine Freundin hatte mir das Zimmer besorgt, sie kannte einen von denen. Ich wollte mir einen Studienplatz suchen und dann umziehen.«

»Und Bernhard Heine?«, fragte Melanie. »Den kannten Sie, haben Sie gesagt.«

»Ja. Er wohnte dort und machte gerne einen auf Chef. Er war aber oft weg, wohl auch in Hamburg bei Krause. Irgendwann ist er gar nicht mehr wiedergekommen«, sagte sie und lächelte milde.

»Gab es dafür einen besonderen Grund?«, fragte Sabine.

»Ich denke mal, es hing mit meiner Schwangerschaft zusammen. Das machte ihn nervös.« Sie lachte.

»Weil das Kind von ihm war«, stellte Melanie fest.

»Er hat anfangs behauptet, dass das gar nicht sein könne, doch ich hatte in der Zeit mit niemandem sonst geschlafen. Bernhard war ein hübscher Kerl und sehr charismatisch. Eine Familie gründen wollte ich mit ihm allerdings nicht.«

»Sie sagen ›anfangs‹. Hat Heine später die Vaterschaft anerkannt?«, fragte Sabine.

»Nicht offiziell. Er hat nie gezahlt, und ich bin ihm nie wegen Geld hinterhergerannt. Aber man musste meinen Sohn nur ansehen, um zu wissen, wer der Vater ist.«

»Hatten Sie Kontakt zu Heine über die Jahre?«, fragte Melanie.

»Kein Wort seit über 30 Jahren, und da bin ich stolz drauf. Heine war immer auch verschlagen, mysteriös. Ich weiß gar nicht, was er die ganzen Jahre getrieben hat. Ich dachte eine Zeit lang, er würde zur RAF gehören oder so, aber dann hätte er ja irgendwann untertauchen müssen. Ich lebe hier seit über 30 Jahren in einer Welt aus Offenheit, Toleranz und Vertrauen. Da passt so einer wie Heine nicht rein.«

»Und Ihr Sohn, Thorsten Gabel«, fragte Melanie, »hat er Kontakt zu seinem Vater?«

»Kennen Sie Thorsten?«, fragte Frau Gabel erstaunt, und Sabine wunderte sich, dass Melanie die Frau im Vorgespräch nicht nach Thorsten gefragt hatte.

»Wir hatten mit ihm zu tun«, sagte Melanie. »Beruflich.«

»Ja, er hat seinen Vater, seit er 13 ist, immer mal wieder besucht. Erst in Hamburg, später auf Mallorca. Heine hat Thorsten auch beim Verfassungsschutz empfohlen, der hatte da wohl Kontakte. Dabei waren das früher seine Feinde, als er noch ein Kämpfer für die Revolution war. Haha. So kann sich das Blatt wenden. Lächerlich.«

»Heine lebt auf Mallorca?«, fragte Melanie.

»Ja, soweit ich weiß. Thorsten hat es mir erzählt.«

»Sehen Sie Thorsten oft?«, fragte Melanie.

»Nein. Einmal im Jahr, wenn ich Glück habe. Und zwei Mal im Jahr ruft er an. Wenn nichts dazwischenkommt.«

»Sie wissen also nicht, woran er gerade arbeitet?«, fragte Sabine.

»Um Gottes willen, nein, haha. Das dürfte er mir bestimmt sicher auch gar nicht sagen«, rief die Gabel. »Aber können Sie ihn das nicht selber fragen? Arbeiten Sie als Behörden nicht vertrauensvoll zusammen? Das will ich als steuerzahlende Bürgerin doch hoffen.« Sie lachte herzlich.

»Sie wissen also auch nicht, in welcher Beziehung Bernhard Heine früher oder heute zum Verfassungsschutz stand beziehungsweise steht?«, hakte Melanie zaghaft nach.

»Nein. Wie gesagt, ich habe mich da immer rausgehalten. Und 1985, da war Thorsten ein halbes Jahr alt oder so, bin ich zum Studium nach Kiel gegangen. Mit Heine hatte ich seitdem nichts mehr zu tun.«

Auf der Rückfahrt musste Sabine fahren, damit sich Melanie um einen Haftbefehl für Thorsten Gabel kümmern konnte. Sie ging der Aufgabe mit viel Engagement nach, wurde von einer Stelle zur anderen weiterverbunden. Irgendwann dauerte ein Gespräch länger. Melanie hatte ihr Handy leise gestellt, sodass Sabine die andere Seite des Telefonats nicht hören konnte.

»Ja, aber …«, sagte Melanie und wurde offenbar unterbrochen.

…

»Doch, Herr Kollege, das Motiv ist …«

…

»… er wollte seinen Vater schützen, Bernhard Heine.«

…

»Nein, wir wissen nicht, wo Heine ist. Vermutlich auf Mallorca. Aber Gabel weiß es sicher.«

…

»Ja, einen Haftbefehl. Dringend. Für Gabel. Bitte.«

…

»Warum nicht?«

…

»Doch.«

…

»Doch.«

…

»Er kann schon jetzt auf dem Weg nach Mallorca sein, zu seinem Vater. Das nenne ich Fluchtgefahr.«

…

»Meinen Sie? Ich nicht.«

…

Es folge ein langes Schweigen auf Melanies Seite. »Danke für nichts.« Sie legte auf.

»Arschloch«, sagte Melanie und schüttelte den Kopf. »Kein hinreichender Haftgrund. Beamte der Sicherheitsbehörden unterliegen bestimmten blablabla«, fasste Melanie das Gespräch zusammen.

Sabines Handy brummte. Attila.

KAPITEL 31

Attila war von Metzger zur Wendland-Schänke geschickt worden. Als Bodyguard. Irene Faßbender fühlte sich von Schaulustigen und Medienleuten belästigt, die das Lokal regelrecht belagerten. Einige hatten auch schon den Hof betreten, der zur Straße hin offen war. Besonders beliebt waren Selfies vor dem noch lesbaren Graffiti an der Hauswand.

Metzger hatte Irene Faßbender empfohlen, mit Daniel für eine Zeit den Ort zu verlassen, doch sie hatte energisch protestiert. Sie lasse sich nicht aus ihrem Haus vertreiben, Daniel und sie hätten nichts verbrochen und Thomas im Übrigen auch nicht. Das müsse die Polizei endlich aufklären und dann könne Thomas in Frieden ruhen und Irene und Daniel könnten ungestört trauern.

Attila hatte den Streifenwagen so vor der Toreinfahrt platziert, dass niemand mehr Zugang zum Hof hatte. Fahrzeuge von Fernsehsendern und Privatleuten scheuchte er weg. Es war ein lästiger Job, weil nach kurzer Zeit alle wieder da waren. Wie Fliegen, die man von einem Scheißhaufen vertreibt.

Daniel ließ sich nicht blicken. Nach der ersten Aufregung hatte der Freund sich offenbar in sein Zimmer zurückgezogen und sich seiner Trauer und Verzweiflung ergeben. Attila dachte permanent an sein Versprechen, dass er Gabel für die offensichtliche Hinrichtung von Thomas Faßbender zur Verantwortung ziehen werde.

Lächerlich. Wie sollte er das wahrmachen? Wer war er denn schon?

Ein TV-Team mit Kamera kam auf Attila zu, und eine hübsche Reporterin hielt ihm ein Mikrofon mit RTL-Logo unter die Nase.

»Gibt es neue Erkenntnisse zur wahren Identität des Wirtes Thomas Faßbender?«, fragte die Frau, und Attila fielen ihre sehr akkurat geschminkten Lippen auf.

»Kein Kommentar«, sagte er.

»Wer hat den Wirt bei der Polizeiaktion im Parkhaus in Lüneburg erschossen?«, fragte sie weiter, und Attila hätte gerne geantwortet, dass es ein Verfassungsschutzbeamter war und dass es sich um eine Hinrichtung gehandelt hatte. Stattdessen gab er eine der von Metzger eingeimpften Phrasen zum Besten. »Ich bin nicht autorisiert, Auskünfte zu erteilen. Wenden Sie sich an die Pressestelle der Polizeidirektion Lüneburg.«

Einmal musste Attila sogar handgreiflich werden, weil ein Schaulustiger sich an der Fassade festkrallte, um durch ein Fenster ins Lokal zu fotografieren. Würde das den ganzen Tag und die ganze Nacht so weitergehen?

Plötzlich kam mit hoher Geschwindigkeit ein schwarzer Audi angerast und hielt direkt neben Attila. Thorsten Gabel.

»Hey, Kollege«, rief er aus dem offenen Fenster. »Ich muss da noch mal schnell rein. Ich habe was vergessen.«

»Wie bitte?«, fragte Attila und war erstaunt, den Kerl zu sehen. Er war schuldig, er müsste auf der Flucht sein, aber mit dieser Meinung stand Attila vermutlich alleine da.

»Also, ich weiß nicht, ob ...«, stammelte er und ärgerte sich über sein unsicheres Auftreten diesem Arschloch gegenüber.

»Los, bitte, schnell und unbürokratisch«, schleimte Gabel.

»Moment«, sagte Attila, setzte sich in den Streifenwagen und rief Sabine an.

»Was?«, rief die, mindestens genau so erstaunt über Gabels Auftauchen. Aus den Hintergrundgeräuschen schloss er, dass sie im Auto saß. »Nimm ihn fest, Attila, hörst du …«, ordnete sie aufgeregt an.

»Aber ich kann doch nicht …«, widersprach Attila, dem das Herz bis in den Oberkiefer schlug.

»Doch, kannst du«, bestärkte ihn Sabine. »Gefahr im Verzug. Haftbefehl ist beantragt. Ich ruf Jakob an, der hilft dir.«

»Wann kannst du denn hier sein?«, fragte Attila und es klang flehend.

»Wir brauchen mindestens noch 20 Minuten. Los, Attila, ganz nach Lehrbuch!«, feuerte Sabine ihn an.

»Was, wenn er eine Waffe zieht?«, wandte Attila ein. Er fühlte sich, wie am ersten Tag als Anwärter. Zweifelnd sah er zu Gabel rüber, der in seinem Wagen saß, ihn beobachtete und ungeduldig mit den Fingern aufs Lenkrad trommelte.

»Er hat keine Waffe mehr«, vernahm Attila Melanie aus dem Hintergrund. »Er darf gar keine Waffe mehr haben. Ich habe ihm seine im Parkhaus abgenommen.«

»Na, dann bin ich ja beruhigt«, sagte Attila ohne Überzeugung und beendete das Gespräch.

Er atmete tief durch, stieg aus dem Streifenwagen und ging entschlossen auf Gabel zu. Der grinste ihn arrogant an.

»Thorsten Gabel«, sagte Attila mit nur wenig Zittern in der Stimme, wie er fand, »ich verhafte Sie wegen des

Verdachtes, Thomas Faßbender ermordet zu haben. Steigen Sie aus dem Wagen und nehmen Sie die Hände hoch.«

Nun erst merkte Attila, dass das TV-Team, dem er kurz zuvor erfolgreich jede Auskunft verweigert hatte, wenige Meter neben ihm stand und draufhielt.

»Echt jetzt?«, rief Gabel und lachte. »Ermordet? Ist das dein Ernst?«

»Ich handele auf Anweisung von Kriminalhauptkommissarin Gierke. Es liegt ein Haftbefehl vor. Steigen Sie bitte aus.« Um seiner Forderung Nachdruck zu verleihen, legte Attila die Hand auf die Dienstwaffe. Aus den Augenwinkeln nahm er wahr, dass sich ein Kreis von Schaulustigen bildete. Und nun kam auch, außer Atem und hinkend, Polizeichef Jakob Metzger an den Ort des Geschehens.

»Aus dem Weg«, brummte Metzger und schob den Kameramann und die Reporterin unsanft zur Seite.

»Los, Gabel«, sagte er mit einer Stimme, in der deutlich mehr Autorität lag als in Attilas »Aussteigen, Hände aufs Autodach.«

Doch auch das reichte nicht, um Gabel sein arrogantes Grinsen aus dem Gesicht zu treiben.

»Ihr könnt mich mal, ihr Gartenzwerge«, sagte er, startete den Motor und gab Gas. Ein paar Passanten konnten gerade noch rechtzeitig aus dem Weg springen.

Metzger zog die Waffe, zielte auf den flüchtenden Wagen, schoss aber nicht. Es waren zu viele Menschen auf der Straße.

»Komm mit, Junge«, rief Metzger und lief zum Streifenwagen. Attila klemmte sich hinter das Steuer und musste den Wagen erst wenden, was angesichts der im Weg stehenden TV-Fahrzeuge und Zaungäste nicht einfach war. Endlich fuhren sie, Blaulicht und Sirene lieferten den dramatischen Sound und sorgten im mitteldichten Verkehr für fast freie Fahrt. Schon bald sahen sie den Audi von Gabel in einiger Entfernung vor sich und hefteten sich an ihn.

Metzger rief Sabine an, das Gespräch wurde über die Freisprechanlage übertragen.

»Ey, Sabine, hast du bereits Verstärkung angefordert?«, fragte Metzger, der mindestens so aufgeregt war wie Attila. »Er ist uns entwischt, aber wir sind dran. B493, hinter Trebel, Richtung Uelzen.«

»Wir beeilen uns«, sagte Sabine. »Weitere Verstärkung kommt allerdings nicht. Sorry.«

»Was?«, rief Metzger. »Was soll die Scheiße?« Der Chef schwitzte aus allen Poren.

»Es gibt noch keinen Haftbefehl, Jakob«, erklärte Sabine. »Nehmt ihn trotzdem fest, und wenn es wegen Verkehrsgefährdung ist. Den Haftbefehl kriegen wir!«

Mit dem deutlich stärkeren Audi war Gabel zwar schneller, kam ohne Martinshorn und Blaulicht jedoch nicht so gut voran. Und dann waren da noch die Ampeln. Einige hatte Gabel bei Gelb und Rot überfahren, aber auf der Höhe von Lüchow war an einer großen Kreuzung Schluss. Ein Lastzug stand quer über der Straße, weil er beim Abbiegen auf querende Fußgänger und Radfahrer warten musste. Attila lenkte den Streifenwagen geschickt schräg vor den Audi und rief über den Außenlautsprecher: »Thorsten Gabel, steigen Sie mit erhobenen Händen aus.«

Gabel schien seine Optionen durchzugehen. Metzger, der als Beifahrer näher am Audi war als Attila, stieg mit gezogener Waffe aus dem Fahrzeug.

»Jakob, nicht!«, versuchte Attila ihn aufzuhalten, in der Aufregung jede Förmlichkeit ignorierend, da fiel ein Schuss.

Gabel stand hinter der geöffneten Fahrertür und hielt eine Pistole in der Hand. Er blickte auf Metzger, dann sah er Attila an. Offenbar konnte er selbst kaum fassen, dass er gerade geschossen hatte.

Metzger schrie auf und ging zu Boden. Auf der Kreuzung war der Verkehr fast völlig zum Erliegen gekommen. Gabel bewegte sich rasch auf einen Toyota SUV zu, der in entgegengesetzter Richtung stand. Es war ihm offenbar aufgefallen, dass dieser Wagen nur über eine Verkehrsinsel fahren musste, um freie Fahrt zu haben. Gabel, da war Attila sicher, würde dieses Auto kapern und weiter flüchten. Wo wollte der Idiot hin, fragte er sich. Spätestens seit er auf Metzger geschossen hatte, war er verloren.

Attila hatte den Streifenwagen verlassen, konnte jedoch nicht sehen, wie es Metzger ging, da er auf der anderen Seite des Fahrzeugs am Boden lag. Attila war fest entschlossen, Gabel daran zu hindern, den Toyota in seine Gewalt zu bringen. Er wollte seine Flucht hier und jetzt beenden. Also nahm er seine Dienstwaffe aus dem Holster, legte an und zielte.

KAPITEL 32

»Meinst du, es war eine gute Idee, Metzger und Attila auf die Jagd nach Gabel zu schicken?«, fragte Sabine Melanie, die sich verkrampft am Haltegriff über der Beifahrertür festhielt, weil Sabine jetzt richtig Gas gab. Sie hatten das Blaulicht aufs Dach gesetzt und das Martinshorn lief auf der höchsten Stufe.

»Hattest du eine bessere Idee?«, fragte Melanie und sah Sabine herausfordernd an.

»Na ja, wir hätten ihn auch ziehen lassen können. Irgendwo wäre er schon wiederaufgetaucht«, sagte Sabine. »Spätestens an einem Flughafen auf dem Weg zu Daddy an den Ballermann.«

»Und was hätten wir am Flughafen gemacht? Ohne Haftbefehl?«, wandte Melanie ein und bewies damit mal wieder etwas mehr Erfahrung als Sabine. »Wenn er nach Spanien entkommen wäre, hätten wir ihn später, mit Haftbefehl, über Europol vielleicht noch einkassieren können. Aber wenn er auf die Philippinen, nach Barbados oder eines der vielen anderen Länder ohne Auslieferungsabkommen entschwunden wäre, wären wir machtlos.«

Sabine versuchte abwechselnd, Jakob und Attila auf dem Handy zu erreichen. Auch über Funk erhielten sie keine Antwort. Was war da los?

Sie hatten Gartow hinter sich gelassen und rasten über die B493 Richtung Lüchow. Kurz vor dem Ortseingang staute sich der Verkehr an einer Kreuzung. Sabine fuhr über die einigermaßen freie Gegenspur am Stau vorbei, wobei sie entgegenkommende Fahrzeuge auf Standstreifen und Fahrradweg drängte.

Kurz vor Erreichen der Kreuzung entdeckten sie zunächst Thorsten Gabel, der die Tür eines silbernen Toyota SUV aufriss. Dahinter erkannten sie den Streifenwagen und in dessen Schutz an der geöffneten Fahrertür stehend entdeckten sie Attila. Er hatte die Arme auf das Autodach aufgestützt und hielt die Waffe mit beiden Händen fest. Dann schoss er. Zwei Mal. Gabel brach zusammen. Im gleichen Moment kletterte der Fahrer des Toyota aus der Beifahrertür, rannte auf den Grasstreifen und legte sich flach auf den Boden.

Sabine und Melanie näherten sich zu Fuß, vorsichtig. Als sie sahen, dass Attila dem am Boden liegenden Gabel Handschellen anlegte, liefen sie zu ihm.

Gabel hatte eine stark blutende Wunde am Gesäß und eine am linken Oberschenkel. Er stöhnte vor Schmerzen. Lebensgefahr war nicht anzunehmen. Und der Rettungswagen, den vermutlich Passanten gerufen hatten, war bereits zu hören.

»Der erste RTW ist für Jakob«, rief Sabine, die erst jetzt ihren verletzten Chef bemerkte. Sie rannte zu ihm, Attila übergab Gabel an Melanie und lief ebenfalls zu Metzger. Er war von einer Kugel in die linke Schulter getroffen worden. Die Uniform glänzte vom Blut.

»Mensch, Junge«, stöhnte der Polizeichef und lächelte unter Schmerzen. »Wo hast du so schießen gelernt?«

»Weiß nicht«, sagte Attila verlegen. »Vielleicht habe ich Talent, Herr Metzger.«

»Na, nun bleib schon bei Jakob, Kleiner. Bist ein Guter.«

Attila strahlte Sabine an, wie ein Kind, das beim Mensch-ärgere-dich-nicht-Spiel gewonnen hat. Sie schüttelte lächelnd den Kopf.

»Was hatte Gabel eigentlich vergessen?«, fragte Sabine Attila auf dem Rückweg. »Warum ist er noch mal zur Wendland-Schänke gekommen?«

Attila zuckte mit den Schultern.

KAPITEL 33

Nach der Schießerei auf der Kreuzung bei Lüchow war Attila der Held von Gartow und Jakob Metzger sechs Wochen krankgeschrieben.

Sabine hatte es sich nicht verkneifen können, den vor Stolz glühenden Attila in einem ernsten Gespräch ein wenig abzukühlen. »Du konntest nicht hundertprozentig sicher sein, dass du triffst«, sagte sie.

»Doch«, verteidigte er sich. »Aus der Entfernung konnte ich sicher sein, genau in seinen Arsch zu treffen. Das musste reichen.«

»Er hätte immer noch, sei es aus Reflex, abdrücken und den Fahrer des Toyota erwischen können.«

»Er hatte gar keine Waffe mehr in der Hand«, verteidigte sich Attila.

»Bist du dir da sicher? Seine Waffe lag neben dem Toyota. Ist sie dort gelandet, bevor oder nachdem du geschossen hast?«

Attila schwieg.

»Merke dir: Lieber einen Straftäter flüchten lassen, als einen Unbeteiligten gefährden«, sagte Sabine streng.

»Klar, sehe ich doch genauso«, sagte Attila.

Melanie hatte sich nicht mehr blicken lassen, für sie war die Arbeit in Gartow abgeschlossen. Ob Thomas Faßbender als Wendelin Krause 1985 einen Wachmann erschossen hatte oder jemand anders, würde nun das BKA neu zu untersuchen haben. Ob Faßbender den Obdachlosen Thomas Wimmer im Trabbi getötet hatte, würde auf ewig ungeklärt bleiben. Und den Mord an Martina Breesen hatte Faßbender, so Melanies Überzeugung, auf jeden Fall begangen. Er hatte ein Motiv, er hatte die Gelegenheit, seine DNA fand sich im Fahrzeug des Opfers und sein Alibi war sehr schwach. Akte geschlossen.

Sabine behagte dieser Ausgang nicht besonders. Sie hatte Thomas geglaubt, als er kurz vor seinem Tod auf der Fahrt mit ihr die Tat bestritten hatte. Seine Angehörigen mussten nun damit leben, dass ihr Ehemann und Vater als Mörder galt. Mindestens so unbehaglich fand Sabine den Gedanken, dass der wahre Mörder der Breesen noch frei herumlief. Steckte dahinter auch Heine oder sogar Thorsten Gabel? Die Recherchen der Breesen hätten Heine genauso in Bedrängnis bringen können wie die Memoiren von Faßbender.

Der Fall nahm wieder Fahrt auf, als wenige Tage nach den dramatischen Ereignissen plötzlich ein silberner BMW vor der Wache in Gartow hielt. Am Steuer ein junger Mann, auf dem Beifahrersitz ein feiner Herr, den Sabine unlängst als Dr. Antonio Bozetti, den Lüneburger Rechtsmediziner, kennengelernt hatte.

Der Mann betrat mit seinem Assistenten im Windschatten die Wache und hielt sich nicht lange mit Vorreden auf. »Es geht um den Mordfall Martina Breesen«, sagte er, als bestünde in Gartow die Gefahr, dass man mehrere laufende Mordfälle verwechseln könnte. »Wir haben einen neuerlichen DNA-Abgleich der im Fahrzeug des Opfers gefundenen DNA und der des inzwischen verstorbenen Verdächtigen Thomas Faßbender vorgenommen. Bei der ersten Analyse ist da … Nun ja …«

Bevor er den Satz beenden konnte, tat dies sein Assistent, der sich damit auch gleich schuldig bekannte. »Es sind Fehler gemacht worden, die Analyse war unvollständig. Die DNA im Fahrzeug stammt nicht von Thomas Faßbender.«

»Ja, äh, genau, leider«, sagte Dr. Bozetti, dem das Ganze unendlich peinlich zu sein schien. Stand sein guter Ruf auf dem Spiel?

»Sondern?«, fragte Sabine. »Von wem?«

»Von einem Verwandten Faßbenders«, sagte Bozetti.

»Von seiner Frau«, polterte Attila heraus und musste aufgrund der verwunderten Mienen, die sich ihm zuwandten, befürchten, dass alle Pluspunkte, die er am Ende der Ermittlungen gesammelt hatte, nun auf einen Schlag verspielt waren.

»Von einem Blutsverwandten«, stellte Bozetti mit deutlicher Betonung auf »Blut« klar. Wobei er Attila mitleidig musterte. Attila begriff seinen Fehler und sah betreten nach unten.

»Daniel«, sagte Sabine, und ihr wurde schlagartig speiübel.

»Sein Sohn?«, fragte Bozetti, und Sabine nickte.

»Na ja, Moment«, platzte Attila heraus. »Er hat noch einen Sohn. Dirk. Er ist schwer behindert und lebt in Salzwedel.«

»Ernsthaft, Attila?«, fragte Sabine. Ihr wurde der junge Polizist allmählich etwas peinlich. »Der soll seine Mutter getötet haben? Er kann nicht mal alleine essen.«

»Natürlich nicht«, beeilte sich Attila, das Missverständnis auszuräumen. »Aber er kann im Auto gesessen haben. Vielleicht ist die Breesen ein paar Tage zuvor mit ihm irgendwohin gefahren. Deshalb die DNA, das meine ich.«

»Theoretisch ist das möglich«, gab Sabine zu. »Allerdings wissen wir aus dem Heim, dass sie ihn nie abgeholt hat. Das war ihr zu viel. Sie hat ihn nur besucht.«

Es herrschte einen Moment Schweigen in der Wache. Bozetti und sein Assistent verstanden vielleicht nicht ganz, warum die Stimmung plötzlich so gedrückt war. Man stand doch kurz vor der Aufklärung des Mordfalles. Sie waren jedoch sensibel genug, keine Fragen zu stellen.

»Muss ich mit?«, fragte Attila Sabine mit todtraurigem Blick.

»Ja«, entgegnete sie. »Tut mir leid. Das kann ich nicht alleine übernehmen. Oder soll ich Verstärkung aus Lüchow oder Dannenberg anfordern?«

»Auf keinen Fall«, sagte Attila.

»Wie kann eine solche Verwechslung passieren?«, fragte Sabine Dr. Bozetti auf dem Weg zu den Autos. »Sind die DNA von Vater und Sohn so ähnlich?«

»Nein«, sagte Bozetti, der sicher keine Lust hatte, dass weiter in dieser Wunde gebohrt wurde. »Die Übereinstimmung liegt beim Sohn bei 50 Prozent. Die anderen 50 Prozent seiner DNA stammen von der Mutter. Wir waren nachlässig, vorschnell. Vielleicht gab es auch zu viel Zeitdruck von den Ermittlern. Außerdem war ich ein paar Tage verreist. Aber dahinter will ich mich nicht verstecken.«

»Verstehe«, sagte Sabine, die nicht im Sinn hatte, den Doktor zu verurteilen. »Es interessierte mich nur ganz allgemein.«

Die Wendland-Schänke war nach wie vor geschlossen. Es hätte allerdings keinen Unterschied gemacht, wenn sie geöffnet wäre. Es würde sowieso niemand kommen.

Irene öffnete Sabine und Attila die Tür. Dr. Bozetti und sein Assistent warteten in ihrem Auto.

»Na, ihr«, sagte Irene matt lächelnd, »was gibt es noch?«

Sabine betrachtete das traurige Gesicht der Frau, die sie als lebensfroh und bärenstark kannte, und konnte sich nicht vorstellen, dass sie je wieder lachen würde. Schon gar nicht, wenn sie nun die nächste Hiobsbotschaft empfangen würde.

»Ist Daniel da?«, fragte Sabine. Attila versuchte, in ihrem Rücken unsichtbar zu werden.

»Ja«, sagte Irene und musterte Sabine unsicher. »Er ist in der Küche, macht mal richtig Ordnung. Kommt man ja sonst nicht zu. Soll ich ihn rufen?«

Ohne eine Antwort abzuwarten, rief sie nach ihrem Sohn, der auch direkt kam. Er trug eine Kochhose, ein fleckiges weißes T-Shirt und Gesundheitslatschen. An einem Küchenhandtuch wischte er sich die Hände ab.

»Ja? Was gibt's?«, fragte er und sah Sabine ratlos an. Als sein Blick auf Attila traf, wusste er, worum es ging. Der junge Mann verlor jede Körperspannung. Seine Hände begannen leicht zu zittern, und in seinen Augen sammelten sich Tränen.

»Daniel«, sagte Sabine leise und vorsichtig, »die Fremd-DNA im Auto von Martina Breesen stammt nicht von deinem Vater, sondern sehr wahrscheinlich von dir.«

Daniel nickte kaum erkennbar.

»Draußen ist ein Rechtsmediziner«, fuhr Sabine fort, »der gerne eine Speichelprobe von dir nehmen würde. Oder können wir uns das sparen?«

»Das ist nicht nötig«, sagte Daniel kaum hörbar.

Seine Mutter riss entsetzt die Augen auf. »Was bedeutet das, Daniel?«, rief sie. »Junge, was hast du getan?«

Sabine gab Attila ein Zeichen, dass er Bozetti nach Hause schicken konnte.

»Komm«, sagte sie zu Daniel, der sich aus der Umklammerung seiner weinenden Mutter befreien musste. »Setzen wir uns da hin und dann erzählst du, was geschehen ist. Okay?«

Daniel nickte.

»Du weißt, dass du die Aussage auch verweigern kannst? Du musst jetzt gar nichts mehr sagen. Und wenn du vorher einen Anwalt …«

»Nein, ich erzähle alles. Mama muss es auch hören.«

Der junge Mann war erstaunlich gefasst und erzählte die Geschichte so, als wäre es gar nicht seine eigene, sondern die eines Fremden.

Er schilderte, wie er nach einem Jahr auf hoher See in die heimische Schänke zurückkehrte, wo ihm erst mal alles fremd und merkwürdig vorkam, aber schnell fand er Spaß an der Arbeit. Sein Vater war zugewandter als früher, fragte viel öfter, wie es ihm ginge, und wollte Zeit mit ihm verbringen.

Schon bald hatte Daniel dann das Geheimnis seines Vaters entdeckt.

»Ich war geschockt, als ich gelesen habe, dass er Alzheimer hat. Mann, so eine krasse Krankheit«, erzählte Daniel. »Und dann habe ich diese ersten Kapitel gelesen. Viel war es ja noch nicht. Mein Vater ein Bankräuber, der für Terroristen das Geld besorgte.«

»Warst du wütend auf ihn?«, fragte Sabine, die auch immer Irene im Auge hatte, die die ganze Geschichte ja zum ersten Mal hörte. Wie versteinert saß sie am Tisch und starrte ihren Sohn an.

»Ja, vielleicht war ich zuerst wütend. Später aber auch fasziniert. Wie radikal. Wie kompromisslos. Ich meine,

Papas Vater war ja echt ein Arschloch und dann der Nazigroßvater …«

»Deshalb muss man zum Terroristen werden?«, fragte Sabine.

»Nein, natürlich nicht. Aber Papa hat keinem Menschen etwas getan. Er hat Geld gestohlen, und zwar dort, wo viel davon war und Versicherungen es ersetzten. Er hat niemanden getötet. Niemanden verletzt.«

»Du glaubst ihm?«, fragte Irene leise.

»Ja, Mama, ich glaube ihm. Und du wirst ihm auch glauben, wenn du liest, was er geschrieben hat. Er hatte keinen Grund mehr zu lügen. Er wollte reinen Tisch machen.«

»Hast du ihm erzählt, dass du sein Geheimnis kanntest?«, fragte Sabine.

»Ich wollte es tun, aber ich habe mich nicht getraut. Ich hatte Angst, dass er wütend wird und komische Dinge tut. Das war ja jetzt alles sehr gefährlich für ihn. Er wurde wegen Mordes gesucht. Das ist mir klargeworden, als ich das alles gelesen habe. Es durfte auf keinen Fall in fremde Hände gelangen.«

»Wann und wo hast du Martina Breesen getroffen?«, fragte Sabine.

Nun schluckte Daniel. Die Erzählung kam zu dem Teil, den man Geständnis nennt. »Sie war vor zwei Wochen oder so, na, an diesem Tag, wo sie …«

»Ermordet wurde?«, fragte Sabine, und Daniel nickte. Irene Faßbenders Körper krampfte sich zusammen. Die Situation musste für sie unerträglich sein.

»Sie war in der Gaststube und hat mit Papa am Tresen gesprochen, und als ich reinkam, ist sie gegangen. Papa wirkte sehr verstört, sagte aber nicht, was los war. Ich dachte mir schon, dass ihn da gerade die Vergangenheit eingeholt hatte. Ein paar Stunden später, so gegen 21 Uhr, habe ich mich auf den Weg nach Trebel gemacht. Dort stand mein Motorrad bei einem Freund. Das wären zwei Stunden zu laufen, deshalb habe ich den Daumen rausgehalten. Es kommt eigentlich immer einer vorbei, der einen mitnimmt. An diesem Abend hielt ein weißer Škoda und erst, als ich eingestiegen bin, habe ich gemerkt, dass es diese Frau war. Sie hat mich ganz merkwürdig angesehen. Am liebsten wäre ich gleich wieder ausgestiegen, da war sie aber schon losgefahren. Sie fuhr langsam, auffällig langsam, als wolle sie Zeit schinden. Ob ich wüsste, wer sie sei, fragte sie mich. Ich hatte natürlich keine Ahnung, also sagte sie mir, dass sie Martina Breesen heißt, und ich dachte gleich an die Abkürzung in Papas Erinnerungen. Aber da gab es keine MB. Inzwischen weiß ich, dass sie erst so hieß, nachdem sie diesen Pastor geheiratet hatte.« Daniel machte eine kurze Pause. »Was sie von meinem Vater wolle, habe ich gefragt, und sie hat so irre dahergeredet, dass sie will, dass er endlich alles gestehe, damit die ganze Welt erfahre, was für ein verlogener Mistkerl er sei. Sie hat mir von ihrem Sohn erzählt, mir ein Foto gezeigt und gesagt, dass er mein Halbbruder sei.« Daniel wurde immer aufgebrachter, kämpfte mit den Tränen. »Ich sagte ihr, dass sie die alten Geschichten ruhen lassen solle, sie würde meine Familie zerstören. Sie ist völlig ausgerastet und hat gekreischt, dass sie nie eine Familie hatte, weil mein Vater ein Verbrecher und Lügner sei …«

Er brach ab, atmete schwer und versuchte, sich zu beruhigen. Niemand sagte etwas. Attila rieb sich mit den Händen übers Gesicht. Er hatte Tränen in den Augen. Er konnte nicht fassen, was er da von seinem Freund hörte.

»Sie hatte inzwischen an einem Waldweg angehalten und beschimpfte mich in einer Tour«, fuhr Daniel fort. »Die kaputten Gene meines Vaters würden mich auch früher oder später zu einem Verbrecher machen. Und mein Vater würde ins Gefängnis kommen, für immer. Ich wollte nur noch, dass sie still ist, ich wollte nur noch, dass sie nie wieder ein Wort sagen kann.«

Irene schluchzte hemmungslos. Daniel betrachtete seine Mutter mitleidig. Einen Moment sagte niemand ein Wort in der Wendland-Schänke.

Sabine legte der Wirtin schließlich eine Hand auf den Arm und sagte leise: »Ich werde mir von Daniel die Tat nun genau beschreiben lassen müssen. Wenn du rausgehen möchtest …«

»Nein«, widersprach Irene und richtete sich auf. »Ich will alles wissen.«

»Bitte, Daniel«, sagte Sabine und hatte Angst vor den nächsten Minuten. »Was hast du dann getan?«

»Ganz genau weiß ich es auch nicht mehr. Ich war nicht ich selbst, ich war völlig von der Rolle, ehrlich, Mama.« Er sah seine Mutter an, die seinen Blick erwiderte, sie lächelte sogar ein wenig. Aufmunternd? Liebevoll?

»Da steckte dieses USB-Kabel in der Konsole von dem Auto, das habe ich rausgerissen und ihr um den Hals gelegt. Ich wollte ihr nur Angst einjagen. Aber sie keifte immer weiter, sagte, dass ich schon jetzt genau so ein Verbrecher und Mörder sei wie mein Vater. Ich war irgendwie weggetreten, wusste gar nicht mehr, was um mich herum geschah.« Er machte eine kurze Pause. »Plötzlich rührte sie sich nicht mehr.«

Wieder herrschte Stille am Tisch. Es war raus. Sowohl

Daniel als auch seine Mutter wirkten auf eine merkwürdige Art erleichtert.

»Und dann?«, fragte Sabine. »Was war dein erster Impuls? Weglaufen, dich stellen, die Leiche verschwinden lassen?«

»Ich weiß es nicht genau. Ich habe keinen Plan gemacht. Erst mal wollte ich von der Straße weg. Ich habe die Frau auf den Beifahrersitz gezerrt und bin mit dem Wagen in den Wald gefahren. Mir war klar, dass ich nicht ins Gefängnis wollte. Ich hatte doch meinen Vater, meine Familie verteidigt.«

»Junge«, stöhnte Irene und er sah sie verstört an.

»Erst wollte ich die Frau im Wald vergraben und das Auto ganz weit wegfahren. Nach Salzwedel vielleicht, wo sie herkam. Es war aber verdammt schwer, ein Loch auszuheben, weil ich keinen Spaten hatte. Ich habe es mit einem Brett versucht, das im Wald herumlag. Das ging nicht. Ich beschloss, erst das Auto wegzufahren und in der Nacht mit einem Spaten wiederzukommen. Ich bin aber nicht weit gekommen. Irgendwann bin ich zusammengeklappt und habe nur noch geheult. Bestimmt eine halbe Stunde habe ich in dem Wagen gesessen und geweint. Als ich mich etwas beruhigt hatte, habe ich alle Sachen wie Handy, Laptop, Papiere von der Frau an mich genommen und in meinen Rucksack gepackt. Ich habe sämtliche Fingerabdrücke im Auto weggewischt, das Auto abgeschlossen und bin nach Trebel gegangen zu meinem Motorrad.«

»Zu Fuß?«, fragte Sabine. »Das war von dort etwa eine Stunde Fußweg.«

Daniel zuckte mit den Schultern.

»Und wann bist du auf die Idee gekommen, das Handy der Toten auf der Baustelle von Naturbelassen zu verstecken?«

»In der Nacht bin ich noch mal losgefahren, um die Sachen von der Frau im See zu versenken. Ich habe gedacht, je länger die Polizei braucht, um herauszufinden, wer sie ist, umso besser. Außerdem hatte sie auf dem Laptop bestimmt Sachen über Papa gespeichert.«

Sabine schüttelte fassungslos den Kopf.

»Und dann kam mir die Idee, den Verdacht auf die Scheißnazis da zu lenken.« Er sah Attila an, vielleicht in der Hoffnung, für diese Ideen seine Zustimmung zu erhalten, doch der starrte nur auf die Tischplatte. »Das Auto stand da ja sowieso schon in der Nähe. Also habe ich das Handy kaputtgemacht und dort versteckt.«

»Hast du eine Ahnung, was Thorsten Gabel hier vergessen hatte?«, stellte Sabine eine Frage, die ihr seit der Schießerei in Lüchow nicht aus dem Kopf ging. »Es muss dringend gewesen sein.«

»Ich vermute«, sagte Daniel nach kurzem Nachdenken, »dass er Papas Laptop mitnehmen wollte. Er hatte es geklaut und auf dem Schrank in seinem Zimmer versteckt. Ich hatte es aber längst gefunden.«

»Sind da Kapitel drauf, die wir nicht kennen«, fragte Sabine.

Daniel verneinte.

»Okay, Daniel«, sagte sie. »Du wirst das alles auf der Polizeidirektion in Lüneburg noch mal erzählen müssen. Ich empfehle euch«, sie drehte sich Irene zu, »euch bis dahin einen Anwalt zu nehmen.«

Irene nickte roboterhaft.

»Kannst du ihm ein paar Sachen zusammenpacken?«, fragte Sabine die Mutter. Die stand auf und verließ den Raum.

»Eine Frage hab ich noch«, sprach nun Attila, der die ganze Zeit geschwiegen hatte, den Freund an. »Wie hast du es geschafft, die ganze Zeit so cool zu bleiben? Wir hatten hier unser Lagezentrum, haben vor deinen Augen ermittelt. Du hast staunend danebengestanden, obwohl du genau wusstest, was passiert war. Du hast bei Herrn Langkafel gesessen und die Demo gegen Naturbelassen geplant. Wie ging das?«

»Ich weiß auch nicht. Diese Tat war irgendwie wie abgekoppelt von mir. Das war nicht ich, der das getan hat.«

»Wir haben deinen Vater für den Täter gehalten«, redete Attila weiter und Sabine ließ ihn. »Hättest du ihn in den Knast gehen lassen?«

»Nein«, rief Daniel und fing an zu weinen. »Das hätte ich nicht. Ich wollte alles gestehen, aber dann hat dieser Killer, dieser Gabel, Papa ermordet. – Was passiert denn jetzt mit dem? Wandert der auch in den Knast oder nur ich?« Daniel war aufgesprungen, und Sabine drückte ihn sanft zurück auf den Stuhl.

»Das ist nicht deine Sorge, Daniel«, sagte Sabine und legte dem jungen Mann Handschellen an. Irene, die gerade mit einer kleinen Sporttasche wieder in die Gaststube kam, drehte sich entsetzt weg.

KAPITEL 34

Thorsten Gabel blieb in U-Haft. Nicht weil sich etwa der Verdacht erhärtet hätte, dass er Thomas Faßbender aus einem anderen Motiv als dem der Gefahrenabwehr getötet hatte. Darauf konnte sich die interne Ermittlung, wie Melanie herausfand, nicht einlassen. Wohl aber, weil er auf einen Polizeibeamten geschossen hatte. Da versteht auch der Verfassungsschutz keinen Spaß.

Das erfuhr Sabine, als sie Melanie in der Polizeidirektion in Lüneburg traf, wo sie Daniel Faßbender ablieferte. Die Vernehmung, an der Sabine teilnehmen sollte, würde erst am nächsten Tag stattfinden, und Melanie schlug Sabine vor, Attila alleine zurück nach Gartow zu schicken, und bei ihr die Nacht zu verbringen. Das war mehr Freundinnenverhalten, als Sabine verkraften konnte, trotzdem sagte sie zu.

Und so saßen sie wieder, wie drei Jahre zuvor, auf dem Fußboden in Melanies Wohnung und aßen Sushi. Der kleine Anton krabbelte in der Gegend herum und sorgte für Heiterkeit nach diesem traurigen Tag.

Sie schafften es, die meiste Zeit nicht über ihren Fall zu sprechen. Aber ein Gedanke ließ Sabine nicht los.

»Ist dir aufgefallen, dass es etwas gibt, das Daniel und Thorsten verbindet?«, fragte sie Melanie.

»Sehen beide gut aus und sind Mörder?«, antwortete Melanie. »Moment, ich habe noch was: Beide haben pensionierte Terroristen als Väter.«

»Und«, ergänzte Sabine, »sie wurden beide zu Mördern, um ihre kriminellen Väter zu decken.«

»Hmm«, machte Melanie. »Glaubst du, dass Thorsten von Bernhard Heine regelrecht den Auftrag hatte, Faßbender zu beseitigen?«

»Na klar«, sagte Sabine. »Und die Breesen sollte er auch erledigen. Doch das hat praktischerweise der kleine Daniel übernommen. – Aber wie hat Bernhard Heine eigentlich erfahren, dass Wendelin Schrägstrich Christian noch lebt?«

»Na, von der Breesen«, sagte Melanie. »Sie hat es ihm erzählt bei seinem jährlichen Kontrollanruf. Das wissen wir doch von ihrer Schwägerin Anita.«

»Und das hat Heine seinem Sohn beim Verfassungsschutz gesteckt, und so nahm das Schicksal seinen Lauf«, folgerte Sabine.

Anton robbte auf die Sushiplatte zu, griff ein Stück Lachs und steckte es sich in den Mund. Melanie und Sabine warteten interessiert ab, wie es nun weiterging. Der Kleine kaute den Fisch mit seinen wenigen Milchzähnen, schaute erstaunt, schluckte und strahlte seine Mutter an.

»Ein Gourmet«, sagte Melanie lachend und nahm ihren Sohn auf den Arm. »Das kann ich mir als Beamte aber nicht leisten, mein Süßer.«

Sabine gefiel es, die Kollegin glücklich zu sehen.

Vor der Vernehmung von Daniel Faßbender durch Melanie und einen LKA-Kollegen war genug Zeit für den Anwalt, den Irene Faßbender in ihrem Bekanntenkreis aufgetan hatte, mit Daniel in Ruhe zu sprechen.

Sabine wollte nicht an der Vernehmung teilnehmen, sondern nur aus dem Nebenzimmer mithören. Das war emotional weniger aufwühlend. Sie versprach, sich zu melden, wenn Daniels Aussage in wesentlichen Details von seiner Aussage bei ihrer Vernehmung abweichen würde.

Daniel war sehr konzentriert und ruhig. Es war klar, dass er, seit er die Tat begangen hatte, damit gerechnet hatte, gefasst zu werden. Er brauchte, wie die meisten Straftäter, das Geständnis als Läuterung. Er hätte nie mit Lüge, Schuld und Vertuschung weiterleben können, wie es seinem Vater so lange gelungen war.

Es war eindeutig zu erkennen, dass der Anwalt ihn daraufhin beraten hatte, sich bei seinen Antworten auf Spontaneität und Planlosigkeit seines Handelns zu berufen. Das würde, so sicher die Strategie des Anwalts, auf eine Anklage wegen Totschlags hinauslaufen und hätte damit eine erheblich mildere Strafe zur Folge.

Sabine gönnte sich nach der Vernehmung den Luxus, sich am Abend in Lüneburg von Attila abholen zu lassen. Das gab dem jungen Kollegen die Möglichkeit, bei ihr seinen ganzen Frust loszuwerden, über den Freund, der zum Mörder geworden war.

Sie machten Halt in Dannenberg, um Jakob Metzger im Krankenhaus zu besuchen. Er litt schrecklich. Weniger unter den Schmerzen, die Schusswunde war unkompliziert. Mehr unter der Isolation und dem schnarchenden Zimmergenossen, wo ihm als Beamten doch eigentlich ein Einzelzimmer zustand, wie er fand. Sie bereiteten ihrem Chef mit einer eiskalten Flasche Bier, die sie ins Krankenzimmer schmuggelten, eine große Freude.

Bernhard Heine, der bisher nur als Phantom durch Ermittlungsakten und Zeugenaussagen gewabert war, hielt sich, so viel teilte das BKA mit, tatsächlich auf Mallorca auf.

Er wurde zunächst nicht verhaftet, dafür lag kein hinreichender Grund vor. Einen Anfangsverdacht, dass er – und nicht Thomas Faßbender, damals noch Wendelin Krause – den Wachmann beim Überfall auf den Geldtransporter erschossen hatte, konnten die BKA-Kollegen allerdings nicht von der Hand weisen. Dafür reichten Faßbenders Aufzeichnungen aus, die Melanie Gierke dem BKA zur Verfügung gestellt hatte. Interessant, wenn auch nicht annähernd beweiskräftig, fand man die Memoiren.

So konnte der inzwischen 64-jährige Heine über Europol und die Kriminalpolizei in Palma dazu bewegt werden, seine Fingerabdrücke abzuliefern. Festgehalten wurde er nicht.

Von Verfassungsschutz-Pensionär Stephan Schütze erfuhr Sabine ein paar Tage später, dass er nichts Konkretes zu Bernhard Heine in Erfahrung hatte bringen können.

»Es ist ein Geheimdienst«, sagte er. »Die halten dicht. Sie müssen sich vorstellen, dass der Verfassungsschutz im Bund und in den Ländern nicht organisiert ist wie ein Finanzamt mit Referaten, Abteilungsleitern und Protokollen. Es gibt Abteilungen und Einheiten, die nirgendwo dokumentiert sind. Das System der V-Leute ist sehr umstritten. Da arbeitet die Behörde intensiv mit Menschen zusammen, die tief drinstecken in der rechten oder auch linken Szene und häufig selbst kriminell sind. Die bekommen viel Geld für ihre oft nicht wirklich sehr zielführende Arbeit. Gehen Sie davon aus, dass Ihr Herr Heine Teil dieses Systems war und vielleicht bis heute ist. Solange die Leute liefern, sind sie im Geschäft, oft viele Jahre. Und dass diese Leute nicht bei jeder ›Kleinigkeit‹ im Gefängnis landen, versteht sich von selbst. Sie werden ja noch gebraucht. Ich habe zu meiner aktiven Zeit hinter alles, was ich von V-Leuten erfahren habe, ganz viele Fragezeichen gesetzt. Als ob Leute, die in extremen Umfeldern unterwegs sind, über Nacht dem Staat gegenüber loyal würden. Die haben auch mit uns gespielt. Aber eine konkrete Information habe ich dann doch für Sie: Der von Ihnen erwähnte Beamte Thorsten Gabel ist zu Beginn seiner Laufbahn als verdeckter Ermittler beim Verfassungsschutz eingestiegen. Da bleibt der Kontakt mit V-Leuten also nicht aus. Dabei kann es auch zu, ich sag mal, unseligen Allianzen kommen. Einen Verdachtsfall in Bezug auf den Verein Naturbelassen e. V. gibt es derzeit beim Bundesverfassungsschutz nicht und in Niedersachsen genauso wenig, sagte man mir.«

Das war interessant, dachte Sabine, wenn auch nicht überraschend.

KAPITEL 35

Drei Monate später war Sabine als Zeugin im Prozess gegen Daniel Faßbender geladen. Die Anklage lautete auf Totschlag.

In der Verhandlung, die nur sechs Verhandlungstage benötigte, waren vor allem die Aussagen von Menschen aus dem Umfeld von Martina Breesen bemerkenswert. Daniels Anwalt hatte Nachbarn und Kollegen gefunden, die das Bild einer aggressiven und jähzornigen, alkoholkranken Frau zeichneten, die für ihre zahlreichen Probleme andere verantwortlich machte. Sie neigte angeblich dazu, Menschen zu drohen, wenn die sich nicht in ihrem Sinne verhielten.

Insofern erschien dem Gericht Daniels Schilderung von Breesens Verhalten in der Tatnacht als plausibel. Daniel, der sich und seine Familie massiv bedroht sah und seinen Vater gleichzeitig für unschuldig hielt, reagierte in dieser Ausnahmesituation affektiv, mit den bekannten fatalen Folgen. Deshalb und wegen fehlender Mordmerkmale erkannte das Gericht auf Totschlag. Dem Antrag des Anwalts auf Anwendung des Jugendstrafrechts konnte das Gericht angesichts des Alters des Angeklagten, 22 Jahre, und der durch einen Gutachter festgestellten charakterlichen Reife des Daniel Faßbender allerdings nicht folgen. Das Urteil lag mit 6 Jahren Gefängnis fast an der unteren Grenze. Der Angeklagte akzeptierte das Urteil.

Thorsten Gabel hatte seinen Gerichtstermin zu diesem Zeitpunkt bereits hinter sich. Angeklagt war er wegen des Widerstands gegen Vollstreckungsbeamte und Körperverletzung. Sabine war bei dem Verfahren nicht anwesend gewesen, ließ sich aber vom empörten Attila wortreich erklären, dass es »diesem Wichser« und seinem »verkommenen« Anwalt gelungen war, die Situation an der Kreuzung bei Lüchow so »hinzulügen«, dass der Eindruck entstand, Gabel hätte nur geschossen, weil er sich bedroht fühlte und damit rechnen musste, dass Jakob Metzger ihn niederschießen würde. Urteil: sechs Monate auf Bewährung.

Mit einer ähnlichen Argumentation kam Gabel bei der internen Ermittlung wegen der Schüsse im Lüneburger Parkhaus, bei der Thomas Faßbender starb, noch besser davon. Die Ermittler kamen nach Auswertung von Kameraaufzeichnungen und Zeugenaussagen zu dem Schluss, dass Thorsten Gabel in bester Absicht geschossen habe, sein Leben sowie das der Kollegen und Unbeteiligten zu schützen. Er habe ohne Tötungsabsicht gehandelt. Ein Verfahren wurde gar nicht erst eröffnet. Natürlich verlor Gabel wegen der Verurteilung im ersten Fall seinen Job beim Verfassungsschutz und seinen Beamtenstatus. Melanie war sich aber sicher, dass er als freier Mitarbeiter durch die Hintertür wieder reinkommen würde in die geheimnisvolle Behörde.

Die Ermittlungen gegen Bernhard Heine waren schnell einen entscheidenden Schritt weiter. Die beim Überfall auf den Geldtransporter im Jahre 1985 benutzten Waffen lagerten noch in einer Asservatenkammer des BKA in Karlsruhe. Nun konnten auf der Waffe, durch die der Wachmann getötet wurde, auch Heines Fingerabdrücke nachgewiesen werden. Der des Zeigefingers befand sich sogar am Abzug, womit erwiesen wäre, dass Heine auch geschossen hat. Es gab aber eine protokollierte Aussage des inzwischen verstorbenen zweiten Wachmannes, dass sein Kollege zuerst geschossen hat. Dazu passte, dass zwei Projektile aus der Waffe des Wachmannes am Tatort gefunden worden waren. Das warf eine komplizierte juristische Sachlage auf. Wenn der Wachmann zuerst geschossen hatte und Heine sich gewissermaßen nur gewehrt hatte, konnte die Anklage unter Umständen auf Totschlag lauten. Diese Tat wäre nach 20 Jahren verjährt und Heine bliebe ein freier Mann. Solange die Staatsanwaltschaft also nicht eindeutig nachweisen konnte, dass Heine zuerst geschossen hatte oder der Wachmann gar nicht auf ihn gezielt hatte, sondern zum Beispiel in die Luft, blieb Heine auf freiem Fuß. Dieser Nachweis würde schwerfallen, da keiner der möglichen Zeugen mehr lebte.

KAPITEL 36

»Hallo, Sabine, Melanie hier, hast du ne Minute?«

Sabine saß in der Wache und bearbeitete die Anzeige eines Wohnwagendiebstahls auf dem Campingplatz. Das war öde, aber immer noch besser als bei 36 Grad Außentemperatur durchs Revier zu streifen.

Attila hatte Urlaub, und Metzger war seit zwei Stunden »nur mal schnell was besorgen«. Da kam der Anruf von Melanie als Abwechslung gerade recht.

»Hi, wie geht es dir? Und vor allem: Wie geht es Anton?«, flötete Sabine ins Telefon.

»Alles gut, und nun haben auch alle im Präsidium den Kleinen kennengelernt. Ich bin jetzt keine Inkognito-Mom mehr. Fühlt sich tatsächlich besser an.«

»Aber du rufst nicht an, um mir das zu sagen, oder?«, unterbrach Sabine. Seit Wochen hatte sie nichts von Melanie gehört. Sie waren immer noch keine Freundinnen geworden, auch wenn sich schon wesentlich mehr Vertrauen gebildet hatte und Austausch auf Augenhöhe möglich war.

»Nein. Ich habe eine Planstelle in meinem Dezernat zu vergeben …«, sagte Melanie vorsichtig.

»Danke, das ehrt mich sehr, aber ich stehe nicht zur Verfügung, wie du weißt, ich …«

»Es geht nicht um dich«, unterbrach Melanie. »Es geht um Attila.«

»Was? Ich denke, du hältst ihn für eine Pfeife?« Sabine

rief etwas zu laut und war froh, dass Attila weit weg bei seiner Oma in der Türkei war.

»Na ja, ich habe schon erkannt, dass er Potenzial hat und nur mal mit den richtigen Fällen Erfahrungen sammeln muss, um bald ein richtig guter Kriminalbeamter zu werden.«

Sabine schluckte, suchte nach Worten. Hatte sie gehofft, dass Melanie sie in ihr Team holte? Wäre das für sie eine Option? Oder hätte es nur ihrem Ego geschmeichelt, gefragt zu werden und abzusagen? »Verstehe, aber das muss er schon selbst entscheiden, oder?«, sagte sie zögerlich.

»Ich habe bereits mit ihm gesprochen und er kann es sich gut vorstellen«, sagte Melanie.

Klar kann er das, dachte Sabine. Und warum sagt er mir nicht, dass er dieses Angebot erhalten hat? »Ja, dann ist das doch geklärt«, sagte sie.

»Er wollte, dass ich mit dir spreche«, sagte Melanie. »Er hat wohl Angst, dass du traurig bist oder sauer oder so …«

»Ach was«, sagte Sabine lachend, die nur ein wenig traurig und kaum sauer war. »Das ist doch schön für ihn. Eine tolle Chance. Ich muss mir halt mit Jakob überlegen, wen wir als Nächstes zwingen, hier sein Potenzial nicht zu entfalten.«

»Höre ich da etwas Bitterkeit, Sabine?«, fragte Melanie. »Du hast dich für Gartow entschieden, soweit mir bekannt ist.«

»Jaja, ist schon gut. Alles in Ordnung.«

»Und noch was«, sagte Melanie, die spürte, dass Sabine im Begriff war, das Gespräch zu beenden. »Ich mache nächste Woche eine verspätete kleine Baby-Welcome-Party in meiner Wohnung. Ein paar Kollegen, aber nur die netten, meine Mutter, einige Freunde. Ich würde mich freuen, wenn du auch kommst.«

»Klar komme ich«, sagte Sabine und nahm sich fest vor, die Einladung nicht als billiges Trostpflaster für den Verlust von Attila zu werten. »Gerne.«

Sabine ging nun ab und zu mit Papa in der Wendland-Schänke essen. Aushilfskoch Ronny hatte in der Küche das Regiment übernommen und machte das gar nicht schlecht. Im Service arbeitete nun Lisa, eine junge Frau aus Gorleben, die mit flotten Sprüchen den selten vollen Laden im Griff hatte.

Irene hatte sechs Wochen nach Thomas Faßbenders Beerdigung das Lokal wiedereröffnet. Doch es war nicht viel los. Die Gartower brauchten Zeit, um ihre alte Stammkneipe wieder anzunehmen. Die Nachricht von Thomas Faßbenders Unschuld bewegte sich nicht annähernd so schnell durchs Dorf wie zuvor das Gerücht über seine bösen Taten.

So oft wie möglich besuchte Irene ihren Sohn Daniel in der JVA Uelzen. Es ging ihm ganz gut dort. Er hatte natürlich einen Job in der Küche bekommen.

Und es gab noch jemanden, den Irene regelmäßig besuchte: Dirk Quaas. Der Sohn von Martina Breesen bekam keinen Besuch mehr, seit Daniel seine Mutter getötet hatte. Irene wusste nicht so recht, was sie mit diesem jungen Mann verband, der keine Ahnung hatte, wer sie war. Sie hatte das Gefühl, sie würde so von dem Schaden, den Wendelin Krause, Christian Müller und Thomas Faßbender angerichtet hatten, ein wenig wiedergutmachen.

Weitere Titel finden Sie auf den folgenden Seiten und im Internet:

WWW.GMEINER-VERLAG.DE

Klaas Kroon im Gmeiner-Verlag:

Polizeihauptmeisterin Sabine Langkafel ermittelt:

1. Fall: Mord im Wendland
ISBN 978-3-8392-0055-1

2. Fall: Akte Wendland
ISBN 978-3-8392-0670-6

GMEINER SPANNUNG

WWW.GMEINER-VERLAG.DE
Wir machen's spannend

Anja Eichbaum
Inselbrise
Kriminalroman
448 Seiten, 12,5 x 20,5 cm,
Broschur
ISBN 978-3-8392-0701-7

So hatte sich Susan Ophoven ihren Neustart als Schreibcoach auf Norderney nicht vorgestellt. Trotz Sonne, Strand und Meer machen ihr widerspenstige Handwerker, überambitionierte Kursteilnehmer und missgünstige Internetbewertungen das Leben schwer. Doch es kommt noch schlimmer. Als ihre Schwiegermutter mit Pfeil und Bogen erschossen wird, gerät sie unter Verdacht. Ist sie etwa das Opfer eines Komplotts? Oder hält sie den Inselpolizisten Martin Ziegler und die Kripo zum Narren? Noch während der ersten Ermittlungen wird der Bogen neu gespannt …

GMEINER SPANNUNG

WWW.GMEINER-VERLAG.DE
Wir machen's spannend